Diogenes Taschenbuch 20868

de
te
be

W0239633

Ross Macdonald

Durchgebrannt

Roman

Aus dem Amerikanischen

von Helmut Degner

Diogenes

Titel der Originalausgabe
›The Instant Enemy‹
Copyright © 1968 by Ross Macdonald
Die deutsche Erstausgabe erschien
1970 im Diogenes Verlag
Umschlagzeichnung von
Tomi Ungerer

Veröffentlicht als Diogenes Taschenbuch, 1981
Alle deutschen Rechte vorbehalten
Copyright © 1970 by
Diogenes Verlag AG Zürich
60/86/29/5
ISBN 3 257 20868 5

I

Auf dem Sepulveda herrschte leichter Morgenverkehr. Als ich über den Paß fuhr, ging über den blauen Klippen auf der andern Seite des Tals glutrot die Sonne auf. Bevor der Tag richtig begann, sah ein oder zwei Minuten lang alles frisch und neu und erhaben aus wie am ersten Tag der Schöpfung.

Ich verließ die Autobahn am Canoga Park, hielt an einem Drive-in und nahm ein Neunundneunzig-Cent-Frühstück zu mir. Dann fuhr ich nach Woodland Hills hinauf zu den Sebastians.

Keith Sebastian hatte mir genau beschrieben, wie ich sein Haus finden würde. Es war ein rechteckiger, moderner, an einen Berghang angebauter Bungalow. Der Hang fiel steil zum Rand eines Golfplatzes ab, der grün vom ersten Winterregen war.

Keith Sebastian trat in Hemdsärmeln aus dem Haus. Er war ein gutaussehender Mann von etwa Vierzig mit dichtem, lockigen, braunen Haar, an den Schläfen graumeliert. Er hatte sich noch nicht rasiert, und die Bartstoppeln an seinem Kinn sahen aus wie eingeriebener Schmutz.

»Schön, daß Sie so schnell gekommen sind«, sagte er, als ich mich vorgestellt hatte. »Ich weiß, es ist eine unchristliche Zeit –«

»Nicht so schlimm – Sie haben sie sich ja nicht ausgesucht. Ich nehme an, sie ist noch nicht heimgekommen.«

»Nein. Nachdem ich Sie angerufen hatte, stellte ich fest, daß noch etwas fehlt. Meine Schrotflinte und eine Schachtel Patronen.«

»Sie glauben, Ihre Tochter hat sie mitgenommen?«

»Ich befürchte es. Der Gewehrschrank ist nicht aufgebrochen, und niemand anders weiß, wo der Schlüssel ist. Außer meiner Frau, natürlich.«

Mrs. Sebastian erschien wie auf ein Stichwort hin in der Haustür. Sie war mager und dunkelhaarig und recht hübsch; sie hatte frisch geschminkte Lippen und trug ein frisches gelbes Leinenkleid.

»Kommt doch rein«, rief sie uns zu. »Scheußliche Kälte.« Sie verschränkte fröstelnd die Hände vor der Brust und verharrte in der Stellung.

»Das ist Mr. Lew Archer«, sagte Sebastian. »Der Privatdetektiv, den ich angerufen habe.« Er sagte es, als unterbreite er ihr ein Friedensangebot.

»Das habe ich mir gedacht«, antwortete sie gereizt. »Kommt rein, ich habe Kaffee gemacht.«

Ich setzte mich zwischen die beiden an den Küchentisch und trank aus einer dünnen Tasse das bittere Gebräu. Der Raum schien sehr sauber und sehr leer. Das Licht, das zum Fenster hereinfiel, war von einer grausamen Helligkeit.

»Kann Alexandria ein Gewehr abfeuern?« fragte ich.

»Das kann doch jeder«, sagte Sebastian mürrisch. »Man braucht doch nur am Abzug zu ziehen.«

»Sandy ist sogar eine ganz gute Schützin«, warf seine Frau ein. »Die Hacketts haben sie vor ein paar Monaten mal zur Wachteljagd mitgenommen. Übrigens ganz gegen meinen Willen.«

»Das hast du schon oft genug betont«, sagte Sebastian. »Diese Erfahrung war sicher nützlich für sie.«

»Sie hat es schrecklich gefunden. Das hat sie in ihr Tagebuch geschrieben. Sie findet es abscheulich, Tiere umzubringen.«

»Sie wird schon drüber hinwegkommen. Und Mr. und Mrs. Hackett hat es Spaß gemacht, das weiß ich.«

»Geht es schon wieder los?«

Doch bevor es losging, sagte ich: »Wer, zum Teufel, sind Mr. und Mrs. Hackett?«

Sebastian warf mir einen vielsagenden Blick zu; halb ärgerlich, halb gönnerhaft.

»Mr. Stephen Hackett ist mein Chef. Das heißt, ihm gehört die Holdinggesellschaft, der die Bank gehört, bei der ich arbeite. Ihm gehört auch noch einiges mehr.«

»Du, zum Beispiel«, sagte seine Frau. »Meine Tochter aber nicht.«

»Das ist ungerecht, Bernice. Ich habe nie gesagt –«

»Darauf kommt es nicht an, sondern auf dein Verhalten.«

Ich stand auf, ging um den Tisch herum und sah die beiden an. Sie blickten ein wenig erschrocken und verlegen drein.

»Höchst interessant, das alles«, sagte ich. »Aber ich bin nicht um fünf Uhr morgens aufgestanden, um bei einem Familienstreit zu schiedsrichtern. Konzentrieren wir uns doch bitte auf Ihre Tochter Sandy. Wie alt ist sie, Mrs. Sebastian?«

»Siebzehn. Sie ist in der letzten High-School-Klasse.«

»Gute Schülerin?«

»Bis vor ein paar Monaten. Dann wurden ihre Zensuren plötzlich schlecht.«

»Warum?«

Sie blickte in ihre Kaffeetasse. »Ich weiß nicht.« Es klang vage, als wolle sie selbst der Frage ausweichen.

»Natürlich weißt du das«, sagte ihr Mann. »Das Ganze hat angefangen, als sie sich mit diesem wilden Mann einließ. Diesem Davy oder wie er heißt.«

»Mann ist gut. Er ist ein neunzehnjähriger Junge, und wir haben die Sache völlig falsch angepackt.«

»Was für eine Sache, Mrs. Sebastian?«

Sie streckte die Arme aus, als versuche sie die Situation zu umfassen; dann ließ sie sie resigniert sinken. »Na, die mit dem Jungen. Wir haben das Ganze verkorkst.«

»Sie meint natürlich, ich hab' es verkorkst – wie immer«, sagte Sebastian. »Aber was hätte ich denn tun sollen? Sandy hat ja völlig den Verstand verloren. Sie hat die Schule geschwänzt und ist nachmittags mit diesem Kerl rumgezogen. Nachts hat sie sich auf dem Strip und weiß Gott wo rumgetrieben. Gestern abend bin ich losgezogen und hab' die beiden aufgestöbert –«

»Nicht gestern abend«, unterbrach ihn seine Frau. »Vorgestern abend.«

»Ist doch ganz egal.« Seine Stimme schien unter ihrem ständigen Genörgel zu schwanken. Sie schlug um, und er fuhr in schreiendem, leiernden Ton fort: »In einer üblen Kneipe in West Hollywood hab' ich sie aufgestöbert. Eng umschlungen saßen sie vor allen Leuten da. Ich hab' ihm gesagt, wenn er meine Tochter nicht in Ruhe läßt, dann hol' ich meine Schrotflinte und knall' ihn ab.«

»Mein Mann sieht sich zu viele Krimis im Fernsehen an«, sagte Mrs. Sebastian trocken.

»Mach dich ruhig lustig über mich, Bernice. Was ich getan hab', war völlig richtig. Meine Tochter hat sich mit einem Kriminellen rumgetrieben. Ich hab' sie heimgebracht und in ihr Zimmer gesperrt. Was hätte ich denn sonst tun sollen?«

Diesmal schwieg seine Frau. Sie bewegte langsam ihren zarten, dunklen Kopf hin und her.

Ich sagte: »Woher wissen Sie, daß der junge Mann ein Krimineller ist?«

»Er hat wegen Autodiebstahls im Distriktsgefängnis gesessen.«

»Wegen einer Spritzfahrt.«

»Nenn's, wie du willst. Außerdem war es nicht sein erstes Delikt.«

»Woher wissen Sie das?«

»Bernice hat es in ihrem Tagebuch gelesen.«

»Dieses berühmte Tagebuch würde ich gern mal sehen.«

»Nein«, sagte Mrs. Sebastian. »Schlimm genug, daß ich's gelesen hab'. Das hätte ich nicht tun dürfen.« Sie holte tief Luft. »Ich fürchte, wir waren ihr keine sehr guten Eltern. Im Grund bin ich genauso schuldig wie mein Mann. Aber das wird Sie wohl kaum interessieren.«

»Im Moment nicht.« Ich hatte den Generationenkrieg satt, die Attacken und Gegenattacken, die Eskalationen und Verhandlungen, das endlose Hin und Her über den Tisch hinweg. »Seit wann ist Ihre Tochter fort?«

Sebastian blickte auf seine Armbanduhr. »Seit fast dreiundzwanzig Stunden. Ich hab' sie gestern morgen aus ihrem Zimmer gelassen. Sie schien sich beruhigt zu haben –«

»Sie war wütend«, sagte ihre Mutter. »Aber ich wäre nie auf die Idee gekommen, daß sie nicht zur Schule geht. Erst gestern abend gegen sechs, als sie nicht zum

Essen heimkam, sind wir dahintergekommen. Ich rief ihre Lehrerin an, und es stellte sich heraus, daß sie den ganzen Tag die Schule geschwänzt hatte. Um die Zeit war es schon finster.«

Sie schaute aus dem Fenster, als sei es immer noch finster, jetzt und für alle Ewigkeit. Ich folgte ihrem Blick. Zwei Leute schlenderten über den Golfplatz, ein Mann und eine Frau, beide weißhaarig, als wären sie auf der Suche nach dem kleinen weißen Ball alt geworden.

»Eins verstehe ich nicht«, sagte ich. »Wenn Sie gestern morgen dachten, sie geht zur Schule – wie war das dann mit der Flinte?«

»Sie muß sie in den Kofferraum ihres Wagens gelegt haben«, sagte Sebastian.

»Ach, sie fährt einen eigenen Wagen?«

»Das ist ja einer der Gründe, warum wir uns solche Sorgen machen.« Sebastian schob seinen Kopf über den Tisch. Ich kam mir vor wie ein Barkeeper, den ein Betrunkener um einen Rat anfleht. Doch in seinen Augen war echte Angst. »Sie haben doch Erfahrung in solchen Dingen. Weshalb um Himmels willen hat sie bloß meine Flinte mitgenommen?«

»Da könnte ich mir einen Grund denken. Sie haben doch gedroht, ihren Freund damit abzuknallen, nicht?«

»Aber das kann sie doch nicht ernst genommen haben?«

»*Ich* nehm's ernst.«

»Ich auch«, sagte seine Frau.

Sebastian senkte den Kopf wie ein Angeklagter vor Gericht. Doch dann sagte er leise: »Bei Gott, wenn er sie nicht zurückbringt, bring' ich ihn um.«

»Eine gute Idee, Keith«, sagte seine Frau.

2

Die Streiterei zwischen den beiden ging mir allmählich auf die Nerven. Ich bat Sebastian, mir seinen Gewehrschrank zu zeigen. Er führte mich in ein kleines Herrenzimmer, das teils als Bibliothek, teils als Gewehrkammer diente.

Der Waffenschrank war aus Mahagoni. Hinter seiner Glastür standen aufrecht leichte und schwere Gewehre. Dazwischen war eine Lücke: dort mußte die doppelläufige Schrotflinte gestanden haben. Die Bücherregale enthielten Bestseller und Buchklubausgaben und eine Reihe abgegriffener Fachbücher über Volkswirtschaft und Werbepsychologie.

»Sind Sie in der Werbebranche?«

»Public Relations. Ich bin Leiter der Public-Relations-Abteilung der Centennial Bank. Eigentlich müßte ich jetzt dort sein. Wir stellen gerade unser Programm für das nächste Jahr auf.«

»Das hat doch sicher bis morgen Zeit, oder?«

»Weiß nicht.«

Er drehte sich zum Gewehrschrank um, sperrte die Tür auf und öffnete die Schublade, in der er die Patronen aufbewahrte – beides mit dem gleichen Messingschlüssel.

»Wo war der Schlüssel?«

»In der obersten Lade meines Schreibtischs.« Er öffnete sie und ließ mich hineinsehen. »Sandy wußte natürlich, wo er lag.«

»Aber jemand anders hätte ihn auch leicht gefunden.«

»Stimmt. Aber ich bin sicher, daß sie ihn genommen hat.«

»Wieso?«

»Einfach so ein Gefühl.«

»Ist sie schießwütig?«

»Wie kommen Sie denn darauf? Wenn einem der Umgang mit Gewehren richtig beigebracht wird, dann wird man nicht schießwütig, wie Sie es zu nennen belieben.«

»Wer hat ihr denn das Schießen beigebracht?«

»Natürlich ich. Schließlich bin ich ihr Vater.«

Er ging zum Waffenschrank und strich über den Lauf des einen Gewehrs. Dann machte er sorgsam die

Glastür zu und versperrte sie. Anscheinend fiel sein Blick auf sein Spiegelbild im Glas. Er zuckte zurück und faßte an sein stoppliges Kinn.

»Ich sehe ja furchtbar aus. Kein Wunder, daß Bernice so auf mir rumhackt. Ich muß mein Gesicht in Ordnung bringen.«

Er entschuldigte sich und ging hinaus. Ich warf einen Blick auf mein eigenes Gesicht in der Glasscheibe. Es sah nicht gerade heiter aus. Frühmorgens bin ich kein besonders guter Denker, dennoch kam ein vager, düsterer Gedanke: Sandy war eine Art Puffer in einer gespannten Ehe; im Moment war ich der Puffer.

Mrs. Sebastian trat leise ins Zimmer und stellte sich neben mich vor den Waffenschrank.

»Ich bin mit einem Pfadfinder verheiratet«, sagte sie.

»Es gibt traurigere Schicksale.«

»Meinen Sie? Meine Mutter hat mich davor gewarnt, einen gutaussehenden Mann zu heiraten. Sie meinte, ich soll mir lieber einen intelligenten suchen. Aber ich hab' nicht auf sie gehört. Ich hätte lieber Mannequin bleiben sollen – da hätte ich bestimmt Karriere gemacht. Auf meine eigenen Knochen kann ich mich wenigstens verlassen.« Sie klopfte sich auf die Hüfte.

»Ihre Knochen sind beachtlich. Und Ihre Offenheit auch.«

»Die letzte Nacht hat mich dahin gebracht.«

»Zeigen Sie mir das Tagebuch Ihrer Tochter.«

»Ich denke nicht daran.«

»Hat sie etwas getan, was Ihnen peinlich ist?«

»Mein eigenes Verhalten ist mir peinlich«, sagte sie. »In dem Tagebuch steht nichts, was ich Ihnen nicht auch erzählen könnte. Was möchten Sie wissen?«

»Ob sie mit diesem Jungen geschlafen hat, zum Beispiel.«

»Natürlich nicht«, sagte sie leicht gereizt.

»Oder mit einem andern.«

»Völlig absurd.« Doch sie wurde blaß.

»Hat sie?«

»Ganz bestimmt nicht. Sandy ist für ihr Alter erstaunlich unschuldig.«

»Kann sein, daß sie's war. Hoffentlich ist sie's immer noch.«

Bernice Sebastian verlagerte das Gespräch auf eine andere Ebene. »Ich – wir haben Sie nicht als Tugendwächter unserer Tochter engagiert.«

»Bis jetzt haben Sie mich überhaupt nicht engagiert. In einem so unsicheren Fall wie diesem muß ich einen Vorschuß verlangen, Mrs. Sebastian.«

»Was soll das heißen – unsicher?«

»Ihre Tochter könnte ja jeden Moment heimkommen. Oder Sie und Ihr Mann könnten sich's anders überlegen –«

Mit einer ungeduldigen Handbewegung unterbrach sie mich. »Schön, wieviel wollen Sie?«

»Für zwei Tage Honorar und Spesen – sagen wir zweihundertfünfzig.«

Sie setzte sich an den Schreibtisch, nahm ein Scheckheft aus der zweiten Lade und stellte mir einen Scheck aus. »Sonst noch was?«

»Ein paar neuere Fotos von ihr.«

»Setzen Sie sich. Ich hole Ihnen welche.«

Als sie draußen war, sah ich mir die Auszahlungsabschnitte in dem Scheckheft an. Nach Bezahlung meines Vorschusses hatten die Sebastians nicht einmal mehr zweihundert Dollar auf ihrem Konto. Ihr elegantes, über einen steilen Abhang gebautes neues Haus symbolisierte auf geradezu verblüffende Weise ihre Existenz.

Mrs. Sebastian kam mit einer Handvoll Fotos zurück. Sandy war ein ernst dreinblickendes Mädchen, das mit seinem dunklen Typ der Mutter stark ähnelte. Die meisten Bilder zeigten sie bei einer sportlichen Tätigkeit: auf einem Pferd, auf dem Fahrrad, auf einem Sprungbrett kurz vor dem Absprung, mit einem Gewehr im Anschlag. Das Gewehr sah aus wie die 22er-Büchse im Waffenschrank. Sie hielt es, als verstünde sie damit umzugehen.

»Woher hat sie diesen Gewehrtick, Mrs. Sebastian?«

»Natürlich von Keith. Sein Vater pflegte ihn schon als kleinen Jungen auf die Jagd mitzunehmen. Und Keith hat die große Tradition an seine Tochter weitervererbt.« Ihre Stimme klang spöttisch.

»Ist sie Ihr einziges Kind?«

»Ja. Wir haben keinen Sohn.«

»Darf ich mir ihr Zimmer ansehen?«

Sie zögerte. »Was hoffen Sie zu finden? Beweise für Transvestismus? Rauschgift?«

Sie versuchte spöttisch zu sein, doch ihre Fragen kamen mir gar nicht komisch vor. Ich hatte in den Zimmern junger Leute schon Merkwürdigeres gefunden.

Sandys Zimmer war voller Sonne und frischer süßer Düfte. Was ich fand, war so ziemlich das, was man im Zimmer eines unschuldigen, anständigen Mädchens, das die letzte High-School-Klasse besucht, zu finden erwartet. Eine Menge Pullover und Röcke und Bücher – Schulbücher und ein paar gute Romane wie *A High Wind in Jamaica*. Eine Stofftiermenagerie. Collegewimpel, hauptsächlich Ivy League. Einen Toilettetisch mit einem rosa Volant, auf dem zu geometrischen Mustern geordnete Kosmetika lagen. An der Wand das silbern gerahmte Foto eines anderen lächelnden jungen Mädchens.

»Wer ist das?«

»Sandys beste Freundin, Heidi Gensler.«

»Ich würde gern mit ihr reden.«

Mrs. Sebastian zögerte. Dieses Zögern, das ich nun schon mehrmals bemerkt hatte, war kurz, doch gespannt und brütend, als plane sie in einem Spiel, bei dem es um einen hohen Einsatz ging, ihre Züge weit im voraus.

»Die Genslers wissen nichts von der Sache«, sagte sie.

»Sie können nicht eine Suchaktion nach Ihrer Tochter starten und zugleich das Ganze geheimhalten. Sind Sie mit den Genslers befreundet?«

»Sie sind unsere Nachbarn. Die beiden Mädchen sind gut befreundet.«

Sie entschloß sich plötzlich. »Ich werde Heidi bitten, herüberzuschauen, bevor sie zur Schule geht.«

»Warum nicht sofort?«

Sie verließ das Zimmer. Ich sah mich rasch nach möglichen Verstecken um – unter dem rosafarbenen ovalen Schafwollteppich, zwischen Matratze und Federeinsatz, auf dem hohen dunklen Regal im Kleiderschrank, hinter und unter den Sachen in der Kommode. Ich nahm ein paar Bücher und schüttelte sie. Aus den *Portugiesischen Sonetten* flatterte ein Stück Papier heraus.

Ich hob es vom Teppich auf. Es war ein Teil einer linierten Notizbuchseite, auf den jemand in sauberer schwarzer Schrift geschrieben hatte:

Vogel, du erfüllst mich mit einem Schmerz,
Der mich mit meinem Blut durchströmt.
Am besten, ich öffne mein Herz,
Damit du aus mir quillst.

Mrs. Sebastian stand in der Tür und sah mich an. »Sie sind sehr gründlich, Mr. Archer. Was ist das?«

»Ein kleines Gedicht. Ob es wohl Davy geschrieben hat?«

Sie entriß es mir und las es.

»Sinnloses Zeug.«

»Ich finde nicht.« Ich nahm es und steckte es in meine Brieftasche. »Kommt Heidi?«

»Gleich. Sie sitzt noch beim Frühstück.«

»Schön. Haben Sie irgendwelche Briefe von Davy?«

»Natürlich nicht.«

»Könnte ja sein, daß er Sandy welche geschrieben hat. Ich möchte wissen, ob das Gedicht seine Handschrift ist.«

»Keine Ahnung.«

»Haben Sie ein Foto von Davy?«

»Wie sollte ich zu einem Foto von ihm kommen?«

»Auf die gleiche Art, wie Sie an das Tagebuch Ihrer Tochter gekommen sind.«

»Wie oft werden Sie mir das noch vorhalten!«

»Tu' ich gar nicht. Ich würde es bloß gern lesen. Es würde mir bestimmt weiterhelfen.«

Sie zögerte wieder und starrte einen Moment düster ins Leere.

»Wo ist das Tagebuch, Mrs. Sebastian?«

»Es existiert nicht mehr«, sagte sie langsam. »Ich habe es vernichtet.«

Ich war überzeugt, daß sie log, und ich bemühte mich nicht, es zu verhehlen. »Wie?«

»Ich hab' es zerkaut und geschluckt, wenn Sie es unbedingt wissen wollen. Jetzt müssen Sie mich bitte entschuldigen. Ich habe schreckliche Kopfschmerzen.«

Sie wartete neben der Tür, bis ich das Zimmer verlassen hatte; dann machte sie sie zu und versperrte sie. Das Schloß war neu.

»Wer hat das Schloß anbringen lassen?«

»Sandy. Sie hat sich in den letzten Monaten ziemlich zurückgezogen. Mehr, als gut für sie war.«

Sie ging in ein anderes Schlafzimmer und machte die Tür zu. Sebastian saß am Küchentisch und trank Kaffee. Er hatte sich gewaschen, rasiert, sein lockiges braunes Haar gebürstet, eine Krawatte umgebunden, eine Jacke angezogen und eine hoffnungsvollere Miene aufgesetzt.

»Noch eine Tasse Kaffee?«

»Nein, danke.« Ich holte mein kleines schwarzes Notizbuch hervor und setzte mich neben ihn. »Können Sie mir Davy beschreiben? Wie sieht er aus?«

»Wie so ein junger Strolch eben aussieht.«

»Strolche gibt's in den verschiedensten Formen und Größen. Wie groß ist er ungefähr?«

»Etwa so groß wie ich. Ich bin mit Schuhen einsachtzig.«

»Gewicht?«

»Er sieht ziemlich schwer aus – vielleicht zweihundert Pfund.«

»Kräftig und muskulös?«

»Das kann man wohl sagen.« Er hatte einen säuerlich eifernden Unterton in seiner Stimme. »Aber verlassen Sie sich drauf – ich wäre mit ihm fertig geworden.«

»Das bezweifle ich nicht. Beschreiben Sie sein Gesicht.«

»Er sieht gar nicht übel aus. Aber er hat diese typisch finstere Miene, wie alle diese Burschen.«

»Vor oder nach Ihrer Drohung, ihn abzuknallen?«

Sebastian stand auf. »Was glauben Sie eigentlich, wofür wir Sie bezahlen? Dafür etwa, daß Sie gegen mich sind?«

»Für diese Unterhaltung«, sagte ich. »Und für eine Menge andere unangenehme Unterhaltungen. Glauben Sie, ich finde das besonders amüsant? Was für Haar hat er?«

»Blondes.«

»Lang?«

»Kurz. Wahrscheinlich haben sie es ihm im Knast abgeschnitten.«

»Blaue Augen?«

»Ich glaube.«

»Bart?«

»Nein.«

»Was hatte er an?«

»Die übliche Uniform. Enge Hose, tief auf den Hüften sitzend, breiter Gürtel, ausgebleichtes blaues Hemd, hohe Schuhe.«

»Wie hat er gesprochen?«

»Mit dem Mund.« Sebastian schien am Ende seiner Geduld.

»Gebildet oder ungebildet? Wie ein Hippie oder wie ein Normalbürger?«

»Um das festzustellen, hat er nicht genug gesagt. Er war wütend. Genau wie ich.«

»Wie schätzen Sie ihn ein?«

»Er ist ein Halunke. Ein gefährlicher Halunke.« Er wandte sich mit einer merkwürdigen, raschen Bewegung um und sah mich mit aufgerissenen Augen an, als hätte ich ihn so genannt. »Hören Sie, ich muß jetzt unbedingt ins Büro. Wir haben eine wichtige Besprechung wegen des Programms für das nächste Jahr. Und danach bin ich mit Mr. Hackett zum Mittagessen verabredet.«

Bevor er ging, ließ ich mir von ihm den Wagen seiner Tochter beschreiben. Es war ein ein Jahr alter zweitüriger hellgrüner Dart, zugelassen auf ihren Namen. Ich schlug vor, ihn auf die Suchliste der Polizei setzen zu lassen, doch davon wollte er nichts wissen. Die Polizei dürfe von der Sache nichts erfahren.

»Sie wissen nicht, wie das in meinem Beruf ist«,

sagte er. »Ich muß eine makellose, bombenfeste Fassade aufrechterhalten. Wenn sie einstürzt, stürze ich mit. Das Wichtigste im Bankgeschäft ist Vertrauen.«

Er fuhr in einem neuen Oldsmobile weg, der ihn, laut den Abschnitten in seinem Scheckheft, monatlich hundertzwanzig Dollar kostete.

3

Ein paar Minuten später öffnete ich Heidi Gensler die Haustür. Sie war ein hübsches junges Mädchen mit glattem blonden Haar, das ihr bis auf die mageren Schultern herabhing. Soviel ich sah, trug sie kein Make-up. Unterm Arm hatte sie eine Schulmappe.

Mit ihren blaßblauen Augen sah sie mich unsicher an. »Sind Sie es, der mich sprechen möchte?«

Ich nickte. »Mein Name ist Archer. Kommen Sie herein, Miss Gensler.«

Sie blickte an mir vorbei ins Haus. »Ich weiß nicht recht.«

Mrs. Sebastian tauchte aus ihrem Zimmer auf. Sie trug ein flauschiges rosa Kleid. »Komm nur, Heidi, keine Angst. Nett, daß du hereinschaust.« Ihre Stimme klang nicht mütterlich.

Heidi trat ein und blieb zögernd und befangen in der Diele stehen. »Ist Sandy was passiert?«

»Das wissen wir nicht, Liebling. Wenn ich dir sagen soll, was wir wissen, mußt du mir eins versprechen: daß du in der Schule und zu Hause nichts davon erzählst.«

»Aber nein. Das hab' ich doch nie.«

»Was soll das heißen, Liebling: Das hast du nie?«

Heidi biß sich in die Unterlippe. »Ich meine – ach, nichts.«

Mrs. Sebastian ging auf sie zu wie ein rosa Vogel mit einem gierig vorgereckten dunklen Kopf. »Hast du gewußt, daß sie mit diesem Jungen was hat?«

»Das – das ließ sich doch gar nicht vermeiden.«

»Und du hast uns nichts davon gesagt. Das war aber nicht sehr nett von dir.«

Das Mädchen war den Tränen nahe. »Aber Sandy ist doch meine Freundin.«

»Schon gut, schon gut. Dann willst du uns doch sicher helfen, damit sie wieder zurückkommt, oder?«

Das Mädchen nickte. »Ist sie mit Davy Spanner durchgebrannt?«

»Bevor ich dir darauf antworte, mußt du mir versprechen, niemandem etwas zu erzählen.«

»Das ist doch unnötig, Mrs. Sebastian«, fiel ich ein. »Es wäre mir wirklich lieber, Sie würden mich mit ihr reden lassen.«

Sie wandte sich zu mir. »Welche Garantie habe ich, daß Sie Diskretion bewahren werden?«

»Keine. Sie können die Situation nicht unter Kontrolle halten. Sie ist außer Kontrolle. Am besten gehen Sie hinaus und überlassen mir das Ganze.«

Mrs. Sebastian weigerte sich, hinauszugehen. Sie schien entschlossen, mich hinauszuwerfen. Es war mir egal. Es sah mir immer mehr danach aus, als ob ich mit diesem Fall weder Freunde gewinnen noch Geld verdienen würde.

Heidi berührte meinen Arm. »Könnten Sie mich nicht zur Schule fahren, Mr. Archer? Wenn Sandy nicht da ist, habe ich niemanden, der mich hinbringt.«

»Gern. Wann möchten Sie fahren?«

»Wann Sie wollen. Wenn ich zur ersten Stunde zu früh komme, kann ich ja noch ein paar Hausaufgaben machen.«

»Hat Sandy Sie gestern zur Schule gefahren?«

»Nein. Ich hab' den Bus genommen. Sie rief mich gestern morgen, etwa um diese Zeit, an und sagte, sie ginge nicht zur Schule.«

Mrs. Sebastian beugte sich vor. »Hat sie gesagt, was sie vorhatte?«

»Nein.« Das Mädchen setzte eine verschlossene, störrische Miene auf. Wenn sie mehr wußte, so würde sie es Sandys Mutter bestimmt nicht sagen.

Mrs. Sebastian sagte: »Ich glaube, du lügst, Heidi.«

Das Mädchen wurde rot; Tränen stiegen ihr in die Augen. »Sie haben kein Recht, so was zu sagen. Sie sind nicht meine Mutter.«

Ich mischte mich wieder ein. Im Haus der Sebastians würde aus dem Mädchen kaum etwas herauszuholen sein. »Kommen Sie«, sagte ich zu Heidi. »Ich bring' Sie zur Schule.«

Wir gingen hinaus, stiegen in meinen Wagen und fuhren den Berg hinunter zur Schnellstraße. Heidi saß stumm neben mir; zwischen uns auf dem Sitz lag ihre Schulmappe. Offenbar war ihr eingefallen, daß es sich nicht gehörte, zu einem fremden Mann ins Auto zu steigen. Nach einer Pause sagte sie schließlich: »Mrs. Sebastian schiebt mir die Schuld zu. Das ist einfach nicht fair.«

»Die Schuld? Wofür?«

»Für alles, was Sandy tut. Was kann ich denn dafür, daß sie mir alles mögliche erzählt? Ich bin doch nicht für sie verantwortlich.«

»Was hat sie Ihnen erzählt?«

»Na, von Davy. Ich kann doch nicht mit allem, was Sandy mir sagt, zu Mrs. Sebastian rennen. Ich bin doch keine Petze.«

»Es gibt Schlimmeres.«

»Zum Beispiel?« Ich zog ihren Ehrenkodex in Zweifel, deshalb klang es ziemlich trotzig.

»Zum Beispiel, seine beste Freundin ins Unglück rennen zu lassen und keinen Finger zu rühren, um sie daran zu hindern.«

»Ich hab' sie nicht in ihr Unglück rennen lassen. Was hätte ich denn tun sollen? Was heißt übrigens Unglück? Sie denken doch nicht etwa ...«

»Daß sie ein Baby kriegt? Nein. Das wäre nicht das Schlimmste. Es gibt schlimmere Dinge, die einem Mädchen passieren können.«

»Was für welche?«

»Umzukommen und kein Baby mehr kriegen zu können. Oder ganz plötzlich alt zu werden.«

Heidi gab einen leisen Laut von sich wie ein kleines verschrecktes Tier. Dann flüsterte sie: »Genau das ist Sandy passiert. Woher wissen Sie das?«

»Ich hab's schon bei anderen Mädchen erlebt, die nicht warten konnten. Kennen Sie Davy?«

Sie zögerte einen Moment. »Flüchtig.«

»Was halten Sie von ihm?«

»Er ist ein recht interessanter Mensch«, sagte sie bedächtig. »Aber er paßt nicht zu Sandy. Er ist brutal und ungehobelt. Ich glaube, er ist nicht ganz normal. Sandy ist kein leichtfertiges Ding. Sie ist einfach in eine dumme Sache hineingeraten.«

»Was meinen Sie damit? Daß sie auf Davy hereingefallen ist?«

»Nein, ich meine den andern. Davy Spanner ist im Vergleich zu dem andern gar nicht so übel.«

»Wer ist dieser andere?«

»Sie hat mir seinen Namen nicht gesagt. Sie wollte mir überhaupt nichts über ihn verraten.«

»Woraus schließen Sie dann, daß Davy besser ist?«

»Das hab' ich doch gemerkt. Sandy ist viel glücklicher als vorher. Vorher hat sie die ganze Zeit von Selbstmord geredet.«

»Was heißt ›vorher‹? Wann?«

»Im Sommer, bevor die Schule anfing. Sie wollte bei Zuma Beach ins Meer gehen und rausschwimmen. Ich hab's ihr ausgeredet.«

»Was hatte sie denn – eine Liebesaffäre?«

»So könnte man's nennen.«

Mehr wollte Heidi nicht erzählen. Sie hatte Sandy einen feierlichen Eid geschworen, keinem Menschen etwas zu verraten, und mit dem, was sie mir gesagt hatte, hatte sie ihn bereits gebrochen.

»Haben Sie mal ihr Tagebuch gesehen?«

»Nein. Ich weiß, daß sie eins geführt hat. Aber sie hat es nie jemandem gezeigt – keinem Menschen.« Sie wandte sich auf dem Sitz zu mir und zog dabei ihren Rock über die Knie. »Darf ich Sie was fragen, Mr. Archer?«

»Bitte.«

»Was ist Sandy eigentlich passiert? Diesmal, meine ich.«

»Keine Ahnung. Sie ist vor vierundzwanzig Stunden

von zu Hause weggefahren. Am Abend zuvor hat ihr Vater sie mit Davy in einem Lokal in West Hollywood erwischt. Er hat sie heimgeschleppt und über Nacht in ihr Zimmer gesperrt.«

»Kein Wunder, daß Sandy von daheim ausgerissen ist«, sagte sie.

»Sie hat die Schrotflinte ihres Vaters mitgenommen.«

»Wozu das?«

»Das weiß ich nicht. Ich habe gehört, daß Davy vorbestraft sein soll.«

Das Mädchen ging auf die versteckte Frage nicht ein. Sie blickte auf ihre Hände nieder, die zu Fäusten geballt auf ihrem Schoß lagen. Wir waren am unteren Ende des Berges angelangt und fuhren in Richtung Ventura Boulevard.

»Glauben Sie, daß sie bei Davy ist, Mr. Archer?«

»Ich nehme es an. Wo ist Ihre Schule?«

»Halten Sie bitte einen Moment.«

Ich parkte im scharfen Morgenschatten einer Eiche, die den Bau der Schnellstraße und des Boulevards irgendwie überlebt hatte.

»Ich weiß, wo Davys Bude ist«, sagte Heidi. Sie sprach das Wort mit einem gewissen Stolz aus, als beweise es, wie erwachsen sie schon war. »Sandy hat mich mal zu ihm mitgenommen. Er wohnt im Laurel-Apartmenthaus in Pacific Palisades. Umsonst, wie Sandy mir erzählt hat. Er hält dafür den Swimming-pool in Ordnung und so.«

»Was haben Sie in seiner Bude gemacht?«

»Nichts weiter. Bloß rumgesessen und geredet. Es war sehr interessant.«

»Worüber geredet?«

»Über die Art, wie die Menschen heutzutage leben. Über ihre schlechte Moral.«

Ich bot Heidi an, sie bis zu ihrer Schule zu bringen, doch sie lehnte ab mit der Bemerkung, das restliche Stück könne sie mit dem Bus fahren. Ich ließ sie an der Ecke stehen, ein zartes Geschöpf, das in dieser Welt hoher Geschwindigkeiten und niedriger Moral ein wenig verloren schien.

4

Ich verließ den Sepulveda am Sunset Boulevard, fuhr nach Süden zum Geschäftsviertel von Pacific Palisades und bog nach links auf den Chautauqua ab. Das Laurel-Apartmenthaus war in der Elder Street, einer abschüssigen Straße an dem langen, zum Meer abfallenden Hang.

Es war eines der neueren und kleineren Apartmenthäuser in dem Viertel. Ich parkte meinen Wagen am Rinnstein und ging in den Innenhof.

Der Swimming-pool blitzte. Die Sträucher im Garten waren grün und sorgfältig gestutzt. Roter Hibiskus und purpurne Prinzeßblumen schimmerten zwischen den Blättern.

Aus einer der Parterrewohnungen trat eine Frau, die irgendwie zu dem Hibiskus paßte. Sie trug einen eleganten schwarzen Hausmantel mit orangefarbenem Muster, unter dem sich ihr Körper bewegte, als sei er es gewohnt, angestarrt zu werden. Sie hatte rotgefärbtes Haar, das ihr hübsches Gesicht ein wenig ordinär erscheinen ließ, gutgeformte braune Beine und nackte Füße.

Mit einer angenehmen Stimme, die keinen Collegeschliff, jedoch Erfahrung verriet, fragte sie mich, was ich wolle.

»Sind Sie die Verwalterin?«

»Ich bin Mrs. Smith. Mir gehört das Haus. Im Moment ist leider nichts frei.«

Ich stellte mich vor. »Ich möchte Sie um eine Auskunft bitten.«

»Worüber?«

»Sie haben einen Angestellten namens Davy Spanner.«

»So?«

»Soviel ich gehört habe.«

»Wie wär's, wenn Sie ihn endlich mal in Ruhe lassen würden?« sagte sie in mürrischem, abweisendem Ton.

»Ich hab' ihn noch nie im Leben gesehen.«

»Aber Sie sind doch von der Polizei, nicht? Wenn Sie sich richtig dahinterklemmen, werden Sie's sicher schaffen, ihm wieder was anzuhängen. Das möchten Sie doch, oder?« sagte sie gereizt.

»Nein, bestimmt nicht. Ich bin gar kein Polizist.«

»Dann sicher ein Bewährungshelfer. Für mich ein und dasselbe. Davy Spanner ist ein guter Junge.«

»Und er hat zumindest eine gute Freundin«, sagte ich in der Hoffnung, das Gespräch in angenehmere Bahnen zu lenken.

»Wenn Sie damit mich meinen, haben Sie nicht so unrecht. Was wollen Sie von Davy?«

»Ich möchte ihm nur ein paar Fragen stellen.«

»Vielleicht kann ich sie beantworten.«

»Meinetwegen. Kennen Sie Sandy Sebastian?«

»Flüchtig. Ein nettes kleines Ding.«

»Ist sie hier?«

»Wohnen tut sie nicht hier. Sie wohnt bei ihren Eltern, irgendwo im Valley.«

»Sie ist gestern morgen von zu Hause weggefahren und seither verschwunden. War sie hier?«

»Glaub' ich kaum.«

»Und wo ist Davy?«

»Hab' ich heute morgen noch nicht gesehen. Ich bin eben erst aufgestanden.« Sie blickte zum Himmel auf, als liebe sie das Licht, habe aber nicht immer darin gelebt. »Sie sind also doch ein Bulle.«

»Nein, Privatdetektiv. Sandys Vater hat mich engagiert. Wenn ich Ihnen einen guten Rat geben darf – lassen Sie mich mit Davy reden.«

»Besser, ich tu' das. Sie würden ihn bloß in Wut bringen.«

Sie führte mich zu einem kleinen Apartment auf der Rückseite des Gebäudes neben der Garageneinfahrt. Auf einer weißen Karte an der Tür stand »David Spanner«, in der gleichen klaren Schrift wie das Gedicht, das aus Sandys Buch gefallen war.

Mrs. Smith klopfte leise, und als sich nichts rührte, rief sie: »Davy.«

Hinter der Tür hörte man Stimmen, die Stimme eines jungen Mannes und dann eine Mädchenstimme, die mein Herz ganz unsinnigerweise schneller schlagen ließ. Ich hörte leise Schritte. Dann ging die Tür auf.

Davy war nicht größer als ich, doch er schien den Türrahmen auszufüllen. Unter seinem kurzärmligen schwarzen Pullover spannten sich pralle Muskeln. Sein blonder Kopf und sein Gesicht wirkten irgendwie unfertig. Er blinzelte ins helle Sonnenlicht, als sei es ihm widerlich.

»Was gibt's denn?«

»Ist deine Freundin bei dir?« sagte Mrs. Smith in einem Ton, über den ich mir nicht ganz im klaren war. Ich fragte mich, ob sie eifersüchtig auf das Mädchen war.

Davy schien den Ton ebenfalls zu bemerken. »Ist irgendwas passiert?«

»Offenbar schon. Dieser Mann sagt, deine Freundin sei verschwunden.«

»Verschwunden? Wieso? Sie ist hier«, sagte er leise, als nehme er sich zusammen. Er wandte sich zu mir. »Sicher schickt Sie ihr Vater.«

»Genau.«

»Richten Sie ihm aus, daß wir in der zweiten Hälfte des zwanzigsten Jahrhunderts leben. Vielleicht konnte früher ein Vater seine Tochter einsperren. Aber die Zeiten sind vorbei. Sagen Sie das dem alten Sebastian.«

»Er ist nicht alt. Nur in den letzten vierundzwanzig Stunden ist er ziemlich gealtert.«

»Freut mich. Ich hoffe, er kratzt bald ab. Und auch Sandy hofft das.«

»Kann ich sie sprechen?«

»Ich gebe Ihnen genau eine Minute«, sagte er. Und zu Mrs. Smith: »Würdest du bitte für eine Minute verschwinden.«

Er sprach in ruhigem, festem Ton, doch hatte man das Gefühl, daß er sich mühsam beherrschte. Auch die

Frau schien das zu spüren. Sie ging ohne Widerrede und ohne sich umzublicken auf die andere Seite des Hofes, so als hätte sie ziemlichen Respekt vor ihm. Wieder fragte ich mich, in welchem Verhältnis sie wohl zu ihm stand.

Er wandte sich, die Tür mit seinem Körper versperrend, um und rief: »Sandy? Komm mal her.«

Sandy kam an die Tür. Sie trug eine dunkle Brille, die ihr Gesicht ausdruckslos machte. Wie Davy trug sie einen schwarzen Pullover. Sie beugte sich vor und lehnte sich mit jener rührenden Verworfenheit, deren nur ganz junge Mädchen fähig sind, an Davy. Ihr Gesicht war starr und blaß, und ihr Mund bewegte sich kaum, als sie sprach.

»Ich kenne Sie nicht.«

»Ihre Mutter schickt mich.«

»Damit Sie mich wieder heimschleppen?«

»Ihre Eltern wüßten verständlicherweise gern, was Sie vorhaben.«

»Sagen Sie ihnen, sie werden bald genug dahinterkommen.« Es klang eigentlich nicht gereizt oder wütend. Ihre Stimme war dumpf und ruhig. Hinter ihrer dunklen Brille schien sie nicht mich anzusehen, sondern Davy.

Man spürte, daß es mehr als Neigung zwischen den beiden gab. Ein leiser brenzliger Geruch schien in der Luft zu liegen, wie von einem schwelenden Feuer, als hätten Kinder mit Streichhölzern gespielt und einen Brand gelegt.

Ich wußte nicht, welchen Ton ich anschlagen sollte. »Ihre Mutter ist ganz krank vor Sorge um Sie, Miss Sebastian.«

»Sie wird bald noch kränker sein.«

»Das klingt ja wie eine Drohung.«

»Das ist es auch. Sie wird garantiert bald noch kränker sein.«

Davy sah sie kopfschüttelnd an. »Hör auf. Die Minute, die ich ihm gegeben hab', ist um.« Er blickte mit umständlichem Gehabe auf seine Armbanduhr, und mir wurde plötzlich klar, wie es in seinem Kopf aussah: Große Pläne, konfuse, feindselige Gefühle und komplizierte Vorhaben, die nicht immer mit der Wirklichkeit in Einklang standen. »Ihre Minute ist um. Auf Wiedersehen.«

»He – ich brauche noch eine Minute, vielleicht auch zwei.« Ich wollte dem Jungen nicht absichtlich in die Quere kommen, aber andererseits wollte ich ihm auch nicht ausweichen. Schließlich war es mehr als wichtig zu sehen, wie weit er wirklich gehen würde. »Tun Sie mir einen Gefallen, Miss Sebastian. Nehmen Sie Ihre Brille ab, damit ich Sie sehen kann.«

Sie griff mit beiden Händen nach der Brille und nahm sie vom Gesicht. Ihr Blick war wirr und verloren.

»Setz sie wieder auf«, sagte Davy.

Sie gehorchte.

»Befehle hast du nur von mir entgegenzunehmen, sonst von niemandem, Kleines.« Er wandte sich zu mir. »Und Sie verschwinden jetzt augenblicklich. Das ist ein Befehl.«

»Sie sind zu jung, um irgendwelche Befehle zu erteilen. Wenn ich gehe, kommt Miss Sebastian mit.«

»So? Meinen Sie?« Er schob sie hinein und machte die Tür zu. »Sie wird nie in diesen Kerker zurückgehen.«

»Immerhin noch besser, als mit einem Psychopathen zusammenzuleben.«

»Ich bin kein Psychopath!«

Zum Beweis schoß er seine rechte Faust auf meinen Kopf ab. Ich lehnte mich zurück, und der Schlag ging vorbei. Doch seine Linke folgte sehr schnell und traf mich seitlich am Hals. Ich taumelte zurück in den Garten, den schwankenden Himmel auf meinem Kinn balancierend. Mein Fuß stieß an die Betoneinfassung des Swimming-pools, und mein Hinterkopf schlug auf den Beton.

Zwischen mir und dem Himmel tauchte Davy auf. Ich wälzte mich herum. Er trat mir zweimal mit dem Fuß in den Rücken. Irgendwie rappelte ich mich hoch und stürzte mich auf ihn. Es war, als versuchte ich, mit einem Bären zu ringen. Er hob mich mühelos hoch.

»Schluß jetzt!« rief Mrs. Smith. Sie sagte es, als sei er tatsächlich ein nur halbgezähmtes Tier. »Möchtest du wieder ins Gefängnis?«

Er schwieg und hielt mich weiter wie ein Bär umklammert, so daß ich kaum Luft bekam. Die rothaarige Frau ging zu einem Wasserhahn, an dem ein Schlauch befestigt war, und drehte ihn auf. Sie richtete den Strahl auf Davy. Ein Teil des Wassers spritzte auf mich.

»Laß ihn los.«

Davy ließ mich los. Die Frau richtete weiter den Schlauch auf ihn. Er versuchte nicht, ihn ihr zu entreißen. Er beobachtete mich. Ich starrte einer Grille nach, die über den Beton durch das Wasser kroch wie die winzige, unbeholfene Karikatur eines Menschen.

Die Frau sagte über ihre Schulter hinweg: »Machen Sie lieber, daß Sie wegkommen, Sie Stänkerer.«

Sie fügte der körperlichen Attacke eine verbale hinzu, doch ich ging. Nicht sehr weit: um die Ecke zu meinem Wagen. Ich fuhr rund um den Block und parkte ihn wieder auf der abschüssigen Straße oberhalb des Apartmenthauses. Den Innenhof und die Türen, die auf ihn hinausgingen, konnte ich nicht sehen, doch die Garageneinfahrt.

Ich blieb eine halbe Stunde sitzen und behielt sie im Auge. Meine Wut und Gekränktheit schwanden allmählich. Der Rücken tat mir immer noch weh.

Ich hatte nicht erwartet, zusammengeschlagen zu werden. Daß es passiert war, bedeutete, daß ich alt wurde oder daß Davy ein ziemlich schwerer Junge war. Ich brauchte keine halbe Stunde, um zu dem Schluß zu kommen, daß wahrscheinlich beides zutraf.

Die Straße, in der ich parkte, hieß Los Baños Street. Es war eine recht hübsche Straße mit neuen Terrassenhäusern, die übereinander in den Berghang geschnitten waren. Jedes Haus unterschied sich in irgendeinem ausgeklügelten Detail vom andern. Zum Beispiel war in dasjenige auf der anderen Straßenseite, mit den zugezogenen Vorhängen, ein zehn Fuß hoher Lavabrokken in die Fassade eingesetzt. Der Wagen auf der Zufahrt war ein neuer Cougar.

Ein Mann in Wildlederjacke trat aus dem Haus, öffnete den Kofferraum des Wagens und nahm eine kleine flache Scheibe heraus, die mich interessierte. Sie sah aus wie eine Tonbandrolle. Der Mann bemerkte meine Neugier und steckte das Ding in die Jackentasche.

Er fand, dies sei noch nicht genug, und kam mit entschlossenen Schritten über die Straße auf mich zu. Es war ein großer, kräftiger Mann mit einer Glatze voller Sommersprossen. Die scharfen, harten Augen in seinem großen, schlaffen, lächelnden Gesicht wirkten wie Kiesel in Eiercreme, ein etwas schockierender Kontrast.

»Wohnen Sie hier in der Nähe, Freundchen?« sagte er zu mir.

»Ich seh' mich bloß ein bißchen um.«

»Wir mögen keine fremden Schnüffler. Wie wär's, wenn Sie sich verziehen würden?«

Ich wollte kein Aufsehen erregen, und so verzog ich mich. Die Nummer des Cougar und die Hausnummer merkte ich mir: 702 Los Baños Street.

Ich besitze ein ziemlich gutes Gefühl für den richtigen Zeitpunkt, oder umgekehrt. Als ich losfuhr, stieß ein hellgrüner Wagen rückwärts aus der Garage des Laurel-Apartmenthauses. Er rollte den Berg hinunter zur Küstenstraße. Sandy saß am Steuer, Davy neben ihr auf dem Vordersitz. Ich fuhr ihnen nach. Sie bogen nach rechts auf die Schnellstraße ab und überquerten bei Gelb die Kreuzung am unteren Ende des Sunset Boulevard. Zähneknirschend hielt ich an der roten Ampel.

Ich fuhr bis hinaus nach Malibu und versuchte, sie einzuholen. Vergeblich. Ich fuhr zurück zum Laurel-Apartmenthaus in der Elder Street.

5

Auf der Tür von Apartment eins stand: »Mrs. Laurel Smith«. Sie öffnete die Tür, soweit das die vorgehängte Kette zuließ, und knurrte mich an:

»Sie haben ihn vertrieben. Hoffentlich sind Sie jetzt zufrieden.«

»Soll das heißen, sie sind abgehauen?«

»Ich habe Ihnen nichts zu sagen.«

»Das sollten Sie sich überlegen. Ich bin kein Stänkerer, aber es könnte leicht Stunk geben. Wenn Davy Spanner Bewährung hat, ist er fällig. Ich brauche nur der Polizei zu erzählen, daß er auf mich losgegangen ist.«

»Sie haben ihn herausgefordert.«

»Das ist Ansichtssache. Anscheinend stehen Sie auf Davys Seite. Sie sollten lieber mir helfen.«

Sie überlegte kurz. »Helfen? Wie?«

»Ich möchte das Mädchen. Wenn ich sie in angemessener Frist – das heißt, noch heute – relativ heil zurückkriege, werde ich Davy nicht in Schwierigkeiten bringen. Sonst ja.«

Sie machte die Kette los. »Okay, Mr. Herrgott. Kommen Sie herein. Die Wohnung ist zwar in einem schlimmen Zustand, aber Sie ja auch.«

Sie lächelte mit einem Mundwinkel und einem Auge.

Ich glaube, sie wäre gern wütend auf mich gewesen, doch sie hatte zu viele Dinge im Leben kennengelernt, um lange wütend zu sein. Eins von diesen Dingen, das merkte ich an ihrem Atem, war Alkohol.

Die Uhr auf ihrem Kaminsims zeigte halb elf. Die Uhr stand unter einer Glasglocke, als sollte sie Laurel Smith vor der Vergänglichkeit der Zeit behüten. Die andern Gegenstände im Zimmer, die Polstermöbel, der Krimskrams und die herumliegenden Zeitschriften, wirkten merkwürdig unbenützt. Man kam sich vor wie in einem Wartezimmer, wo man sich nicht zu entspannen traut, aus Angst, der Zahnarzt könnte einen jeden Moment holen. Oder der Psychiater.

Der kleine Fernseher in der einen Ecke war tonlos eingeschaltet. Laurel Smith sagte, als wolle sie sich entschuldigen: »Ich sehe nie fern. Ich hab' das Ding vor ein paar Wochen in einem Quiz gewonnen.«

»In was für einem Quiz?«

»In so einem Telefonquiz. Sie haben mich angerufen und gefragt, was die Hauptstadt von Kalifornien ist. Ich sagte Sacramento, und da sagten sie, ich hätte einen tragbaren Fernseher gewonnen – das war alles. Ich dachte, es ist ein Witz, aber nach einer Stunde erschienen sie mit dem Apparat.«

Sie schaltete ihn ab. Wir setzten uns auf die beiden Enden der halbkreisförmigen Couch.

Auf dem niedrigen Tisch zwischen uns stand ein

rauchfarbenes Glas. Das Aussichtsfenster hinter uns war voll von blauem Himmel und blauem Meer.

»Erzählen Sie mir von Davy.«

»Da gibt's nicht viel zu erzählen. Ich hab' ihn vor ein paar Monaten angestellt.«

»Als was?«

»Ich brauchte jemanden, der das Haus in Ordnung hält. Und Davy brauchte eine Halbtagsarbeit; er will Anfang nächsten Jahres aufs Junior College gehen. Sein Benehmen von heute morgen sah zwar nicht danach aus, aber er ist ein strebsamer junger Mann.«

»Wußten Sie, daß er schon mal gesessen hat, als Sie ihn engagierten?«

»Natürlich. Das war ja der Grund, warum ich mich für ihn interessiert habe. Ich war schon selber oft genug in Schwierigkeiten –«

»Mit dem Gesetz?«

»Das hab' ich nicht gesagt. Aber reden wir jetzt nicht von mir. Ich hatte ein bißchen Glück im Grundstückshandel, und ich lass' gern auch andere ein bißchen an meinem Glück teilhaben. Deshalb gab ich Davy den Job.«

»Haben Sie sich mal länger mit ihm unterhalten?«

Sie lachte kurz auf. »Das kann man wohl sagen. Der Junge kann einem ein Loch in den Bauch reden.«

»Worüber?«

»Über alles mögliche. Sein Lieblingsthema ist, daß

unser Land vor die Hunde geht. Vielleicht hat er recht. Er sagt, im Gefängnis habe er mal die Kehrseite der Medaille kennengelernt.«

»Das ist doch dummes Gewäsch.«

»Davy ist alles andere als dumm. Er weiß, was er will.«

»Was denn?«

»Später mal seinen Mann stellen und was Nützliches tun.«

»Ich fürchte, er hält Sie zum besten, Mrs. Smith.«

»Nein.« Sie schüttelte ihren wohlfrisierten Kopf. »Bestimmt nicht. Vielleicht hält er sich selbst ein bißchen zum besten. Weiß Gott, er hat genug Probleme. Ich hab' mit seinem Bewährungshelfer gesprochen –«

»Wer ist sein Bewährungshelfer?«

»Ich hab' seinen Namen vergessen.« Sie ging zum Telefonverzeichnis in der Diele und sah nach. »Mr. Belsize. Kennen Sie ihn?«

»Flüchtig. Er ist in Ordnung.«

Laurel Smith rückte näher zu mir. Sie schien ein wenig aufzutauen, doch ihr Blick war immer noch mißtrauisch. »Mr. Belsize hat zugegeben, daß er bei Davy ein Risiko eingegangen ist. Weil er empfohlen hat, seine Strafe zur Bewährung auszusetzen. Er meinte, die Möglichkeit, daß er's schafft, ist ebensogroß wie die, daß er's nicht schafft. Ich hab' ihm gesagt, daß ich auch bereit bin, ein Risiko einzugehen.«

»Warum?«

»Man lebt schließlich nicht allein auf der Welt. Das hab' ich gelernt.« Ein Lächeln huschte über ihr Gesicht. »Ich hab' mir wohl wieder mal die Finger verbrannt, was?«

»Das kann man wohl sagen. Hat Belsize Ihnen gesagt, was mit ihm los ist?«

»Er ist psychisch nicht in Ordnung. Wenn er wütend wird, hält er alle für seine Feinde. Sogar mich. Obwohl er bei mir noch nie tätlich wurde. Und bis heute morgen auch gegen niemand andern.«

»Soweit Ihnen bekannt ist.«

»Ich weiß, daß er früher einiges angestellt hat«, sagte sie. »Aber ich wollte ihm eine Chance geben. Sie haben ja keine Ahnung, was der Junge alles durchgemacht hat – Waisenhäuser und Pflegeeltern ... dauernd ist er rumgeschubst worden. Er hatte nie ein richtiges Zuhause, nie Vater oder Mutter.«

»Trotzdem muß er lernen, mit dem Leben fertig zu werden.«

»*Mir* brauchen Sie das nicht zu sagen. Ich dachte nur, Sie würden eher Verständnis für ihn aufbringen.«

»Ich hab' Verständnis für ihn, aber das wird ihm nichts nützen. Er hat ein junges Mädchen von zu Hause weggeholt und spielt Mann und Frau mit ihr. Er muß sie zurückbringen. Sonst werden ihn ihre Eltern anzeigen, und dann kommt er jahrelang ins Kittchen.«

Sie preßte ihre Hand auf ihre Brust. »Das dürfen wir nicht zulassen.«

»Was glauben Sie, wohin er sie gebracht hat, Mrs. Smith?«

»Keine Ahnung.«

Sie strich sich mit den Fingern durch ihr gefärbtes Haar, dann stand sie auf und ging zum Fenster. Wie sie so mit dem Rücken zu mir dastand, war sie einfach ein Ding; eine odaliskenhafte Figur, die sich gegen das Licht abhob. Umrahmt von den dunkelroten Vorhängen, sah die See alt aus wie das Mittelmeer, alt wie die Sünde.

»Hat er sie schon einmal hierhergebracht?« sagte ich zu ihrem schwarzen und orangefarbenen Rücken.

»Vergangene Woche, um sie mir vorzustellen – nein, vorletzte Woche.«

»Wollten die beiden heiraten?«

»Das glaub' ich nicht. Dazu sind sie doch zu jung. Ich bin sicher, daß Davy andere Pläne hat.«

»Zum Beispiel?«

»Ich hab's Ihnen doch schon gesagt – er will aufs College gehen und so. Er will Arzt oder Rechtsanwalt werden.«

»Er wird von Glück reden können, wenn er nicht ins Kittchen kommt.«

Sie drehte sich um, verschränkte die Finger ineinander, daß sie knackten. »Wie kann *ich* Ihnen helfen?«

»Lassen Sie mich sein Zimmer durchsuchen.«

Sie schwieg einen Moment, dann sah sie mich an, als falle es ihr schwer, mir zu trauen.

»Vielleicht gar keine schlechte Idee.«

Sie holte ihre Schlüssel, einen schweren klirrenden Ring wie ein riesiges Amulettarmband. Die Karte, auf der »David Spanner« stand, war nicht mehr an der Tür. Das bedeutete offenbar, daß er nicht mehr die Absicht hatte, zurückzukommen.

Das Apartment bestand aus einem Einzelzimmer mit zwei Bettcouches, die im rechten Winkel in einer Ecke standen. Beide Betten waren zerwühlt. Mrs. Smith schlug die Decken zurück und betrachtete die Laken.

»Man sieht nicht, ob sie zusammen geschlafen haben«, sagte sie.

»Vermutlich haben sie.«

Sie sah mich besorgt an. »Das Mädchen ist doch schon mündig, oder?«

»Ja. Aber wenn er sie gegen ihren Willen verschleppt, oder wenn sie sich wehrt und er wendet Gewalt an –«

»Das ist Entführung, ich weiß. Aber das würde Davy bestimmt nicht mit ihr machen. Er hat sie gern.«

Ich öffnete den Kleiderschrank. Er war leer.

»Er hat kaum was zum Anziehen«, sagte sie. »Er macht sich nicht viel aus Kleidern.«

»Wofür interessiert er sich denn?«

»Für Autos. Aber er darf keins fahren, weil er doch Bewährung hat. Das dürfte einer der Gründe sein, warum er sich mit dem Mädchen eingelassen hat. Sie hat einen Wagen.«

»Und ihr Vater hat eine Schrotflinte. Das heißt, er hatte eine. Jetzt hat sie Davy.«

Sie drehte sich so schnell um, daß ihr Hausmantel auseinanderklaffte. »Davon haben Sie bis jetzt gar nichts gesagt.«

»Halten Sie's denn für so wichtig?«

»Er könnte ja jemanden erschießen.«

»Denken Sie an jemand Speziellen?«

»Er kennt doch fast keinen Menschen«, sagte sie.

»Dann ist's ja gut.«

Ich durchsuchte die übrige Wohnung. In dem kleinen Kühlschrank in der Küche waren ein paar Scheiben Schinken und Käse und Milch. Auf dem Schreibtisch am Fenster standen einige Bücher: *Der Prophet*, ein Buch über Clarence Darrow und eines über einen amerikanischen Arzt, der ein Krankenhaus in Burma gebaut hatte. Kümmerliche Flügel zum Davonfliegen.

An die Wand über dem Schreibtisch war mit Reißnägeln eine Liste mit zehn ›Regeln‹ geheftet, geschrieben in Davys klarer Schrift:

1. *Fahre nicht Auto.*
2. *Trinke keinen Alkohol.*

3. *Bleibe nicht zu lange auf – die Nacht ist gefährlich.*
4. *Besuche keine üblen Lokale.*
5. *Sei vorsichtig bei der Wahl deiner Freunde.*
6. *Benütze keine unanständigen Worte.*
7. *Benütze keine Slangausdrücke.*
8. *Hocke nicht herum und brüte über die Vergangenheit nach.*
9. *Prügle dich nicht.*
10. *Nimm dich zusammen und werde nicht gleich aggressiv.*

»Sehen Sie nun, was für ein Junge er ist?« sagte Laurel über meine Schulter. »Er gibt sich wirklich Mühe.«

»Sie mögen ihn, nicht wahr?«

Sie wich aus. »Sie würden ihn auch mögen, wenn Sie ihn kennen würden.«

»Kann sein.« Davys Regeln waren irgendwie rührend, doch ich las sie mit anderen Augen als Laurel. Der Junge war dabei, sich selbst kennenzulernen, und was er da sah, gefiel ihm nicht.

Ich durchsuchte den Schreibtisch. Er war leer; das einzige, was ich fand, war ein zusammengeknülltes Blatt Papier in der untersten Lade. Ich breitete es auf der Schreibtischplatte aus. Es zeigte eine Skizze, unbeholfen mit Tinte gezeichnet; den Plan einer Ranch oder eines großen Guts. Die verschiedenen Teile waren mit einer mädchenhaften, ungeformten Schrift gekennzeichnet: »Hauptgebäude«, »Garage mit L.s Wohnung«, »künstlicher See und Damm« und »versperrtes Tor«.

Ich zeigte Laurel Smith die Karte. »Wissen Sie, was das ist?«

»Keine Ahnung.« Doch ihre Augen wurden klein und aufmerksam. »Sollte ich?«

»Sieht so aus, als wollten die beiden ein Ding drehen.«

»Wahrscheinlich haben sie bloß ein bißchen herumgekritzelt.«

»Komisches Gekritzel.« Ich faltete das Papier zusammen und steckte es in meine Brusttasche.

»Was wollen Sie damit?« sagte sie.

»Die Ranch suchen. Wenn Sie mir sagen würden, wo sie ist, könnten Sie mir eine Menge Mühe ersparen.«

»Woher soll ich das wissen«, sagte sie schroff. »Sind Sie jetzt fertig? Ich hab' noch was anderes zu tun.«

Sie blieb an der Tür stehen, bis ich draußen war. Ich bedankte mich. Sie schüttelte unfreundlich den Kopf: »Nicht gern geschehen. Sagen Sie, für wieviel würden Sie Davy in Ruhe lassen und den ganzen Blödsinn vergessen?«

»Das kann ich nicht.«

»Klar können Sie das. Ich geb' Ihnen fünfhundert.«

Ich schüttelte den Kopf.

»Tausend? Tausend in bar. Steuerfrei.«

»Hören Sie auf.«

»Tausend in bar und mich dazu. Ausgezogen seh' ich viel besser aus.« Sie stieß mit ihrer Brust an meinen Arm. Ich spürte nichts als einen Stich in der Nierengegend.

»Ein nettes Angebot, aber es geht nicht. Sie vergessen das Mädchen.«

»Zum Teufel mit ihr und zum Teufel mit Ihnen!« Sie ging, die Schlüssel in der Hand schwenkend, in ihre Wohnung.

Ich warf einen Blick in die Garage. An der dunklen Rückwand stand eine Werkbank, auf der ein Hammer, mehrere Schraubenzieher, Zangen, Schraubenschlüssel und eine Metallsäge lagen. An der Werkbank war ein kleiner Schraubstock befestigt. Drumherum und darunter auf dem Betonboden lagen glänzende, frische Eisenspäne, vermischt mit Sägemehl.

Die Späne brachten mich auf eine merkwürdige Idee. Ich suchte weiter, und auf einem Dachsparren der Garage fand ich schließlich in ein schmutziges Badetuch und einen zusammengerollten alten Teppich gewickelt die beiden Läufe und den Schaft, die Davy von der Schrotflinte abgesägt hatte. Sie erfüllten mich mit einem widerlichen Gefühl: das Ganze sah aus wie die Überbleibsel von einer Amputation.

6

Ich legte die Läufe und den Schaft in den Kofferraum meines Wagens und fuhr zu meinem Büro am Sunset Boulevard. Von dort aus rief ich Keith Sebastian in der Centennial Bank an. Er war nicht da. Seine Sekretärin sagte mir, er sei eben zum Mittagessen gegangen.

Ich ließ mir einen Termin für den frühen Nachmittag geben. Um die Mittagszeit nicht ungenützt verstreichen zu lassen, rief ich Jacob Belsize an, bevor ich mein Büro verließ.

Belsize erinnerte sich an mich. Als ich ihm sagte, daß es um Davy Spanner ging, erklärte er sich bereit, mit mir in einem Restaurant in der Nähe seines Büros am South Boulevard Mittag zu essen.

Er erwartete mich in einer Nische. Ich hatte Jack Belsize ein paar Jahre nicht gesehen. Er war in der Zwischenzeit gealtert. Sein Haar war fast weiß. Die Falten um seinen Mund und seine Augen sahen aus wie die durchfurchte Erde rund um Wasserlöcher in der Wüste.

Das Ein-Dollar-Spezialmenu für Geschäftsleute bestand aus einem warmen Roastbeef-Sandwich mit Pommes frites und Kaffee. Belsize bestellte es; ich auch. Als die Kellnerin die Bestellung aufgenommen hatte, sagte er, übertönt vom Geklapper und Stimmengewirr essender, redender Männer:

»Sie haben sich am Telefon nicht klar ausgedrückt. Was hat Davy angestellt?«

»Er hat mich in die Nieren getreten. Schwerer tätlicher Angriff.«

Jacks dunkle Augen wurden groß. Er war einer von den guten Bewährungshelfern, die sich dauernd Sorgen um ihre Schützlinge machen. »Wollen Sie ihn anzeigen?«

»Vielleicht. Aber er hat noch mehr auf dem Kerbholz. Ich darf keine Namen nennen, mein Auftraggeber will es nicht. Es geht um seine Tochter, eine siebzehnjährige Schülerin. Sie ist seit einem Tag und einer Nacht verschwunden – die Nacht hat sie mit Davy in seiner Wohnung verbracht.«

»Und wo sind die beiden jetzt?«

»Mit ihrem Wagen unterwegs. Als ich sie aus den Augen verlor, fuhren sie auf der Küstenstraße in Richtung Malibu.«

Er holte tief Luft. »Siebzehn ist das Mädchen. Das ist nicht gut. Aber es gibt Schlimmeres.«

»Es kommt noch schlimmer, viel schlimmer. Sie kennen die Details noch nicht.«

»Erzählen Sie. Was für ein Mädchen ist sie?«

»Ich hab' sie nur zwei Minuten gesehen. Ich würde sagen, ein nettes Mädchen in einer üblen Klemme. Dies scheint ihre zweite Affäre mit einem Mann zu sein. Nach der ersten wollte sie sich umbringen, hat mir eine Freundin von ihr erzählt. Diesmal könnte es schlimmer ausgehen. Das ist nur eine Vermutung von mir, aber ich fürchte, die beiden hecken irgendwas Übles aus.«

Belsize beugte sich über den Tisch zu mir vor. »Wie meinen Sie das?«

»Ich glaube, sie haben ein Verbrechen vor.«

»Was für ein Verbrechen?«

»Das müssen Sie besser wissen. Davy steht unter Ihrer Obhut.«

Belsize schüttelte den Kopf. Die Furchen in seinem Gesicht wurden tiefer, wie Risse in seinem Selbstvertrauen. »Meine Möglichkeiten sind sehr begrenzt. Ich kann ihm nicht ständig nachlaufen. Ich habe hundertfünfzig Schützlinge, hundertfünfzig Davy Spanners. Sie verfolgen mich bis in meine Träume.«

»Ich weiß, daß Sie mit ihnen nicht fertig werden können«, sagte ich, »und niemand wirft Ihnen das vor. Ich wollte Sie nur nach Ihrer fachmännischen Meinung über Davy fragen. Neigt er zu Gewaltverbrechen?«

»Er hat nie eines begangen, aber imstande wäre er dazu.«

»Auch dazu, jemanden umzubringen?«

Belsize nickte. »Davy ist ein ziemlicher Psychopath. Wenn er sich bedroht oder abgewiesen fühlt, verliert er sein Gleichgewicht. Einmal ist er in meinem Büro fast auf mich losgegangen.«

»Warum?«

»Es war kurz vor seiner Verurteilung. Ich sagte ihm, daß ich dem Gericht empfohlen hätte, ihn sechs Monate ins Gefängnis zu schicken und die restliche Strafe zur Bewährung auszusetzen. Das muß irgendwas in ihm aufgewühlt haben, irgendwas aus seiner Vergangenheit – was, weiß ich nicht. Wir wissen über Davys Jugend nicht genau Bescheid. Er hat seine Eltern verloren und seine ersten Lebensjahre in einem Waisenhaus verbracht, bis sich eine Pflegestelle für ihn fand. Jedenfalls, als ich ihm sagte, was ich vorhatte, da muß er sich wieder völlig verlassen gefühlt haben. Nur daß er jetzt groß und stark war. Er wollte mich erschlagen, aber zum Glück konnte ich ihn zur Vernunft bringen. Und ich habe meine Empfehlung auf Bewährung nicht widerrufen.«

»Sie haben also ziemliches Vertrauen in ihn gesetzt.«

Belsize zuckte die Achseln. »Ohne Vertrauen geht's nicht. Ich hab' schon vor vielen Jahren gelernt, daß man eine Menge riskieren muß. Wenn man den Burschen keine Chance gibt und kein Vertrauen zu ihnen hat, kann man nicht erwarten, daß sie Vertrauen zu sich selbst haben.«

Die Kellnerin brachte unsere Sandwiches, und einige Minuten lang waren wir mit dem Essen beschäftigt.

Zumindest ich. Belsize stocherte in seinem herum, als hätten Davy und ich ihm den Appetit verdorben. Schließlich schob er es weg.

»Etwas hab' ich bis heute nicht gelernt: mir nicht zuviel Hoffnung zu machen«, sagte er. »Wenn ich sie in die Finger kriege, sind sie meistens schon so verpatzt, daß nicht mehr viel zu machen ist.« Er hob den Kopf. »Packen Sie schon aus. Was ist mit Davy?«

»Es würde Sie kaum glücklicher machen, wenn ich Ihnen das erzählte. Und ich möchte nicht, daß Sie die Polizei auf ihn und das Mädchen hetzen. Jedenfalls nicht, bevor ich mit meinem Klienten gesprochen habe.«

»Was möchten Sie dann von mir?«

»Daß Sie mir noch ein paar Fragen beantworten. Wenn Sie so viel Vertrauen in Davy setzten, warum haben Sie ihn dann sechs Monate ins Gefängnis schikken lassen?«

»Weil er's gebraucht hat. Er hatte jahrelang Autos gestohlen.«

»Hat er sie verkauft?«

»Nein, er ist damit herumgefahren. Mir gegenüber hat er zugegeben, daß er damit im ganzen Staat herumgegondelt ist. Er sagte, er hätte seine Familie gesucht, seine richtige Familie. Ich hab's ihm geglaubt. Es war mir zuwider, ihn ins Gefängnis zu schicken. Aber ich war überzeugt, es würde ihm guttun – er würde in den sechs Monaten zur Besinnung kommen und reifer werden.«

»Hat's ihm gutgetan?«

»In verschiedener Hinsicht sicher. Er hat die High-School fertiggemacht und eine Menge gelesen. Aber seine eigentlichen Probleme sind dadurch natürlich nicht gelöst worden.«

»Sie meinen seine seelischen Probleme?«

Belsize nickte. »Ich würde eher Lebensprobleme sagen. Der Junge hat nie einen Menschen gehabt, der wirklich für ihn da war. Das hat natürlich schlimme Folgen. Ich war der Ansicht, daß ihm ein Psychotherapeut helfen könne. Doch der Psychologe, der ihn getestet hatte, meinte, die Behandlung wäre rausgeschmissenes Geld.«

»Weil er ein halber Psychopath ist?«

»Man soll junge Menschen nicht mit solchen Etiketts behaften. Ich weiß, wie wild sie in der Jugend sein können. Jede nur denkbare Form, die man in einem Lehrbuch für Psychiatrie finden kann, habe ich erlebt. Aber wenn der Sturm vorüber ist, werden sie oft ganz andere Menschen. Man erkennt sie kaum wieder.« Er drehte die Hände, mit der Innenfläche nach oben, auf den Tisch.

»So schlecht werden sie ...«

»Sie sind ein Zyniker, Mr. Archer.«

»Ganz und gar nicht. Ich bin zufällig einer von denen, die besser geworden sind. Wenigstens ein bißchen. Statt Ganove bin ich Bulle geworden.«

Mit einem Lächeln, das sein ganzes Gesicht zerknitterte, sagte Belsize: »Ich hab' mich noch nicht richtig entschieden. Meine Schützlinge halten mich für einen Bullen. Die Bullen halten mich für einen Ganovenfreund. Aber es geht jetzt nicht um uns beide, wie?«

»Haben Sie eine Ahnung, wo Davy sein könnte?«

»Schwer zu sagen. Haben Sie mit seiner Arbeitgeberin gesprochen? Mir fällt im Moment ihr Name nicht ein – so eine Rothaarige . . .«

»Laurel Smith. Ja, ich hab' mit ihr gesprochen. Wie ist er eigentlich zu ihr gekommen?«

»Sie hat ihm durch unser Büro einen Halbtagsjob angeboten. Vor zwei Monaten, als er aus dem Gefängnis kam.«

»Kannte sie ihn von früher?«

»Wohl kaum. Ich glaube, sie wollte etwas Gutes tun.«

»Und was hat sie als Gegenleistung erwartet?«

»Sie sind ein Zyniker«, sagte er. »Es gibt Menschen, die einfach Gutes tun. Ich glaube, Mrs. Smith war selber schon mal in Schwierigkeiten.«

»Wie kommen Sie darauf?«

»Die Polizei von Santa Teresa hat bei mir Erkundigungen über sie eingezogen. Etwa um die Zeit, als Davy aus dem Gefängnis entlassen wurde.«

»Offiziell?«

»Halb offiziell. Ein Sheriff namens Fleischer erschien in meinem Büro und wollte alles mögliche über Laurel Smith und Davy wissen. Ich hab' ihm nicht viel gesagt. Offen gestanden, er war mir nicht sehr sympathisch, und er wollte mir nicht sagen, weshalb er die Auskunft brauchte.«

»Haben Sie Laurel Smiths Vergangenheit überprüft?«

»Nein. Das hielt ich nicht für nötig.«

»An Ihrer Stelle hätte ich's getan. Wo hat Davy gewohnt, bevor er ins Gefängnis kam?«

»Nachdem er aus der High-School geflogen war, hat er etwa ein Jahr allein gelebt. Im Sommer hat er sich irgendwo am Strand rumgetrieben, und im Winter hat er verschiedene Jobs angenommen.«

»Und davor?«

»Da hat er bei seinen Pflegeeltern gewohnt, Mr. und Mrs. Edward Spanner. Er hat ihren Namen angenommen.«

»Wo kann ich die Spanners finden?«

»Sie wohnen in West Los Angeles. Soviel ich weiß, stehen sie im Telefonbuch.«

»Ist Davy noch mit ihnen in Verbindung?«

»Keine Ahnung. Am besten, Sie fragen sie selbst.«
Die Kellnerin brachte unsere Rechnungen, und Belsize stand auf und verabschiedete sich.

7

Das Gebäude der Centennial Bank am Wilshire war ein neuer zwölfstöckiger, mit Aluminium und Glas verkleideter Turm. Ein automatischer Lift brachte mich zu Sebastians Büro im zweiten Stock.

Die violettäugige Sekretärin im Vorzimmer sagte mir, daß Sebastian mich erwarte.

»Aber Mr. Hackett ist noch bei ihm«, fügte sie wichtig hinzu.

»Der große Boß persönlich?«

Sie sah mich stirnrunzelnd an. »Mr. Hackett hat mit Mr. Sebastian zu Mittag gegessen und ist danach mit ihm gekommen. Er läßt sich nur sehr selten hier blicken. Ich hab' ihn heute erst zum zweiten Mal gesehen.« Sie tat so, als ob sie den Besuch königlicher Majestäten empfangen hätten.

Ich setzte mich auf eine Polsterbank an der Wand. Das Mädchen stand von seinem Schreibmaschinentisch auf und setzte sich zu meiner Überraschung neben mich.

»Sind Sie Polizist oder Arzt oder irgend so was?«

»Irgend so was.«

Sie sah mich beleidigt an. »Wenn Sie nicht wollen, brauchen Sie's mir nicht zu sagen.«

»Stimmt.«

Sie schwieg eine Weile. »Ich mache mir Sorgen um Mr. Sebastian.«

»Ich auch. Was bringt Sie auf die Idee, daß ich Arzt oder Polizist sein könnte?«

»Die Art, wie er von Ihnen gesprochen hat. Er kann's kaum erwarten, Sie zu sehen.«

»Hat er gesagt, warum?«

»Nein, aber ich hab' ihn heute morgen in seinem Zimmer weinen hören.« Sie deutete auf seine Bürotür. »Mr. Sebastian ist im allgemeinen ein sehr nüchterner Mensch. Aber er hat tatsächlich geweint. Ich bin hineingegangen und hab' ihn gefragt, ob ich ihm helfen kann. Er sagte, ihm könne niemand helfen; seine Tochter sei sehr krank.« Sie wandte den Kopf und sah mich mit ihren ultravioletten Augen durchdringend an. »Stimmt das?«

»Kann sein. Kennen Sie Sandy?«

»Nur vom Sehen. Was ist denn mit ihr?«

Die Antwort blieb mir erspart. In Sebastians Zimmer hörte man leise scharrende Schritte. Bis Sebastian die Tür öffnete, saß das Mädchen wieder hinter seinem Tisch, regungslos wie eine Statue in einer Nische.

Stephen Hackett war ein guterhaltener Mann um die Vierzig – jünger, als ich gedacht hatte. Sein gutgeschnittener Tweedanzug, der nach Bond Street aussah, ließ seine stämmige Gestalt ein wenig schlanker erscheinen. Sein arroganter Blick streifte mich, als sei ich ein Möbelstück am falschen Ort. Er machte den Eindruck, als ob sein Geld dem gleichen Zweck diente wie bei anderen Männern Schuhe mit erhöhten Absätzen.

Man merkte, daß Sebastian ihn nur sehr ungern gehen ließ. Er wollte ihn zum Lift begleiten, doch Hackett wandte sich an der Tür um, schüttelte ihm rasch die Hand und sagte in bestimmtem Ton: »Wiedersehen. Nur weiter so.«

Mit glänzenden, verträumten Augen kam Sebastian auf mich zu. »Das war Mr. Hackett. Er findet mein Programm ausgezeichnet«, sagte er prahlerisch und warf einen Blick auf das Mädchen.

»Das hab' ich mir gedacht«, sagte sie. »Es ist ja auch prima.«

»Ja, aber man weiß ja nie.«

Er führte mich in sein Zimmer und machte die Tür zu. Es war ein nicht besonders großer Eckraum, dessen Fenster auf den Boulevard und den Parkplatz gingen. Ich schaute hinunter und sah, wie Stephen Hackett über den Rand eines offenen roten Sportwagens kletterte und davonfuhr.

»Er ist ein großer Sportler«, sagte Sebastian.

Seine Heldenverehrung ärgerte mich. »Sonst tut er nichts?«

»Er kümmert sich natürlich um seine Belange. Aber er befaßt sich nicht direkt mit der Leitung seiner Firmen.«

»Woher hat er sein Geld?«

»Er hat ein Vermögen von seinem Vater geerbt. Mark Hackett war einer dieser sagenhaften Texas-Ölmagnaten. Aber Stephen Hackett versteht auch selber eine Menge vom Geldverdienen. Erst vor ein paar Jahren, zum Beispiel, hat er die Centennial Bank gekauft und dieses Gebäude gebaut.«

»Toll. Wirklich toll.«

Sebastian sah mich verwirrt an und setzte sich hinter seinen Schreibtisch. Eingerahmte Fotos von Sandy und seiner Frau standen darauf, und auf der einen Seite lag ein Stapel Anzeigen-Layouts. Das oberste Inserat verkündete in altmodischer Schrift: »Wir haben vor anderer Leute Geld ebenso großen Respekt wie vor unserem eigenen.«

Ich wartete, daß Sebastian umschaltete. Es dauerte eine Weile. Er mußte von der Welt des Geldes, in der das Lob eines Millionärs das Schönste war, was man sich erhoffen konnte, zu seiner sorgenvollen privaten Welt hinüberwechseln. Seit ich erfahren hatte, daß es in seinem Lockenkopf Tränen gab, war er mir sympathischer.

»Vor ein paar Stunden hab' ich Ihre Tochter gesehen.«

»Wirklich? Ist sie okay?«

»Körperlich schien sie in Ordnung zu sein. Ob seelisch, weiß ich nicht.«

»Wo haben Sie sie gesehen?«

»In der Wohnung ihres Freundes. Ich fürchte, sie hat nicht viel Lust, nach Hause zu kommen. Sandy scheint eine ziemliche Wut auf Sie und Ihre Frau zu haben.«

Das sollte eine Frage sein. Sebastian nahm das Foto seiner Tochter und sah es an, als erwarte er von ihm die Antwort.

»Sie war immer ganz vernarrt in mich«, sagte er. »Wir haben uns prima verstanden. Bis letzten Sommer.«

»Was war im letzten Sommer?«

»Sie wurde plötzlich aufsässig, auch gegen meine Frau. Sie hat fast überhaupt nicht mehr mit uns gesprochen. Nur manchmal kriegte sie Wutanfälle und beschimpfte uns.«

»Soviel ich gehört habe, hatte sie letzten Sommer eine Liebesaffäre.«

»Eine Liebesaffäre? In ihrem Alter? Ausgeschlossen.«

»Es war keine glückliche Liebesaffäre.«

»Wer war der Mann?«

»Ich hoffte, das würden Sie mir sagen können.«

Sein Gesicht veränderte sich wieder. Er starrte mit offenem Mund ins Leere, sein Blick schien nach innen gerichtet.

»Wer hat Ihnen das gesagt?« fragte er.

»Eine Freundin von ihr.«

»Sie meinen, sie hatte richtige sexuelle Beziehungen?«

»Daran gibt's kaum einen Zweifel. Aber nehmen Sie's doch nicht so schwer.«

Sebastian sah wie ein geprügelter Hund aus; in seinen Augen war echte Angst. Er legte Sandys Foto umgedreht auf den Schreibtisch, als wolle er ihrem Blick ausweichen.

Ich holte die Karte hervor, die ich in Davys Schreibtisch gefunden hatte, und breitete sie vor Sebastian aus. »Würden Sie sich das mal bitte ansehen? Kennen Sie die Schrift?«

»Sieht aus wie Sandys Schrift.« Er nahm die Skizze in die Hand und betrachtete sie genauer. »Ja, das ist Sandys Schrift. Was hat das zu bedeuten?«

»Keine Ahnung. Kennen Sie dieses Grundstück mit dem künstlichen See?«

Sebastian kratzte sich am Kopf, und eine lange Locke fiel über sein eines Auge. Es ließ ihn ein wenig verschlagen und schäbig aussehen. Er strich das Haar sorgfältig zurück, doch die Schäbigkeit blieb.

»Sieht aus wie Mr. Hacketts Grundstück«, sagte er.

»Wo ist es?«

»In den Bergen oberhalb Malibu. Ein herrlicher Besitz. Aber warum sollte Sandy eine Karte davon zeichnen? Haben Sie eine Ahnung?«

»Vielleicht. Aber bevor ich näher darauf eingehe,

möchte ich Ihnen etwas zeigen. Ich habe Ihre Schrotflinte gefunden, oder besser: Teile davon.«

»Was soll das heißen: Teile?«

»Kommen Sie mit runter auf den Parkplatz, dann zeig' ich sie Ihnen. Ich wollte sie nicht mit heraufbringen.«

Wir fuhren mit dem Lift hinunter und gingen zu meinem Wagen. Ich öffnete den Kofferraum und packte den traurig amputierten Schaft und die Läufe aus.

Sebastian nahm sie in die Hand. »Wer hat das gemacht?« sagte er erschrocken und wütend. »Sandy?«

»Ich glaube eher, Davy.«

»Was ist denn das für ein Vandale? Die Schrotflinte hat hundertfünfzig Dollar gekostet.«

»Ich glaube nicht, daß das Vandalismus war. Ich fürchte, etwas viel Schlimmeres. Man kann fast mit Sicherheit darauf schließen, daß Davy eine abgesägte Schrotflinte bei sich hat. Zusammen mit der Karte, die Sandy von dem Hackett-Grundstück gezeichnet hat –«

»Mein Gott, glauben Sie etwa, daß sie ihn überfallen wollen?«

»Die Möglichkeit besteht, und ich finde, man sollte ihn davor warnen.«

Sebastian drehte sich zum Gebäude um, dann wandte er sich wieder zu mir und starrte mich entsetzt an. »Völlig unmöglich. Sie können doch nicht von mir verlangen, daß ich ihm sage, meine Tochter –«

»Sie hat die Karte gezeichnet. Kennt sie das Grundstück gut?«

»Sehr gut. Sandy war oft bei ihnen. Die Hacketts haben sie sehr gern.«

»Finden Sie nicht, daß man sie warnen müßte?«

»Das wäre doch voreilig.« Er warf die Teile der Flinte in den Kofferraum. Sie schlugen mit einem klappernden Geräusch auf. »Wir wissen doch gar nicht mit Sicherheit, daß sie etwas Derartiges vorhaben. Offen gesagt, je mehr ich darüber nachdenke, um so unwahrscheinlicher kommt es mir vor. Ich kann doch unmöglich zu den Hacketts fahren und ihnen so etwas sagen. Das wäre ja mein Ruin – von Sandy ganz zu schweigen –«

»Wenn ihr Freund die Hacketts überfällt, dann wäre das für Sandy wesentlich schlimmer. Und für Sie auch.«

Er starrte, tief in Gedanken versunken, auf den Asphalt zu seinen Füßen. Ich betrachtete das Verkehrsgewühl auf dem Wilshire Boulevard. Im allgemeinen seh' ich mir das Verkehrsgewühl lieber an, als selbst drinzustecken. Heute nicht.

»Hat Hackett Geld und Juwelen im Haus?«

»Ich glaube nicht, daß er viel Geld daheim hat. Aber seine Frau hat Diamanten. Und sie haben eine wertvolle Kunstsammlung. Mr. Hackett fährt oft nach Europa, um Bilder zu kaufen.« Er schwieg einen Moment. »Könnten Sie's Hackett nicht irgendwie sagen, ohne Sandy zu erwähnen? Ich meine, könnten Sie sie nicht aus dem Ganzen heraushalten?«

»Genau das versuch' ich ja die ganze Zeit.«

»Warum haben Sie sie nicht heimgebracht, als Sie sie sahen?«

»Sie wollte nicht. Und zwingen konnte ich sie ja nicht. Ebensowenig wie ich Sie zwingen kann, zu Hackett zu fahren und ihn zu warnen. Doch Sie sollten's tun. Oder aber die Polizei verständigen.«

»Damit sie sie ins Gefängnis stecken?«

»Warum sollten sie sie ins Gefängnis stecken, wenn sie nichts getan hat? Außerdem gibt's Schlimmeres als das Gefängnis.«

Er sah mich mißbilligend an. »Sie scheinen zu vergessen, daß Sie von meiner Tochter sprechen.«

»Ganz und gar nicht. Aber Sie scheinen noch eine Menge anderer Dinge im Kopf zu haben. Wer weiß, was alles passiert, während wir hier herumstehen.«

Sebastian biß sich auf die Lippe. Er blickte zum Gebäude aus Metall und Glas hoch, als erwarte er von hier eine Eingebung. Doch es war nur ein Monument des Geldes. Er trat näher zu mir und umklammerte meinen Arm. Er drückte ihn, als wolle er mich beschwichtigen und zugleich meine Stärke abschätzen, für den Fall, daß es zu einer Prügelei zwischen uns kam.

»Hören Sie, Archer, ich seh' nicht ein, warum Sie

nicht hinausfahren und mit Mr. Hackett reden können. Sie brauchen mich oder Sandy doch gar nicht zu erwähnen.«

»Möchten Sie das wirklich?«

»Es ist das einzig Vernünftige. Ich kann nicht glauben, daß die beiden wirklich so etwas vorhaben. Sandy ist doch nicht kriminell.«

»Ein junges Mädchen ist meistens das, was ihr Freund ist.«

»Meine Tochter nicht. Sie hat noch nie etwas Unrechtes getan.«

Ich hatte es satt, mit Sebastian zu streiten. Er war ein Mensch, der immer das glaubte, was ihm im Moment am besten paßte. »Wie Sie meinen. Ist Hackett von hier aus direkt nach Hause gefahren?«

»Ich glaube ja. Sie gehen also zu ihm?«

»Wenn Sie darauf bestehen.«

»Und Sie halten uns aus dem Ganzen heraus?«

»Ich weiß nicht, ob das möglich sein wird. Sie vergessen, daß Hackett mich in Ihrem Büro gesehen hat.«

»Tischen Sie ihm irgendeine Geschichte auf. Sie wären hinter diese Sache gekommen und wollten mir davon erzählen, weil ich für ihn arbeite. Sagen Sie ihm, wir wären alte Freunde.«

Ich versprach ihm nichts. Er erklärte mir den Weg zu Hacketts Haus und gab mir seine geheime Telefonnummer.

8

Ich rief die Nummer von Malibu aus an. Eine Frau mit ausländischem Akzent meldete sich und sagte, daß ihr Mann nicht zu Hause sei; sie erwarte ihn aber jeden Moment. Als ich mich auf Sebastian berief, sagte sie, sie werde mir jemanden zum Tor entgegenschikken.

Von Malibu waren es nur ein paar Meilen. Das Tor war drei Meter hoch, obendrauf Stacheldraht. Beiderseits erstreckte sich ein dicker Drahtzaun mit »Zutritt-verboten«-Schildern bis weit in die Berge.

Der Mann, der mich am Tor erwartete, war ein magerer Kerl, offenbar ein Spanier. Seine dunklen, alterslosen Augen widerlegten den jungenhaften Eindruck, den er mit seiner engen Hose und dem wirren Haar zunächst erweckt hatte. Er bemühte sich nicht, den schweren Revolver, der unter seiner Jacke in einem Gürtelhalfter steckte, zu verbergen.

Bevor er das Tor öffnete, ließ er sich die Fotokopie meiner Lizenz zeigen. »Okay«, sagte er. »Scheint in Ordnung.«

Er machte das Tor auf, ließ mich hineinfahren und sperrte es wieder zu, während ich hinter seinem Jeep wartete.

»Ist Mr. Hackett schon da?«

Er stieg kopfschüttelnd in seinen Jeep und fuhr mir voraus die geteerte Privatstraße hinauf. Sobald wir hinter der ersten Kurve waren, schien die Gegend einsam und unberührt wie eine Wildnis. Wachteln schrien im Gebüsch, und auf Toyonsträuchern hockten kleine Vögel und pickten an den roten Beeren. Ein paar Geier saßen hoch oben auf einem Thermal und starrten uns neugierig an.

Die Straße führte über einen niedrigen Hügel und dann den breiten Erddamm entlang, der den künstlichen See umgab. Auf dem Wasser schwammen Spitz- und Krickenten, und im Gras am Ufer saßen Sumpfhühner.

Mein Begleiter zog seinen Revolver und schoß, ohne mit seinem Jeep anzuhalten, auf das nächste Sumpfhuhn. Anscheinend wollte er mir mit seiner Treffsicherheit imponieren. Sämtliche Enten flatterten auf, und alle Sumpfhühner bis auf eins rannten aufgeregt ins Wasser, wie erschrockene Menschen in einem Zeichentrickfilm.

Das Haus stand auf einem Hügel auf der andern Seite des Sees. Es war breit und niedrig und paßte so gut in die Landschaft, als sei es ein Teil davon.

Mrs. Hackett wartete auf der Terrasse vor dem Haus. Sie trug ein braunes Wollkostüm, und ihr langes blondes Haar war im Nacken zu einem lockeren Knoten geschlungen. Sie war Anfang Dreißig, eine hübsche, vollschlanke Frau. Ärgerlich rief sie dem Mann im Jeep zu: »Worauf haben Sie geschossen?«

»Auf ein Sumpfhuhn.«

»Ich hab' Sie doch gebeten, das zu lassen. Sie vertreiben damit die Enten.«

»Es gibt viel zu viele Sumpfhühner.«

Sie wurde blaß. »Widersprechen Sie mir nicht, Lupe.«

Sie starrten einander an. Sein Gesicht war wie geschnitztes Sattelleder, das ihre wie Meißener Porzellan. Offenbar hatte sie gesiegt. Lupe fuhr mit dem Jeep davon und verschwand in einem der Nebengebäude.

Ich stellte mich vor. Die Frau wandte sich mir zu, doch ihre Gedanken waren immer noch bei Lupe. »Er ist aufsässig. Ich weiß nicht, wie ich mit ihm fertigwerden soll. Seit über zehn Jahren bin ich in diesem Land, aber die Amerikaner versteh' ich noch immer nicht.« Sie sprach mit europäischem Akzent; vermutlich war sie Österreicherin oder Deutsche.

»Ich bin seit über vierzig Jahren hier«, sagte ich, »und ich versteh' die Amerikaner auch nicht. Besonders schwer sind Ibero-Amerikaner zu verstehen.«

»Dann können Sie mir wohl auch nicht helfen.« Sie lächelte und zuckte hilflos ihre ziemlich breiten Schultern.

»Was für einen Job hat Lupe?«

»Er hält alles in Ordnung.«

»Allein?«

»Er hat nicht allzuviel Arbeit. Wir haben für das Haus und die Felder einen Vertrag mit einer Wartungsfirma. Mein Mann mag keine Dienstboten. Mir fehlen sie sehr; wir haben zu Hause immer Dienstboten gehabt.«

»Wo sind Sie zu Hause?«

»In Bayern«, sagte sie voller Heimweh. »In der Nähe von München. Meine Familie lebt seit der Napoleonischen Zeit im gleichen Haus.«

»Wie lange sind Sie schon hier?«

»Zehn Jahre. Vor zehn Jahren hat Stephen mich in dieses Land gebracht. Ich hab' mich bis heute nicht eingewöhnt. In Deutschland haben die Dienstboten vor unsereinem Respekt.«

»Lupe macht gar nicht den Eindruck eines Bediensteten.«

»Nein, er ist auch kein richtiger. Meine Schwiegermutter wollte unbedingt, daß wir ihn engagieren. Das weiß er.« Sie sprach wie eine Frau, die nur selten Gelegenheit hat, mit jemandem zu reden. Anscheinend war es ihr bewußt. »Ich fürchte, ich rede zuviel. Aber warum stellen Sie mir all diese Fragen?«

»Aus Gewohnheit. Ich bin Privatdetektiv.«

Sie starrte mich ängstlich an. »Hatte Stephen einen Unfall? Ist er deshalb noch nicht zu Hause?«

»Ich hoffe nicht.«

Sie sah mich vorwurfsvoll an. Ich war ein Unglücksbote.

»Sie sagten am Telefon, sie seien ein Freund von Keith Sebastian.«

»Ein Bekannter.«

»Ist meinem Mann etwas passiert? Versuchen Sie, mir das beizubringen?«

»Nein. Entschuldigen Sie, ich hätte Ihnen gleich sagen sollen, warum ich hier bin. Darf ich mich setzen?«

»Bitte, natürlich. Aber kommen Sie doch herein. Es ist kalt und windig hier draußen.«

Sie führte mich durch eine Glastür, ein paar Treppen hinauf und durch einen hellbeleuchteten Gang voller Bilder. Ich erkannte einen Klee und einen Kokoschka und einen Picasso und fand es nicht mehr verwunderlich, daß das Grundstück eingezäunt war.

Vom Wohnzimmer aus hatte man eine herrliche Aussicht aufs Meer, das von hier oben aussah, als steige es leicht zum Horizont hin an. Ein paar weiße Segel klebten darauf wie Motten auf einem blauen Fenster.

Mrs. Hackett bot mir einen asketisch aussehenden Sessel aus Stahl und Leder an, der bequemer war, als er aussah.

»Bauhaus«, sagte sie in belehrendem Ton. »Möchten Sie einen Drink? Einen Benediktiner?«

Sie nahm eine Keramikflasche und zwei Gläser aus der Hausbar und schenkte uns ein. Dann setzte sie sich so dicht neben mich, daß ihre rundlichen, seidigen Knie fast die meinen berührten. »Schießen Sie los. Worum geht's?«

Ich sagte ihr, daß ich im Verlauf von Ermittlungen, auf die ich nicht näher einging, Verschiedenes herausgefunden hätte, das vermuten ließ, daß jemand einen Raubüberfall auf sie und ihren Mann plante.

»Wer?«

»Namen kann ich keine nennen. Aber ich glaube, es wäre ratsam, das Grundstück bewachen zu lassen.«

In der Ferne ertönte ein Geknatter, das sich anhörte wie Maschinengewehrfeuer. Hacketts roter Sportwagen tauchte auf und fuhr um den See herum auf das Haus zu.

»Ach!« sagte Mrs. Hackett. »Er bringt seine Mutter mit.«

»Wohnt sie nicht hier?«

»Ruth wohnt in Bel-Air. Wir sind nicht verfeindet, aber auch nicht befreundet. Sie hängt zu sehr an Stephen. Ihr Mann ist jünger als Stephen.«

Anscheinend hatte ich Mrs. Hacketts Vertrauen gewonnen, und ich fragte mich, ob das in meinem Sinne war. Sie war hübsch, aber ein wenig dick und fad und voller unberechenbarer Gefühle.

Ihr Mann hatte unterhalb der Terrasse angehalten und half seiner Mutter aus dem Wagen. Sie sah etwa ebenso alt aus wie er und war entsprechend gekleidet.

Doch wenn Hackett vierzig war, mußte seine Mutter mindestens sechs- oder siebenundfünfzig sein. Als sie in ihn eingehängt über die Terrasse ging, sah ich die hinter ihrer jugendlichen Fassade angehäuften Jahre.

Mrs. Hackett ging zum Fenster und winkte ihnen merkwürdig matt zu. Der Anblick der Mutter ihres Mannes schien sie zu lähmen.

Die Mutter wurde mir als Mrs. Marburg vorgestellt. Sie musterte mich mit dem abschätzenden Blick einer alternden Berufsschönheit: Ob ich wohl im Bett etwas taugte?

Der Blick ihres Sohnes war ebenso kühl und prüfend, doch ihn bewegte etwas anderes: »Habe ich Sie nicht in Keith Sebastians Büro gesehen?«

»Ja.«

»Und Sie sind mir hier heraus nachgefahren? Warum? Wie ich sehe, haben Sie sich's bequem gemacht.«

Er meinte die Gläser auf dem Tisch. Seine Frau errötete schuldbewußt. Seine Mutter sagte halb tadelnd, halb kokett: »Ich habe alles Verständnis für deine Menschenscheu, Stephen. Aber sei nicht so widerlich. Ich bin sicher, der nette Herr hat einen guten Grund für sein Kommen.«

Sie griff nach seiner Hand. Hackett zuckte vor ihrer Berührung zurück, doch seine Starre schien sich ein wenig zu lösen. Etwas freundlicher sagte er: »Und was ist der Grund?«

»Es war Sebastians Idee.« Ich setzte mich und wiederholte die Geschichte, die ich seiner Frau erzählt hatte.

Sie schien alle drei aus der Fassung zu bringen. Hackett holte ein Flasche Bourbon aus der Hausbar und schenkte sich, ohne einem von uns etwas anzubieten, eine ordentliche Portion ein, die er hinunterkippte.

Seine Frau begann lautlos zu weinen, und dann löste sich ihr Haar und fiel auf ihre Schultern. Hacketts Mutter setzte sich neben sie und klopfte ihr mit der einen Hand auf den breiten Rücken. Mit der andern fingerte sie an ihrem alternden Hals herum.

»Wir wären Ihnen sehr dankbar«, sagte Mrs. Marburg zu mir, »wenn Sie uns genauer aufklären könnten. Übrigens, ich habe Ihren Namen nicht verstanden.«

»Lew Archer. Viel mehr kann ich Ihnen leider nicht sagen.«

»Aber wer sind denn diese Leute? Was beweist uns, daß es sie wirklich gibt?«

»Die Tatsache, daß ich's Ihnen sage.«

Hackett sagte: »Womöglich sind Sie bloß auf einen Leibwächterposten aus.«

»Auf so was bin ich nicht scharf. Wenn Sie wollen, kann ich Ihnen eine gute Firma dafür empfehlen.« Keiner von ihnen schien interessiert. »Sie können natürlich tun, was Ihnen beliebt.«

Hackett merkte, daß ich aufstehen wollte.

»Nun rennen Sie doch nicht gleich weg, Mr. Archer. Ich bin Ihnen sehr dankbar, daß Sie gekommen sind.« Der Whisky hatte ihn menschlicher gemacht; seine Stimme und seine Miene waren sanfter. »Und ich will wirklich nicht ungastlich erscheinen. Möchten Sie einen Drink?«

»Danke, der eine genügt.« Doch er war mir nicht mehr ganz so unsympathisch. »Haben Sie irgendwelche Drohanrufe bekommen? Oder Briefe, in denen Geld von Ihnen verlangt wurde?«

Hackett sah seine Frau an, und sie schüttelten beide den Kopf. Er sagte: »Ich hätte eine Frage. Woher wissen Sie, daß man diesen – diesen Anschlag auf mich plant – auf uns?«

»Ich weiß gar nichts. Aber die Betreffenden hatten eine Skizze von Ihrem Grundstück.«

»Von diesem hier oder von unserem Strandhaus?«

»Von diesem. Ich hielt das für Grund genug, herauszukommen und Sie zu informieren.«

»Sehr aufmerksam von Ihnen«, sagte Ruth Marburg. Ihre Stimme war angenehm und ein wenig heiser, und sie sprach mit einer Mischung sämtlicher Dialekte von der Pazifik- bis zur Golfküste. Man merkte ihrem Ton an, daß sie Geld hatte, doch irgendwas erinnerte an die Zeit, da sie keines gehabt hatte. »Ich finde, wir sollten Mr. Archers Zeitaufwand bezahlen.«

Hackett holte seine Brieftasche hervor und nahm

aus dem Notenbündel, das sie enthielt, einen Zwanziger. »Ich nehme an, das reicht.«

»Danke, ich werde bereits bezahlt.«

»Nun nehmen Sie's schon«, sagte Mrs. Marburg. »Es ist gutes, sauberes Ölgeld.«

»Nein, danke.«

Hackett sah mich erstaunt an. Ich fragte mich, wie lange es wohl her war, daß jemand sein Geld abgelehnt hatte. Als ich aufstand und ging, begleitete er mich hinaus und nannte mir die Maler, deren Bilder an den Wänden hingen.

»Mögen Sie Bilder?«

»Ja, sehr.«

Doch Hacketts Vortrag langweilte mich. Er erzählte mir, wieviel jedes Bild gekostet hatte und wieviel es heute wert war. Jedes Bild, das er in den letzten zehn Jahren gekauft hätte, habe sich als gewinnbringend erwiesen.

»Eins zu null für Sie.«

Er sah mich schief an. »Halten Sie das für komisch?«

»Nein.«

»Schön, lassen wir das.« Doch er war beleidigt. Ich hatte ihm und seinem Geld nicht den gebührenden Respekt gezollt. »Sie sagten doch, daß Sie sich für Bilder interessieren. Dies sind einige der wertvollsten modernen Bilder in Kalifornien.«

»Das erwähnten Sie bereits.«

»Na schön, wenn Sie kein Interesse dafür haben.« Er wandte sich ab; dann drehte er sich wieder zu mir um. »Eins versteh' ich nicht. Was hat Keith Sebastian mit dem Ganzen zu tun?«

Ich sagte ihm die Lüge, die ich mir hatte ersparen wollen. »Ich wußte, daß Keith bei einer Ihrer Firmen arbeitet. Ich bin zu ihm gegangen, und er hat mich hierhergeschickt.«

»Ich verstehe.«

Bevor Hackett zuviel verstand, stieg ich in meinen Wagen und fuhr zum Tor. Lupe folgte mir mit seinem Jeep.

Die Enten waren nicht zum See zurückgekehrt. Die verschreckten Sumpfhühner waren zum gegenüberliegenden Ufer geflogen. Von weitem sahen sie aus wie eine Trauerversammlung.

9

Auf der Rückfahrt in die Stadt schaute ich beim Laurel-Apartmenthaus vorbei, um nachzusehen, ob Davy und Sandy zurückgekommen waren. Die Tür von Laurel Smiths Wohnung stand einen Spalt offen. Sie meldete sich nicht, als ich klopfte. Ich horchte und hörte im Innern der Wohnung ein Schnarchen. Anscheinend hatte Laurel sich bis zur Besinnungslosigkeit besoffen.

Doch als ich hineinging und sie in der Badewanne fand, sah ich, daß etwas Härteres als Alkohol sie umgeschmissen hatte. Ihre Nase war geschwollen und blutig, ihre Augen waren aufgedunsen und geschlossen, ihre Lippen geplatzt. Abgesehen von den Blutspritzern war die Badewanne trocken. Laurel trug noch immer ihren orange-schwarzen Hausmantel.

Ich ging zum Telefon, rief die Polizei an und sagte, sie sollten auch einen Krankenwagen schicken. In den paar Minuten, bis sie kamen, durchsuchte ich schnell die Wohnung. Das erste, was ich mir ansah, war der tragbare Fernseher. Laurels Geschichte, daß sie ihn bei einem Quiz gewonnen hatte, kam mir reichlich unwahrscheinlich vor.

Ich nahm den Deckel auf der Rückseite ab. An der Innenseite des Gehäuses war eine Wanze befestigt, ein Miniatursender in der Größe einer Zigarettenschachtel. Ich ließ den Käfer, wo er war, und befestigte den Deckel wieder.

Das andere Ungewöhnliche, worauf ich stieß, war eine Fehlanzeige. Nichts, was ich bei meiner hastigen Suche fand, deutete darauf hin, daß Laurel Smith eine Vergangenheit hatte: keinerlei Briefe oder alte Fotos oder Dokumente. Was ich hingegen entdeckte –

in einer Handtasche in einer Schublade im Schlafzimmer –, waren ein Sparbuch mit Einlagen von über sechstausend Dollar und eine abgegriffene Sozialversicherungskarte auf den Namen Laurel Blevins.

In der gleichen Lade lag ein Adreßbuch, in dem nur wenige Namen standen, darunter zwei, die ich kannte: Jacob Belsize und Mr. und Mrs. Edward Spanner. Ich notierte mir die Adresse der Spanners; sie wohnten gar nicht weit von mir in West Los Angeles. Dann legte ich alles wieder in die Lade und schob sie zu.

Von der Küstenstraße her hörte ich das Heulen der Polizeisirene. Es war ein Geräusch, das ich haßte, dieses unheilvolle Heulen in der Wildnis der Stadt. Es kletterte den Chautauqua hinauf und erstarb in der Elder Street wie ein Schrei. In der Ferne winselte der Krankenwagen.

Ich kannte beide Polizisten, die hereinkamen: Janowski und Prince waren Detective-Sergeants beim Revier Purdue Street, Männer von Ende Dreißig, die etwas von ihrem Job verstanden und stolz darauf waren. Ich mußte ihnen berichten, was ich hier machte, doch ich sagte ihnen nichts von Sandy, sondern nur von Davy Spanner.

»War das Spanner?« sagte Prince. Er deutete mit dem Daumen aufs Badezimmer, wo inzwischen zwei Sanitäter Laurel Smith auf eine Bahre legten.

»Glaub' ich kaum. Sie waren gut befreundet.«

»Wie gut?« sagte Janowski. Er war ein häßlicher baltischer Typ mit breitem Gesicht und blasser, zarter Haut.

»Sie hat ihm einen Job gegeben, als er aus dem Gefängnis kam.«

»Das nenn' ich wirklich Freundschaft«, sagte Prince. »Weshalb hat er gesessen?«

»Autodiebstahl.«

»Dann ist ja schwere Körperverletzung ein beachtlicher Fortschritt für ihn.« Prince war gegen Verbrechen allergisch. Er war früher Boxer gewesen und hatte die Wahl gehabt, in seinem Leben den einen oder den andern Weg zu gehen. Genau wie ich.

Ich widersprach ihm nicht. Wenn sie Davy schnappten, taten sie ihm wahrscheinlich einen Gefallen. Und es wurde immer später. Ich mußte möglichst schnell zu den Spanners.

Wir gingen hinaus und sahen zu, wie Laurel Smith in den Krankenwagen gehoben wurde. Drei oder vier Frauen, die im Haus wohnten, standen auf dem Gehsteig. Laurel war ihre Hauswirtin, und bestimmt kannten sie sie, doch sie gingen nicht allzu nahe heran, als hätten sie Angst, das Unheil könne sich von der röchelnden Frau auf sie übertragen.

Janowski sagte zu dem einen Sanitäter: »Ist sie schwer verletzt?«

»Das läßt sich bei Kopfverletzungen nicht leicht sagen. Ihre Nase und ihr Kiefer sind gebrochen, und vielleicht hat sie einen Schädelbruch. Das dürfte kaum von einer Faust sein.«

»Wovon denn?«

»Von einem Holz- oder Gummiknüppel.«

Prince verhörte die Frauen aus dem Haus: Keine hatte irgendwas gehört oder gesehen. Sie waren schweigsam und bedrückt; wie Vögel, wenn ein Habicht in der Nähe ist.

Der Krankenwagen fuhr weg. Die Frauen gingen ins Haus. Prince stieg in das Polizeiauto und gab mit leiser, monotoner Stimme seinen Bericht durch.

Janowski ging zurück in Laurels Wohnung. Ich schlenderte zur Los Baños Street hinauf, um mir das Haus mit dem Lavabrocken in der Vorderfront nochmal anzusehen. Die Vorhänge waren noch immer zugezogen. Der Cougar stand nicht mehr vor der Garage.

Ich ging um das Haus herum zur Rückseite und fand eine gläserne Schiebetür. Der Raum dahinter war unmöbliert. Ich sah mich auf dem kleinen Hinterhof um. Er war von trockenem Gras überwuchert und von einem eineinhalb Meter hohen Holzzaun umgeben.

Eine Frau blickte vom nächsten Hof aus über den Zaun, eine gefärbte Blondine mit purpurnen Lidschatten, die ihre Augen vergrößerten.

»Was wollen Sie?«

»Ich suche den Hausherrn.«

»Jenen großen Kerl mit Glatze?«

»Genau.«

»Der ist vor etwa einer Stunde weg. Anscheinend ist er ausgezogen. Was mir nur recht wäre.«

»Warum?«

Sie warf einen mißtrauischen, purpurnen Blick über den Zaun. »Sind Sie ein Freund von ihm?«

»Würde ich nicht sagen.«

»Was wollen Sie von ihm?«

»Er wollte was von mir. Er hat mich herbestellt. Ich soll was reparieren.«

»Die Radioanlage?«

Ich nickte.

»Da kommen Sie zu spät. Die hat er mitgenommen. Er hat sie im Kofferraum seines Wagens verstaut und ist weggefahren. Gott sei Dank, kann ich nur sagen.«

»Hatten Sie Ärger mit ihm?«

»Das nicht gerade. Aber es war irgendwie ein unheimliches Gefühl, daß er nebenan ganz allein in einem leeren Haus sitzt. Wenn Sie mich fragen – der hatte 'ne Macke.«

»Woher wissen Sie, daß das Haus leer war?«

»Ich hab' doch zwei Augen«, sagte sie. »Alles, was er hatte, als er einzog, waren Feldbett, Klappstuhl, Kartentisch und diese Radioanlage. Und das war auch alles, was er hatte, als er auszog.«

»Wie lange war er hier?«

»Ein paar Wochen. Ich wollte mich schon bei Mr. Santee beschweren. Wenn einer sein Haus nicht einrichtet, das entwertet doch die ganze Gegend.«

»Wer ist Mr. Santee?«

»Alex Santee. Der Makler, der diese Häuser hier vermietet.«

»Wo hat er sein Büro?«

»Am Sunset.« Sie deutete in Richtung Stadt. »Sie müssen mich jetzt entschuldigen, ich hab' was auf dem Herd stehen.«

Ich ging auf die andere Seite des Hofs und blickte den Berg hinunter über die andern Hinterhöfe. Ich konnte Laurel Smiths Wohnung sehen; die Tür stand offen. Detective-Sergeant Janowski kam heraus und machte sie zu.

10

Alex Santee war ein kleiner Mann mittleren Alters mit großen, starren Augen hinter einer Brille. Er wollte eben das Büro schließen, als ich kam, doch da er ein Geschäft witterte, ließ er mich gern hinein.

»Ich habe aber nur ein paar Minuten Zeit. Ich muß jemandem ein Haus zeigen.«

»Ich interessiere mich für ein Haus in der Los Baños Street. Nummer 702 – das mit dem Lavabrocken.«

»Sehr originell, nicht? Leider ist es vermietet.«

»Seit wann? Es steht leer.«

»Seit 15. November. Ist der Mieter denn noch nicht eingezogen?«

»Laut Auskunft der Nachbarn ist er ein- und wieder ausgezogen. Ausgezogen heute.«

»Merkwürdig.« Santee zuckte die Achseln. »Na ja, seine Sache. Wenn Fleischer ausgezogen ist, ist das Haus ab fünfzehnten dieses Monats zu vermieten. Bei einem Einjahresvertrag dreihundertfünfzig im Monat. Die erste und letzte Monatsmiete im voraus zahlbar.«

»Vielleicht sollte ich erst mit ihm reden. Wie, sagten Sie, ist sein Name? Fleischer?«

»Jack Fleischer.« Santee sah in seinem Ordner nach und buchstabierte mir den Namen. »Als Adresse hat er das Dorinda Hotel in Santa Monica angegeben.«

»Hat er gesagt, was er von Beruf ist?«

»Er war Sheriff in irgendeiner Stadt im Norden.« Er schaute wieder in den Ordner. »In Santa Teresa. Vielleicht ist er wieder dorthin zurückgegangen.«

Der Portier des Dorinda Hotels, ein mürrischer Mann, erinnerte sich nicht an Jack Fleischer. Er suchte im Meldebuch und stellte fest, daß Fleischer vor etwa einem Monat, Anfang November, zwei Tage in dem Hotel gewohnt hatte.

Von einer Telefonzelle aus, die ich im hinteren Teil der Halle entdeckte, rief ich bei den Spanners an. Eine tiefe Männerstimme meldete sich: »Hier bei Spanner.«

»Mr. Spanner?«

»Ja.«

»Hier Lew Archer. Mr. Jacob Belsize hat mich an Sie verwiesen. Ich hätte Sie in einer Sache, in der ich Ermittlungen anstelle, gern gesprochen.«

»Geht es um Davy?« Seine Stimme klang plötzlich zaghaft.

»Um Davy und verschiedenes anderes.«

»Hat er wieder mal was angestellt?«

»Seine Arbeitgeberin ist zusammengeschlagen worden. Sie wurde eben ins Krankenhaus gebracht.«

»Meinen Sie Mrs. Smith? Einer Frau hat er noch nie was getan.«

»Ich hab' ja nicht behauptet, daß er's war. Niemand kennt ihn so gut wie Sie, Mr. Spanner. Wenn Sie vielleicht ein paar Minuten Zeit für mich hätten.«

»Wir sitzen gerade beim Abendessen. Kann man uns denn nicht endlich mal in Ruhe lassen? Davy wohnt schon seit Jahren nicht mehr bei uns. Wir haben ihn nie adoptiert, wir sind in keiner Weise rechtlich verantwortlich.«

Ich unterbrach ihn: »Ich bin in einer halben Stunde bei Ihnen.«

Die Sonne war am Untergehen, als ich das Hotel verließ. Es sah aus wie ein Waldbrand am Westrand der Stadt. In Los Angeles wird es schnell Nacht. Als ich vor dem Haus der Spanners hielt, war das Feuer erloschen, und der Abend hing wie dünner Rauch in der Luft.

Es war ein Bungalow aus der Vorkriegszeit mit einer Stuckfassade inmitten einer Reihe gleichaussehender Häuser. Als ich anklopfte, öffnete Edward Spanner zögernd die Tür. Er war ein großer, magerer Mann mit einem langen Gesicht und gefühlvollen Augen. Er hatte eine Menge schwarzes Haar, nicht nur auf dem Kopf, sondern auch auf den Armen und Händen. Er trug ein gestreiftes Hemd mit hochgerollten Ärmeln und war von einer altmodischen, fast übermäßigen Höflichkeit.

»Treten Sie ein, Mr. Archer. Willkommen in unserem Haus.« Er sprach wie jemand, der aus Büchern gelernt hat, wie man korrekt spricht.

Durch ein Wohnzimmer mit verschlissenen Möbeln und Sprüchen an den Wänden führte er mich in die Küche, wo seine Frau am Tisch saß. Sie trug ein einfaches Hauskleid, das die Eckigkeit ihres Körpers unterstrich. In ihrem Gesicht waren Spuren von Leid, die ein weicher Mund und verständnisvolle Augen milderten.

Die Spanners sahen sich ähnlich und schienen sehr

aufeinander achtzugeben, etwas Ungewöhnliches bei Leuten ihres Alters. Mrs. Spanner schien vor ihrem Mann Angst zu haben oder Angst um ihn.

»Das ist Mr. Archer, Martha. Er möchte mit uns über Davy sprechen.«

Sie ließ den Kopf sinken. Ihr Mann sagte erklärend: »Nach Ihrem Anruf hat meine Frau ein kleines Geständnis abgelegt. Heute nachmittag, als ich bei der Arbeit war, ist Davy hier gewesen. Anscheinend wollte sie's mir verheimlichen.« Er sprach mehr zu ihr als zu mir. »Offenbar kommt er hinter meinem Rücken jeden Tag hierher.«

Er war zu weit gegangen; sie widersprach ihm: »Du weißt, daß das nicht stimmt. Und natürlich hätte ich's dir gesagt. Ich wollte dir nur nicht das Abendessen verderben.« Sie wandte sich zu mir, um eine Auseinandersetzung mit Spanner zu vermeiden. »Mein Mann hat ein Magengeschwür. Diese ganze Sache hat uns beide sehr mitgenommen.«

Als wollte er ihre Worte bestätigen, setzte Spanner sich ans Ende des Tisches und ließ seine Arme herunterhängen. Vor ihm stand ein Teller mit einer halbaufgegessenen Portion Hammelkohl, das Fett erstarrt. Ich setzte mich seiner Frau gegenüber.

»Wann war Davy hier?«

»Vor ein paar Stunden«, sagte sie.

»Hatte er jemanden bei sich?«

»Ja, seine Freundin. Seine Verlobte. Ein *hübsches* Mädchen.« Es klang leicht erstaunt.

»In was für Stimmung waren die beiden?«

»Sie schienen ziemlich aufgeregt. Sie wollen heiraten, müssen Sie wissen.«

Edward Spanner lachte kurz und schnaubend.

»Hat Davy Ihnen das gesagt?« fragte ich seine Frau.

»Beide haben's mir gesagt.« Sie lächelte ein wenig verträumt. »Ich weiß, sie sind noch sehr jung. Aber es freut mich, daß er ein so nettes Mädchen gefunden hat. Ich habe ihnen zehn Dollar als Hochzeitsgeschenk gegeben.«

»Zehn Dollar?« rief Spanner entsetzt. »Um zehn Dollar zu verdienen, muß ich zehn Leuten die Haare schneiden.«

»Ich hab' das Geld gespart. Es war nicht dein Geld.«

Spanner schüttelte bekümmert den Kopf. »Kein Wunder, daß er so geworden ist. Seit dem Tag, an dem er zu uns gekommen ist, hast du ihn schrecklich verwöhnt.«

»Das stimmt nicht. Ich habe ihm Liebe geschenkt. Die brauchte er nach all den Jahren im Waisenhaus.«

Sie beugte sich vor und legte ihrem Mann die Hand auf die Schulter, als empfinde sie für ihn und Davy das gleiche.

Er stürzte in noch tiefere Verzweiflung. »Wir hätten ihn im Waisenhaus lassen sollen.«

»Das ist doch nicht dein Ernst, Edward. Wir drei waren zehn Jahre sehr glücklich.«

»So? Es ist kaum ein Tag vergangen, an dem ich ihn nicht mit dem Rasiermesserriemen verprügeln mußte. Mir wär's lieber, ich hätte nie mehr von Davy –«

Sie legte ihre Hand auf seinen Mund. »Sprich nicht so. Du sorgst dich genauso um ihn wie ich.«

Sie blickte an ihm vorbei auf mich. »Man kann's meinem Mann nicht verdenken. Er hat sich viel Mühe mit Davy gegeben. Er war ihm wirklich ein guter Vater. Doch Davy brauchte mehr, als wir ihm geben konnten. Und als er das erste Mal mit dem Gesetz in Konflikt kam, forderten die Heiligen Brüder von der Unbefleckten Empfängnis Edward auf, sein Amt als Laienprediger niederzulegen. Das war ein schrecklicher Schlag für ihn, und wir haben mit Sack und Pack die Stadt verlassen und sind hierher gezogen. Dann bekam Edward sein Magengeschwür und konnte lange Zeit nicht arbeiten – fast die ganzen letzten drei Jahre. Unter diesen Umständen konnten wir nicht viel für Davy tun. Damals wurde es immer schlimmer mit Davy. Die meiste Zeit hat er sich irgendwo herumgetrieben.«

Spanner war die Offenheit seiner Frau peinlich: »Das sind doch uralte Geschichten.«

»Genau die interessieren mich. Sie sind von einer andern Stadt hierher gezogen?«

»Wir waren fast unser ganzes Leben in Santa Teresa«, sagte sie.

»Kennen Sie einen Mann namens Jack Fleischer?«

Sie sah Spanner an. »Ist das nicht der Mann, der letzten Monat hier war?«

»Ein Großer mit einer Glatze?« soufflierte ich. »Der angeblich Polizist war?«

»Ja, das war er«, sagte sie. »Er hat uns eine Menge Fragen über Davy gestellt, hauptsächlich über seine Vergangenheit. Wir haben ihm das wenige, was wir darüber wissen, gesagt. Als wir ihn aus dem Waisenhaus von Santa Teresa holten, war er sechs Jahre alt. Er hatte keinen Familiennamen, und so gaben wir ihm unsern. Ich wollte ihn adoptieren, aber Edward meinte, die Verantwortung wäre für uns zu groß.«

»Wenn wir ihn adoptiert hätten«, warf Spanner ein, »dann hätte der Distrikt uns nichts für seinen Unterhalt bezahlt.«

»Aber wir haben ihn immer so behandelt, als ob er unser eigenes Kind wäre. Wir haben nie eigene Kinder gehabt. Und ich werde nie vergessen, wie wir ihn im Büro des Waisenhausdirektors zum erstenmal sahen. Er lief sofort zu uns und stellte sich neben Edward und wollte nicht mehr weggehen! ›Ich möchte bei dem Mann bleiben!‹ hat er gesagt. Weißt du noch, Edward?«

Er wußte es noch. In seinen Augen waren Kummer und Stolz.

»Jetzt ist er genauso groß wie du. Ich wünschte, du hättest ihn heute gesehen.«

Eine bemerkenswerte Frau, dachte ich; aus einem mißratenen Jungen und einem widerstrebenden Mann versuchte sie eine Familie zu machen, aus fehlgeschlagenen Leben eine Ganzheit.

»Wissen Sie, wer seine wirklichen Eltern waren, Mrs. Spanner?«

»Nein, er war einfach ein Waisenkind. Sein Vater, ein Landarbeiter irgendwo im Norden, war gestorben. Das hat mir dieser Fleischer gesagt.«

»Sagte Fleischer, warum er sich für Davy interessierte?«

»Danach hab' ich ihn nicht gefragt. Ich hab' mich nicht getraut, weil Davy doch Bewährung hat und so.« Sie zögerte einen Moment und starrte mich an. »Darf ich Sie fragen, warum Sie sich für ihn interessieren?«

Spanner antwortete an meiner Stelle: »Mrs. Laurel Smith ist zusammengeschlagen worden. Das hab' ich dir doch gesagt.«

Sie riß die Augen auf. »Das hätte Davy nie getan. Sie war seine beste Freundin.«

»Ich bin nicht sicher, ob's ihm nicht zuzutrauen wäre«, sagte Spanner dumpf. »Weißt du nicht mehr, wie er auf der High-School diesen Lehrer verprügelt hat? Damit hat unser ganzes Unglück angefangen.«

»Eine Lehrerin?« fragte ich.

»Nein, einen Lehrer. Mr. Langston von der High-School. Einen Lehrer zu schlagen, ist so ziemlich das Schlimmste, was man tun kann. Er ist deshalb von der Schule geflogen. Wir wußten nicht, was wir mit ihm anfangen sollten. Er hat einfach keinen Job gefunden. Das war einer der Gründe, warum wir hierher gezogen sind. Von da an ist bei uns alles schiefgegangen.« Er sprach, als wäre es kein Umzug, sondern eine Verbannung gewesen.

»Es war nicht so, daß er bloß einen Lehrer verprügelt hat«, sagte seine Frau. »Henry Langston war eigentlich kein Lehrer, sondern ein Schulpsychologe. Es passierte, als Davy zur Beratung bei ihm war.«

»Zu was für einer Beratung?«

»Das hab' ich nie herausbekommen.«

Spanner sah sie an: »Davy ist geistig nicht in Ordnung. Höchste Zeit, daß du das einmal einsiehst. Er war's schon damals nicht, als wir ihn aus dem Waisenhaus holten. Er ist nie richtig mit mir warm geworden. Er war nie ein normaler Junge.«

Langsam und störrisch bewegte sie den Kopf hin und her. »Das glaub' ich nicht.«

Offenbar stritten sie sich deshalb schon seit Jahren. Wahrscheinlich würden sie es tun, solange sie lebten. Ich unterbrach sie. »Sie haben ihn heute gesehen, Mrs. Spanner. Schien er irgendwie bedrückt?«

»Hm, fröhlich ist er nie. Er schien ziemlich aufgeregt. Aber das ist wohl jeder junge Mann, wenn er heiraten will.«

»Hatten die beiden ernsthaft die Absicht zu heiraten?«

»Ganz sicher. Sie konnten's kaum erwarten.« Sie wandte sich zu ihrem Mann: »Eigentlich wollte ich dir das nicht sagen, aber es ist wohl besser, ich verheimliche nichts. Davy meinte, du würdest sie vielleicht trauen. Ich hab' ihm erklärt, daß du dazu als Laienprediger gesetzlich nicht berechtigt bist.«

»Auch wenn ich's könnte, würde ich Davy mit niemandem trauen. Dazu hab' ich zuviel Respekt vor dem weiblichen Geschlecht.«

»Haben sie noch mehr über ihre Pläne erzählt, Mrs. Spanner? Wo wollen sie heiraten?«

»Das haben sie nicht gesagt.«

»Und Sie wissen nicht, wohin sie von hier gefahren sind?«

»Nein, keine Ahnung.« Doch ihre Augen schienen sich nach innen zu richten, als erinnere sie sich an etwas.

»Haben sie keinerlei Andeutung gemacht?«

Sie zögerte. »Sie haben *meine* Frage immer noch nicht beantwortet. Warum interessieren Sie sich so für Davy? Sie glauben doch nicht wirklich, daß er Mrs. Smith zusammengeschlagen hat?«

»Nein. Aber man ist bei keinem Menschen vor Überraschungen sicher.«

Sie stützte die Ellbogen auf den Tisch und sah mich nachdenklich an. »Sie reden gar nicht wie ein Polizist. Sind Sie einer?«

»Ich war's mal. Heute bin ich Privatdetektiv – ich bin nicht darauf aus, Davy irgendwas anzuhängen.«

»Und was möchten Sie?«

»Das Mädchen heil nach Hause bringen. Ihr Vater hat mich dazu engagiert. Sie ist erst siebzehn. Sie sollte nicht in der Gegend herumgondeln, sondern in der Schule sitzen.«

Ganz gleich, wie unbefriedigend ihre eigenen Ehen sein mögen – Frauen finden es immer herrlich, jemanden unter die Haube zu bringen. Mrs. Spanners Hochzeitstraum starb schwer. Ich sah ihn sterben.

»Als ich hier draußen in der Küche Tee für sie machte«, sagte sie, »hab' ich sie im Wohnzimmer sprechen hören. Sie lasen laut die Sprüche an den Wänden und machten sich darüber lustig. Das war gar nicht schön von ihnen, aber vielleicht hätte ich sie nicht belauschen sollen. Jedenfalls machten sie einen Witz über den unsichtbaren Gast. Davy sagte, Daddy Warbucks würde heute nacht einen unsichtbaren Gast bekommen.«

Spanner explodierte. »Das ist eine Blasphemie!«

»Haben sie sonst noch was gesagt?«

»Er fragte das Mädchen, ob sie sicher sei, daß sie hineinkommen würden. Sie sagte, es würde ganz leicht gehen. Louis würde sie kennen.«

»Louis?« sagte ich. »Oder Lupe?«

»Es kann auch Lupe geheißen haben. Ja, ich bin ziemlich sicher – Lupe. Wissen Sie, wovon sie gesprochen haben?«

»Ich fürchte, ja. Darf ich mal telefonieren?«

»Falls es kein Ferngespräch ist«, sagte Spanner zögernd.

Ich gab ihm einen Dollar und wählte die Nummer der Hacketts in Malibu. Eine Frauenstimme, die ich zuerst nicht erkannte, meldete sich.

Ich sagte: »Ist Stephen Hackett da?«

»Wer ist dort, bitte?«

»Lew Archer. Spreche ich mit Mrs. Marburg?«

»Ja.« Ihre Stimme klang dünn und trocken. »Sie waren ein guter Prophet, Mr. Archer.«

»Ist irgendwas mit Ihrem Sohn?«

»Sie sind ein so guter Prophet, daß ich mich frage, ob es wirklich eine Prophezeiung war. Wo sind Sie?«

»In West Los Angeles.«

»Kommen Sie bitte sofort her, ja? Ich sage meinem Mann, er soll das Tor öffnen lassen.«

Ich ging, ohne den Spanners zu sagen, wohin ich fuhr und warum. Unterwegs schaute ich in meine Wohnung und holte meinen Revolver.

11

Das Tor der Hacketts stand offen. Ich erwartete, daß Polizeiautos vor dem Haus stehen würden, doch der einzige Wagen, der unter den Bogenlampen parkte, war ein neues blaues Mercedes-Kabriolett. Der junge Mann, dem es gehörte, trat aus dem Haus und kam mir entgegen.

»Mr. Archer? Ich bin Sidney Marburg.«

Er schüttelte mir fest die Hand. Bei genauerem Hinsehen wirkte er nicht mehr so jung. Seine strahlend weißen Zähne waren ziemlich sicher künstlich, und die Lachfalten um seinen Mund konnten ebensogut Sorgenfalten sein. Seine schmalen schwarzen Augen waren stumpf in dem Licht.

»Was ist los, Mr. Marburg?«

»Das weiß ich selbst nicht genau – ich war nicht hier, als es passierte. Anscheinend ist Stephen entführt worden. Ein junges Mädchen und ein Junge mit einer Schrotflinte haben ihn in ihrem Auto mitgenommen.«

»Wo war Lupe?«

»Hier. Er hat ein Loch im Kopf. Der Junge sprang aus dem Kofferraum des Wagens und hielt ihm eine abgesägte Schrotflinte vor die Nase. Das Mädchen schlug ihn mit einem Hammer oder Schraubenschlüssel auf den Kopf.«

»Das Mädchen?«

Er nickte. »Das Merkwürdigste ist – sie scheint eine Bekannte unserer Familie gewesen zu sein. Meine Frau möchte Sie sprechen.«

Marburg führte mich in die Bibliothek, wo seine Frau unter einer Lampe saß, ein Telefon und einen Revolver neben ihrem Ellbogen. Sie schien ruhig, doch ihr Gesicht zeigte einen Ausdruck von erstarrtem Staunen. Sie lächelte mühsam.

»Schön, daß Sie gekommen sind. Sidney ist ein lieber Junge, doch keine große Hilfe.« Sie wandte sich zu ihm. »Geh schön und spiel mit deinen Bildern oder irgendwas.«

Er stand mit düsterem Gesicht zwischen ihr und der Tür. Sein Mund schnappte auf und zu.

»Sei schön brav und geh. Mr. Archer und ich haben etwas zu besprechen.«

Marburg ging hinaus. Ich setzte mich auf einen Lederhocker. »Wo ist Mrs. Hackett?«

»Gerda ist zusammengeklappt. Zum Glück hab' ich immer Chloralhydrat bei mir. Ich hab' ihr ein paar Kapseln gegeben, und sie hat sich in den Schlaf geweint.«

»Dann ist ja alles in Ordnung.«

»Es ist alles in Trümmern, das wissen Sie doch ganz genau. Werden Sie mir helfen, die Trümmer wieder zusammenzusetzen?«

»Ich habe schon einen Klienten.«

Sie ging nicht darauf ein. »Ich kann Ihnen einen Haufen Geld geben.«

»Wieviel?«

»Hunderttausend.«

»Das ist zuviel.«

Sie kniff die Augen zusammen und sah mich bohrend an. »Ich habe heute gesehen, wie Sie zwanzig Dollar abgelehnt haben. Aber noch kein Mensch hat hunderttausend abgelehnt.«

»Das ist kein Honorarangebot. Sie bieten mir das Geld an, weil Sie glauben, ich könnte an einem Erpressungsversuch beteiligt sein. Da sind Sie gründlich im Irrtum.«

»Wieso wußten Sie dann schon vorher davon?«

»Ich bin zufällig darauf gekommen. Die Täter haben eine Skizze von diesem Grundstück herumliegen lassen, fast als wollten sie, daß man sie zurückhält. Was sie aber keineswegs weniger gefährlich macht.«

»Ich weiß, daß sie gefährlich sind. Ich hab' sie gesehen. Sie platzten beide plötzlich ins Wohnzimmer, schnappten sich Stephen und führten ihn hinaus zum Wagen. Mit ihren dunklen Brillen sahen sie aus wie Wesen von einem anderen Planeten.«

»Kannten Sie ihn oder sie?«

»Gerda hat das Mädchen sofort erkannt. Sie war oft hier zu Gast. Sie heißt Alexandria Sebastian.«

Sie wandte den Kopf und sah mich prüfend an. Ich war froh, das Geheimnis lüften zu können.

»Keith Sebastian ist mein Klient.«

»Und er wußte von der Sache?«

»Er wußte nur, daß seine Tochter durchgebrannt war. Und dann habe ich ihm erzählt, was ich herausgekriegt habe, und das war nicht viel. Aber lassen wir das – man kann ihm nichts vorwerfen. Das einzig Wichtige ist, Ihren Sohn zurückzuholen.«

»Der Meinung bin ich auch. Ich halte mein Angebot aufrecht. Hunderttausend, wenn Sie Stephen heil nach Hause bringen.«

»Die Polizei macht so was umsonst.«

Sie winkte ab. »Mit der Polizei will ich nichts zu tun haben. Es kommt zu oft vor, daß sie den Fall löst, und das Opfer geht drauf. Ich möchte meinen Sohn lebend zurück.«

»Dafür kann ich nicht garantieren.«

»Das weiß ich«, sagte sie ungeduldig. »Möchten Sie es versuchen?« Sie drückte beide Hände an die Brust, dann streckte sie sie mir entgegen, eine Geste, die zugleich theatralisch und echt wirkte.

»Schön, ich versuch's«, sagte ich. »Obwohl ich finde, Sie begehen einen Fehler. Sie sollten sich lieber an die Polizei wenden.«

»Ich hab' Ihnen doch schon gesagt, daß ich das nicht will. Ich habe kein Vertrauen zu ihr.«

»Und zu mir haben Sie Vertrauen?«

»Sollte ich nicht? Ich vertraue Ihnen, bis zu einem gewissen Grad.«

»Das tut Keith Sebastian auch. Ich muß ihn fragen, ob er damit einverstanden ist.«

»Ich verstehe nicht, warum. Er ist ein Angestellter von uns.«

»Nicht in seiner Freizeit. Vergessen Sie nicht, daß seine Tochter durchgebrannt ist. Er hängt ebenso an ihr wie Sie an Ihrem Sohn.«

»Am besten, wir holen ihn her.« Sie griff nach dem Telefon. »Was für eine Nummer hat er?«

»Das ist Zeitverschwendung.«

»Ich habe Sie nach seiner Nummer gefragt.«

Ich sah in meinem schwarzen Buch nach. Sie wählte die Nummer, und Sebastian meldete sich nach dem ersten Klingeln. Er saß anscheinend neben dem Telefon.

»Mr. Sebastian. Hier Ruth Marburg, Stephen Hacketts Mutter. Ich bin in seinem Haus bei Malibu, und ich würde Sie gern sprechen ... Ja, noch heute abend. Möglichst gleich. Wann können Sie hier sein? ... Ausgezeichnet, ich erwarte Sie in einer halben Stunde. Sie lassen mich nicht im Stich, nein?«

Sie legte auf und sah mich gelassen an, fast freundlich. Ihre Hand lag noch immer auf dem Telefon, als fühle sie über die Leitung Sebastians Puls.

»Halten Sie es für möglich, daß er mit seiner Tochter unter einer Decke steckt? Ich weiß, daß Stephen bei seinen Angestellten nicht sehr beliebt ist.«

»Wer ist das schon, Mrs. Marburg?«

»Bleiben Sie bei der Sache. Ich habe Ihnen eine klare Frage gestellt.«

»Die Antwort ist nein. Zu so etwas hat Sebastian nicht genug Mumm. Außerdem betet er Ihren Sohn buchstäblich an.«

»Weshalb?« fragte sie schroff.

»Wegen seines Geldes. Er hat eine Leidenschaft dafür.«

»Sie sind ganz sicher, daß er das Mädchen nicht dazu angestiftet hat?«

»Absolut sicher.«

»Warum, zum Teufel, tut sie dann so was?«

»Anscheinend revoltiert sie gegen alle, die über dreißig sind. Ihr Sohn war das größte und naheliegendste Ziel. Ich bezweifle aber, daß sie das Ziel ausgesucht hat. Der Anstifter dürfte Davy Spanner sein.«

»Was will er? Geld?«

»Das ist mir noch nicht ganz klar. Wissen Sie von irgendeiner Beziehung zwischen ihm und Ihrem Sohn? Womöglich handelt es sich um eine persönliche Angelegenheit.«

Sie schüttelte den Kopf. »Vielleicht, wenn Sie mir erzählen, was Sie von ihm wissen.«

Ich schilderte ihr kurz Davy Spanners Werdegang:

Sohn eines Wanderarbeiters, mit drei oder vier Jahren verwaist und in ein Heim gesteckt, dann von Pflegeeltern angenommen; aus der High-School geflogen, ein streunender Teenager, Autodieb, vorbestraft, prädestiniert für schwerere Delikte, vielleicht nicht ganz richtig im Kopf.

Ruth Marburg hörte mich mißtrauisch an. »Das klingt fast, als ob Sie Sympathie für ihn empfinden.«

»Da haben Sie nicht ganz unrecht«, sagte ich, obwohl mein Kreuz noch immer weh tat. »Davy Spanner ist nicht von allein so geworden.«

Sie antwortete mit betonter Schroffheit: »Lassen Sie diesen Stuß. Ich kenne diese Psychopathen. Sie sind wie Hunde, die die Hand, die sie füttert, beißen.«

»Hatte Spanner irgendwelchen Kontakt mit Ihrer Familie?«

»Nein. Nicht, daß ich wüßte.«

»Aber das Mädchen ist eine Bekannte von Ihnen.«

»Nicht von mir. Von Gerda, Stephens Frau. Das Mädchen interessierte sich für Sprachen oder tat zumindest so. Gerda hat sie letzten Sommer unter ihre Fittiche genommen. Nächstes Mal wird sie sich das besser überlegen – falls die Familie diese Sache übersteht.«

Ich wurde allmählich ungeduldig; dieses Gespräch ging mir auf die Nerven. Wir schienen schon endlos lange in dem Zimmer zu sitzen. Mit seinen Bücherreihen und den schweren Vorhängen vor den Fenstern kam es mir vor wie ein unterirdischer, von der Welt abgeschnittener Bunker.

Ruth Marburg empfand anscheinend dasselbe wie ich. Sie ging zu einem der Fenster und zog den Vorhang auf. Wir blickten hinaus auf die Lichterkette, die sich die Küste entlangzog.

»Ich kann das Ganze immer noch nicht richtig fassen«, sagte sie. »Stephen ist ein so vorsichtiger Mensch. Deshalb hat er ja auch keine Dienstboten.«

»Und Lupe?«

»Den betrachten wir nicht als Dienstboten. Er ist eher unser Gutsverwalter.«

»Sind Sie mit ihm befreundet?«

»Das ist zuviel gesagt. Aber wir verstehen uns sehr gut.« Ihr leises Lächeln und die Haltung, in der sie dasaß, gaben ihren Worten einen erotischen Beiklang.

»Kann ich ihn sprechen?«

»Jetzt nicht. Es geht ihm gar nicht gut.«

»Braucht er keinen Arzt?«

»Ich werde schon einen holen.« Sie wandte sich um und sah mich ärgerlich an. »Kümmern Sie sich nicht um Dinge, die Sie nichts angehen. Ich hab' Sie engagiert, damit Sie meinen Sohn lebendig zurückbringen.«

»Sie haben mich noch gar nicht engagiert.«

»Vielleicht werde ich's auch bleiben lassen.« Sie drehte sich wieder zum Fenster um. »Wo bleibt er denn nur?« Sie ballte die Hände und klopfte mit den Knöcheln aneinander; das Geräusch erinnerte mich an das Klappern des Skeletts darunter.

Als hätte er ihre Worte gehört oder ihre Ungeduld gespürt, tauchte Sebastian gleich danach auf. Die Scheinwerferstrahlen seines Wagens schossen über den Hügel; dann fuhr der Wagen um den dunklen See herum und hielt unter den Bogenlampen.

»Sie haben ziemlich lange gebraucht«, sagte Mrs. Marburg, als sie ihn an der Tür empfing.

»Entschuldigen Sie. Als ich eben gehen wollte, kam ein Telefonanruf.«

Sebastian schien schrecklich aufgeregt. Er war blaß und seine Augen glänzten. Er blickte von der Frau zu mir.

»Was gibt's?«

»Kommen Sie rein, das will ich Ihnen sagen«, erwiderte Ruth Marburg wütend. Sie führte uns in die Bibliothek und machte mit Nachdruck die Tür zu, wie ein Gefängniswärter. »Ihre feine Tochter hat meinen Sohn gestohlen.«

»Was soll das heißen?«

»Sie erschien hier, ihren Freund im Kofferraum ihres Autos versteckt, schlug den Verwalter mit einem Schraubenschlüssel nieder, rannte mit ihrem Freund ins Haus, führte Stephen raus zu ihrem Wagen und brauste mit ihm los.«

»Das ist doch absurd.«

»Genauso war's.«

»Wann?«

»Kurz vor Sonnenuntergang, gegen halb sechs. Jetzt ist es acht vorbei. Ich frage Sie, was gedenken Sie zu unternehmen?«

»Alles. Alles, was in meiner Macht steht.«

Tränen strömten ihm aus den Augen und blendeten ihn. Er wischte sie mit den Fingern weg und stand einen Moment schwankend, die Hände auf den Augen, im Licht.

»Sind Sie ganz sicher, daß es Sandy war?«

»Ja. Meine Schwiegertochter kennt sie gut. Mr. Archer hat das ganze praktisch vorausgesagt. Das ist der Grund, warum ich Sie hergebeten habe. Ich möchte, daß Mr. Archer meinen Sohn zurückholt.«

»Das könnte bedeuten«, sagte ich zu ihm, »daß wir beide aneinandergeraten werden. Ihre Tochter hat Beihilfe zu einem schweren Verbrechen geleistet. Ich fürchte, ich werde sie nicht vor den Folgen schützen können.«

»Ich erwarte, daß Sie Archer trotzdem helfen werden«, sagte Mrs. Marburg. »Wenn Sie, zum Beispiel, etwas von Ihrer Tochter hören, müssen Sie ihm Bescheid sagen.«

»Ja, natürlich.« Er nickte ein paarmal. »Ich werde ihm helfen, das verspreche ich. Vielen Dank, daß – daß Sie mich benachrichtigt haben.«

Mit einem Wink gab sie ihm zu verstehen, daß sie ihn nicht länger sehen wollte.

»Nun, was meinen Sie«, sagte sie, als er das Zimmer verlassen hatte. »Hat er sie dazu angestiftet?«

»Das glauben Sie doch selbst nicht.«

»Was heißt ›glauben‹! Die Menschen sind zu allem fähig. Sogar die nettesten Menschen, und zu denen gehört er nicht.« Sie fügte hinzu: »Ich auch nicht, falls Sie darüber im Zweifel sind.«

»Wir verschwenden nur Zeit.«

Sie mußte das letzte Wort haben: »Ich bezahle ja Ihre Zeit. Wenn Sie hinausgehen, sagen Sie doch bitte meinem Mann, er möchte mir einen doppelten Scotch bringen. Ich bin todmüde.«

Sie fiel in ihren Sessel und sank in sich zusammen. Ihr Mann betrachtete in dem beleuchteten Gang die Bilder. Ich richtete ihm ihre Bitte aus.

»Danke, alter Junge. Strengen Sie sich nur nicht zu sehr an. Wenn Stephen nicht zurückkommt, gehört dies alles Ruth und mir. Ich liebe gute Bilder.«

Wie alles, was er sagte, meinte er es nur halb im Ernst. Ich ging hinaus zu meinem Wagen. Sebastian saß darin und wartete auf mich. Er kaute an seinem Daumennagel; ich sah, daß er blutig war.

»Haben Sie mir was zu sagen?« fragte ich, während ich mich hinters Lenkrad zwängte.

»Ja. Ich hab' mich vor ihr nicht getraut, es zu sagen.

Dieser Telefonanruf, als ich eben gehen wollte – das war Sandy. Sie bat mich, sie zu holen.«

»Von wo?«

»Von Santa Teresa. Bevor sie mir Näheres sagen konnte, wurde sie unterbrochen.«

»Hat sie gesagt, von wo sie anrief?«

»Nein, aber es war ein R-Gespräch, und so konnte die Telefonistin feststellen, von wo es kam. Vom Büroapparat der Power-Plus-Tankstelle auf dieser Seite von Santa Teresa. Wir sind am Wochenende oft dort gewesen und haben an dieser Tankstelle gehalten.«

»Am besten, ich fahre gleich hin.«

»Nehmen Sie mich mit«, sagte er. »Bitte.«

Ich wandte mich um und sah ihn an. Ich mochte ihn nicht besonders und hatte auch nicht viel Vertrauen zu ihm. Doch allmählich fand ich ihn etwas sympathischer.

»Sind Sie ein guter Fahrer?«

»Ich hab' noch nie einen Unfall gehabt, und getrunken hab' ich auch nichts.«

»Okay, nehmen wir meinen Wagen.«

Sebastian stellte seinen in Malibu auf einem Parkplatz neben einem Drive-in ab. Ich aß schnell ein Sandwich, das nach Benzindunst schmeckte, und er telefonierte inzwischen mit seiner Frau. Danach rief er die Power-Plus-Tankstelle in Santa Teresa an.

»Sie haben bis Mitternacht auf«, sagte er. »Und der Mann erinnert sich an Sandy.«

Auf meiner Uhr war es Viertel nach neun. Es war ein langer Tag gewesen, und wahrscheinlich würde ich in dieser Nacht kaum ins Bett kommen. Ich zwängte mich auf den Rücksitz und nickte ein.

12

Als der Motor abgeschaltet wurde, wachte ich auf; ich hatte geträumt, ich flöge mit einem Überschallflugzeug. Mein Wagen stand in grellem weißem Licht neben den Benzinpumpen der Power-Plus-Tankstelle. Ein junger Mann in einem Overall kam aus dem Büro. Er hatte ein dünnes Bein und trug einen Spezialschuh. Obwohl es schon spät und sein Gesicht vor Müdigkeit abgespannt war, bewegte er sich sehr flink.

»Was kann ich für Sie tun?« fragte er Sebastian.

»Ich hab' Sie vorhin angerufen. Wegen meiner Tochter«, sagte er leise und unsicher wie ein Bettler.

»Ach ja.« Der Schmerz und die Müdigkeit im Gesicht des Jungen verwandelten sich in Mitgefühl. »Ist sie durchgebrannt oder so was Ähnliches?«

»So was Ähnliches.« Ich stieg aus und fragte: »Fuhr sie einen grünen Wagen?«

»Ja. Sie hielt an der gleichen Stelle, wo jetzt Ihr

Wagen steht, und bat mich, den Tank vollzumachen. Er war fast leer. Es sind siebzig Liter reingegangen.«

»Haben Sie die andern gesehen?«

»Es war nur noch ein anderer dabei, ein großer Bursche mit Bürstenschnitt. Er blieb im Wagen, bis er sah, daß sie telefonierte. Sie hatte zu ihm gesagt, sie ginge auf die Toilette. Ich ließ die Pumpe laufen und ging ins Büro, um ihr den Schlüssel zu geben. Da fragte sie mich, ob sie ein Ferngespräch führen könnte. Ich sagte, nur wenn sie ein R-Gespräch anmeldet, und das tat sie. Ich blieb im Büro, um aufzupassen. Dann stürzte plötzlich dieser Kerl rein und zwang sie, aufzulegen.«

»Mit Gewalt?«

»Geschlagen hat er sie nicht. Er hat bloß seine Arme um sie gelegt, fast wie eine Umarmung. Da sank sie zusammen und fing zu heulen an, und er brachte sie zum Wagen zurück. Sie bezahlte das Benzin und fuhr los – in Richtung Stadt.« Er deutete auf Santa Teresa.

»Ein Gewehr haben Sie nicht gesehen?«

»Nein. Sie schien aber Angst zu haben.«

»Hat er irgendwas gesagt?«

»Nur, als er ins Büro stürzte. Er sagte, sie wäre verrückt, ihre Eltern anzurufen; die wären ihre schlimmsten Feinde.«

Sebastian murmelte etwas Unverständliches.

»Meinte er mit ›ihre‹ das Mädchen oder sie beide?«

»Ich glaube, sie beide.«

»Sie sind ein guter Zeuge. Wie heißen Sie?«

»Fred Cram.«

Ich hielt ihm einen Dollar hin.

»Das ist doch nicht nötig«, sagte er abwehrend. »Tut mir leid, daß ich nicht mehr tun konnte. Vielleicht hätte ich versuchen sollen, sie aufzuhalten, oder die Polizei holen oder irgendwas. Ich wußte bloß nicht, ob das richtig gewesen wäre.«

Ein alter Chevrolet mit brauner Grundierung bog von der Straße ab und hielt neben den Pumpen. Zwei halbwüchsige Jungens saßen auf dem Vordersitz. Die nackten Füße von zwei andern ragten aus dem Rückfenster. Der Fahrer hupte.

Ich fragte Fred Cram noch einmal: »Sonst war bestimmt niemand in dem Wagen?«

Er überlegte einen Moment. »Nein, außer dem Hund nicht.«

»Was für ein Hund?«

»Keine Ahnung. Hat sich angehört, als ob's ein ziemlich großer war.«

»Haben Sie ihn denn nicht gesehen?«

»Er war im Kofferraum. Ich hab' ihn nur keuchen und winseln hören.«

»Woher wissen Sie, daß es ein Hund war?«

»Sie hat mir's gesagt.«

Sebastian stöhnte.

»War es etwa ein Mensch?« sagte der Junge.

»Ich weiß nicht.«

Fred Cram sah mich lange und nachdenklich an. Sein Gesicht wurde immer trauriger, als würde ihm klar, in was für einen Abgrund er da geblickt hatte. Dann hupte der Teenager wieder ungeduldig, und er humpelte davon.

»Mein Gott«, sagte Sebastian drinnen im Wagen. »Sie haben es tatsächlich getan. Wir müssen sie zurückholen, Archer.«

»Keine Angst, das werden wir.« Ich sagte ihm nichts von meinen Zweifeln – ich bezweifelte, daß wir sie finden würden, und wenn, dann würde die Polizei sie ihm wohl kaum lassen. »Sie können sich jetzt am besten nützlich machen, indem Sie sich mit Ihrer Frau in Verbindung setzen und zusehen, daß Sie in der Nähe eines Telefons bleiben. Vielleicht ruft Sandy noch einmal zu Hause an.«

»Wenn er sie läßt.«

Doch er akzeptierte meinen Vorschlag. Wir nahmen uns zwei nebeneinanderliegende Zimmer in einem Strandmotel in der Nähe des Zentrums von Santa Teresa. Es war mitten im Winter, und das Motel war fast leer. Der Jachthafen unter meinem Fenster lag im Sternenlicht wie ein matter weißer Traum vom Sommer.

Der Hausdiener machte die Tür zwischen unseren

Zimmern auf. Ich hörte, wie Sebastian mit seiner Frau telefonierte. Er sagte ihr in aufgekratztem, optimistischem Ton, alles laufe bestens und sie brauche sich wirklich keine Sorgen zu machen. Die Zuversicht, die er vortäuschte, erinnerte mich irgendwie an den Jungen mit dem dünnen Bein, der schneller humpelte, als andere Leute gingen.

»Ich liebe dich auch«, sagte Sebastian und legte auf.

Ich ging zur Tür. »Wie hat's Ihre Frau aufgenommen?«

»Großartig. Sie ist wirklich großartig.«

Doch er blickte sich im Zimmer um und registrierte die Einzelheiten seiner Katastrophe: das einsame Bett, die kahlen, trostlosen Wände, mein Gesicht.

Ich lächelte mühsam. »Ich geh' noch aus. Wenn ich zurückkomme, schau' ich zu Ihnen hinein.«

»Was haben Sie vor?«

»Ich will noch ein paar Leute in der Stadt besuchen.«

»Ziemlich spät dafür.«

»Um so besser. Jetzt sind sie wahrscheinlich zu Hause.«

Ich ging in mein Zimmer zurück und suchte mir die Telefonnummer von Henry Langston heraus, des Schulpsychologen, den Davy Spanner verprügelt hatte. Als ich anrief, meldete sich ein junges Mädchen, und einen Moment lang glaubte ich an einen merkwürdigen Zufall und dachte, es sei Sandy.

»Wer ist dort?« fragte ich.

»Elaine. Ich bin der Babysitter. Mr. und Mrs. Langston sind ausgegangen.«

»Wann erwarten Sie sie?«

»Sie haben versprochen, bis Mitternacht da zu sein. Soll ich ihnen etwas ausrichten?«

»Nein, danke.«

In meinem Beruf gibt es nur selten Zufälle. Wenn man tief genug gräbt, stößt man fast immer auf eine gemeinsame, verzweigte Wurzel. Vermutlich war es kein Zufall, daß Jack Fleischer, kurz nachdem Laurel Smith zusammengeschlagen worden war, abgereist war, und wahrscheinlich war er hierher nach Santa Teresa gefahren, wo er wohnte. Ich sah im Telefonbuch nach und fand seine Adresse: 33 Pine Street.

Es war eine Straße mit älteren, von Kiefern beschatteten Mittelstandshäusern, nicht weit vom Gericht. Die meisten Häuser waren finster. Ich parkte an der Ecke vor einer alten Kirche, ging die Straße hinunter und suchte mit meiner Taschenlampe Fleischers Nummer.

An der Veranda eines einstöckigen weißen Holzhauses waren zwei rostige Dreier befestigt. Im Haus, hinter dunkelgelben, zugezogenen Vorhängen, brannte Licht. Ich klopfte an der Tür.

Unsichere Schritte näherten sich, und eine Frauenstimme fragte durch die Tür: »Was wollen Sie?«

»Ist Mr. Fleischer da?«

»Nein.«

Doch sie öffnete die Tür und schaute heraus. Sie war eine blonde Frau mittleren Alters, deren Gesicht irgendwann früher am Tag sorgfältig zurechtgemacht worden war. Inzwischen hatte die Erosion eingesetzt. Ihre Augen musterten mich mit jenem schmerzlichen Mißtrauen, das sich im Laufe der Jahre entwickelt.

Ihr Atem roch nach Gin, was eine Assoziation in mir auslöste. Sie sah Laurel Smith so ähnlich, daß sie ihre ältere Schwester hätte sein können.

»Mrs. Fleischer?«

Sie nickte mürrisch. »Ich kenn' Sie nicht, oder?«

»Ich bin ein Bekannter Ihres Mannes. Wissen Sie, wo ich ihn finden kann?«

Sie spreizte die Hände. Der Körper unter ihrem wattierten rosa Hausmantel war reizlos. »Bei mir nicht.«

»Es ist sehr wichtig. Ich komme extra von Los Angeles.«

Sie streckte die Hand aus und umklammerte meinen Arm. Ich kam mir vor wie ein Double von Jack Fleischer. »Was hat Jack dort gemacht?«

»Darüber kann ich leider nicht sprechen.«

»Mir können Sie's sagen. Ich bin seine Frau.« Sie zerrte an meinem Arm. »Kommen Sie rein und trinken Sie einen Schluck. Wenn Sie ein Freund von Jack sind –«

Ich ließ mich in das große düstere Wohnzimmer führen. Es machte den Eindruck, als ob die Fleischers nicht darin wohnten, sondern es nur ertrugen. So ziemlich der einzige Zierat in dem Zimmer waren Fleischers Schießtrophäen auf dem Kaminsims.

»Was möchten Sie? Ich trinke Gin mit Eis.«

»Schön, dann nehm' ich auch einen.«

Sie schlenderte hinaus und kam mit zwei Whiskygläsern voll Eis und Gin zurück.

Ich trank einen Schluck. »Prosit!«

»Setzen Sie sich doch.« Sie deutete auf eine mit einem Überzug bedeckte Couch und setzte sich dicht neben mich. »Sie wollten mir sagen, was Jack macht.«

»Näheres weiß ich nicht. Er scheint irgendwelche Ermittlungen anzustellen –«

Sie unterbrach mich gereizt. »Lassen Sie sich doch nicht von ihm an der Nase rumführen. Oder wollen Sie ihn decken? Es geht um eine Frau, stimmt's? Er hat in Los Angeles eine zweite Wohnung, und diese Frau lebt wieder mit ihm zusammen. Hab' ich recht?«

»Sie kennen ihn besser als ich.«

»Das kann man wohl sagen. Wir sind dreißig Jahre verheiratet, und die Hälfte von diesen dreißig Jahren war er hinter diesem Weibsstück her.« Sie beugte sich mit begierigem Mund zu mir vor. »Haben Sie die Frau gesehen?«

Ich nickte.

»Wenn ich Ihnen ein Foto von ihr zeige«, sagte sie, »sagen Sie mir dann, ob's diese Frau war?«

»Wenn Sie mir helfen, Jack zu finden.«

Sie überlegte einen Moment. »Er ist zur Bucht gefahren, der Himmel weiß, warum. Ich dachte, er würde wenigstens die Nacht über hierbleiben. Aber er hat sich nur geduscht und umgezogen und Abendbrot gegessen, und dann war er wieder weg.«

»Wo an der Bucht ist er?«

»Auf der Halbinsel. Ich hab' gehört, wie er in Palo Alto anrief, bevor er losfuhr. Er hat ein Zimmer im Sandman Motor Hotel bestellt. Mehr weiß ich nicht. Er erzählt mir kein Wort, was er macht – ich weiß ganz genau, warum. Er ist wieder hinter diesem Weibsstück her. Seine Augen haben so geglänzt.« Ihre Stimme brummte vor Grimm, wie eine Hornisse, die sich in einem Spinnennetz verfangen hat. Sie ertränkte ihn mit Gin. »Ich zeige Ihnen ihr Bild.«

Sie stellte ihr leeres Glas auf einen mit geschliffenen Steinen besetzten Tisch, ging hinaus und kam zurück. Sie streckte mir ein kleines Foto hin und schaltete die Lampe ein.

»Das ist sie, nicht?«

Es war ein Porträtfoto von Laurel Smith, aufgenommen, als sie ein dunkelhaariges Mädchen in den Zwanzigern gewesen war. Selbst auf diesem kleinen, schlecht ausgearbeiteten Foto war ihre Schönheit erkennbar. Ich mußte an ihr zerschlagenes Gesicht denken, als man sie in den Krankenwagen hob, und ein verspäteter Schock befiel mich, ein Gefühl, als sei etwas Kostbares durch Zeit und Gewalt unwiederbringlich zerstört worden.

Mrs. Fleischer wiederholte ihre Frage. Ich sagte langsam: »Ich *glaube*, das ist sie. Woher haben Sie das Foto?«

»Ich hab's aus Jacks Brieftasche genommen, während er sich duschte. Seit einiger Zeit trägt er's wieder dauernd bei sich. Er hat's schon lange – es ist ein altes Foto.«

»Wie lange?«

»Moment.« Sie zählte es an den Fingern ab. »Fünfzehn Jahre. Vor fünfzehn Jahren hat er sie kennengelernt, in Rodeo City. Er behauptete, sie wäre eine Zeugin und das Ganze sei eine rein dienstliche Sache. Aber das einzige Verbrechen, wobei *die* je Zeugin gewesen ist, war, daß Sheriff Jack Fleischer seine Hosen auszog.«

In ihren Augen war eine verschlagene Befriedigung. Sie verriet ihren Mann ebenso rückhaltlos, wie er sie betrogen hatte.

Sie nahm das Foto, legte es auf den Tisch und nahm ihr Glas. »Trinken Sie aus. Ich hol' uns noch was.«

Ich widersprach nicht. Fälle lösen sich auf verschiedene Weisen. Dieser begann aufzugehen, nicht wie eine

Tür oder wie ein Grab, sicher nicht wie eine Rose oder sonst eine Blume, sondern wie eine alte, verdrossene Blondine, schwarz in ihrem Innersten.

Ich trank mein Glas aus, und sie ging damit in die Küche, um es wieder zu füllen. Ich glaube, während sie draußen war, kippte sie heimlich einen zusätzlichen Drink. Als sie zurückkam, stieß sie an den Türrahmen, und Gin spritzte auf ihre Hände.

Ich nahm ihr beide Gläser ab und stellte sie auf den Steintisch. Schwankend stand sie vor mir, mit verschwommenen Augen. Sie richtete sie mühsam auf mich; das Spinnennetz feiner Falten, das sie umgab, schnitt tief in ihr Fleisch.

»Das ist sie, nicht wahr?«

»Ziemlich sicher. Wissen Sie, wie sie heißt?«

»In Rodeo City hat sie sich Laurel Smith genannt.«

»Das tut sie noch immer.«

»Jack lebt mit ihr in Los Angeles zusammen, stimmt's?«

»Soviel ich weiß, lebt sie mit niemandem zusammen.«

»Machen Sie mir doch nichts vor. Ihr Männer haltet zusammen wie Pech und Schwefel. Man merkt's doch, wenn ein Mann für eine Frau Geld ausgibt. Er hat in weniger als einem Monat über tausend Dollar von unserm Konto abgehoben. Und ich muß ihn um zwölf Dollar bitten, damit ich zum Friseur gehen kann.« Sie fuhr sich mit den Fingern durch ihr feines, trockenes, gewelltes Haar. »Ist sie noch hübsch?«

»Ja, ganz hübsch.« Ich nahm meinen ganzen Mut zusammen und machte ihr ein Kompliment. »Offen gesagt, sie sieht Ihnen ziemlich ähnlich.«

»Das tun sie immer. Die Frauen, auf denen er steht, sehen mir immer ähnlich. Aber das ist kein Trost, sie sind immer jünger.« Es klang, als versetze sie sich selbst einen Hieb mit einer Peitsche. Dann ging sie damit auf Fleischer los: »Der gemeine Hund! Hat die Frechheit, unser schwerverdientes Geld für diese Schlampe rauszuschmeißen. Und dann kommt er heim und erzählt mir, er hätte es investiert, daß wir für den Rest unseres Lebens reich sind.«

»Hat er gesagt, wie?«

»Das müssen Sie doch wissen. Sie sind doch einer seiner Kumpel, oder?«

Sie nahm ihr Glas und trank es aus. Sie sah mich an, als wollte sie es mir an den Kopf werfen. Ich war nicht ihr Mann, aber ich trug Hosen.

»Trinken Sie aus«, sagte sie. »Ich bin mit meinem Drink fertig.«

»Wir haben genug getrunken.«

»*Sie* vielleicht.«

Sie ging mit ihrem Glas hinaus. Ihre Pantoffeln scharrten über den Boden, und sie ging vorgebeugt, als steige sie einen Berg hinauf, als verschwinde sie für immer in der Hölle der verlassenen Frauen. Ich hörte ein lautes Klirren aus der Küche. Ich schaute durch die offene Tür und sah, daß sie Geschirr im Spülbecken zerschlug.

Ich mischte mich nicht ein. Es war ihr Geschirr. Ich ging zurück ins Wohnzimmer, nahm Laurels Foto vom Tisch und verließ das Haus.

Auf der Veranda vor dem Haus nebenan stand ein weißhaariger Mann in einem Bademantel und horchte. Als er mich sah, wandte er sich ab und ging hinein. Bevor er die Tür zumachte, hörte ich, wie er sagte:

»Jack Fleischer ist wieder daheim.«

13

Henry Langston wohnte in einem neueren Viertel am nördlichen Stadtrand. Im Innern des einstöckigen Hauses und draußen brannte Licht. Das Tor der angebauten Garage war offen, doch stand kein Wagen darin, nur an einer Wand ein Kinderdreirad.

Eine junge Frau in einem Mantel mit Pelzkragen trat aus dem Haus. Sie hatte glänzende schwarze Augen und ein pikantes ovales Gesicht. Kurz vor mir blieb sie stehen und sah mich erschrocken an.

»Ich möchte zu Mr. Langston«, sagte ich.

»Warum? Ist irgendwas passiert?«

»Ich habe keinen Grund, das anzunehmen.«

»Aber es ist doch schon so spät.«

»Tut mir leid. Ich hab' versucht, ihn früher zu erreichen. Ist er jetzt zu Hause?«

Sie blickte über ihre Schulter auf die offene Tür. Sie hatte Angst vor mir, als brächte ich von dem Haus, in dem ich eben gewesen war, Unheil mit, wie eine ansteckende Krankheit.

Ich lächelte beruhigend. »Nur keine Aufregung. Es hat nichts mit Ihnen zu tun. Ich möchte von ihm nur ein paar Auskünfte über einen seiner früheren Schüler.«

»Ich bin sicher, er wird heute nacht nicht mehr mit Ihnen sprechen.«

»Ich bin sicher, er wird. Sagen Sie ihm, es geht um Davy Spanner.«

»Wieder mal.« Sie warf den Kopf zurück, dann biß sie sich in die Lippe. »Ist Davy wieder in Schwierigkeiten – oder immer noch?«

»Darüber würde ich lieber mit Ihrem Mann sprechen. Sie sind doch Mrs. Langston?«

»Ja, und mir ist kalt und ich bin müde und möchte zu Bett gehen. Wir haben einen netten Abend mit ein paar Freunden verbracht, und jetzt verderben Sie alles.« Vielleicht hatte sie ein bißchen getrunken; jedenfalls gab sie sich mit Genuß ihren Gefühlen hin. Sie war hübsch genug, um sich das leisten zu können.

»Tut mir leid.«

»Wenn's Ihnen so leid tut, dann gehen Sie.«

Sie ging hinein und schlug mit sorgfältig berechneter Kraft die Tür zu. Ich blieb auf dem Steinplattenweg stehen. Mrs. Langston machte die Tür wieder auf, langsam und behutsam, wie jemand, der eine alte Gerichtsakte aufschlägt.

»Entschuldigen Sie. Es ist sicher sehr wichtig, sonst wären Sie nicht gekommen. Sind Sie Polizist?«

»Nein, Privatdetektiv. Mein Name ist Archer.«

»Henry muß jeden Moment kommen. Er fährt nur den Babysitter nach Hause. Kommen Sie doch herein, die Nacht ist kalt.«

Sie ging rückwärts ins Wohnzimmer. Ich folgte ihr. Das Zimmer war vollgestopft mit Möbeln und Büchern. Das Auffallendste war ein geschlossener Stutzflügel.

Mrs. Langston stellte sich daneben wie eine nervöse Solistin. »Soll ich Ihnen eine Tasse Kaffee machen?«

»Machen Sie bitte keine Umstände. Und haben Sie bitte keine Angst.«

»Vor Ihnen habe ich ja keine. Aber vor Davy Spanner.«

»Sie hatten schon Angst, bevor ich seinen Namen nannte –«

»So? Ich glaube, Sie haben recht. Aber Sie – Sie haben mich so merkwürdig angesehen, als ob ich sterben müßte.«

Ich unterließ es, sie darauf aufmerksam zu machen, daß sie das mußte. Sie zog ihren Mantel aus. Sie war etwa im sechsten Monat schwanger.

»Würden Sie mich entschuldigen? Ich muß einfach ins Bett. Bitte, nehmen Sie Henry nicht die ganze Nacht in Anspruch.«

»Ich werde mich bemühen. Gute Nacht.«

Sie winkte mir mit flatternden Fingern zu und hinterließ eine vibrierende Atmosphäre im Raum. Als ich den Wagen auf der Zufahrt hörte, ging ich hinaus.

Langston stellte seinen Kombiwagen mit eingeschalteten Scheinwerfern und laufendem Motor vor der Garage ab und stieg aus. Panik schien in der Luft zu liegen; ich sah, wie sie sich auf seinem Gesicht widerspiegelte. Er war ein großer, häßlicher, blonder junger Mann mit sensiblen Augen.

»Ist irgendwas mit Kate?«

»Ihre Frau ist okay. Sie hat mich hereingelassen und ist zu Bett gegangen.« Ich stellte mich vor. »Davy Spanner war heute abend hier in der Stadt.«

Langstons Augen schienen sich zurückzuziehen, als hätte ich einen unsichtbaren Fühler berührt. Er ging zu seinem Kombi und schaltete den Motor und die Scheinwerfer ab.

»Am besten, wir reden im Wagen, okay? Ich möchte sie nicht stören.«

Wir setzten uns auf den Vordersitz und machten leise die Türen zu.

»Sie haben Davy nicht zufällig am Abend gesehen?«

Er zögerte einen Moment. »Doch. Kurz.«

»Wo?«

»Er war hier.«

»Wann?«

»Um acht. Kate war Gott sei Dank nicht da. Sie holte Elaine ab – das Mädchen, das auf unsern Kleinen aufpaßt. Zum Glück ging er, bevor sie zurückkam. Kate ist gegen Davy allergisch.«

»Da ist sie nicht die einzige.«

Langston warf mir von der Seite einen Blick zu. »Ist er wieder mal mit dem Kopf an die Wand gerannt?«

»Wenn Sie's so nennen wollen.«

»Davy ist ständig drauf aus, sich selbst zu zerstören.«

»Um ihn mach' ich mir die geringsten Sorgen. War ein Mädchen namens Sandy bei ihm?«

»Na klar. Hauptsächlich ihretwegen war er ja da. Er wollte, daß ich mich um sie kümmere. Das heißt, ich und Kate. Er sagte, sie wollten heiraten, aber vorher müßte er noch was erledigen. Es würde ein oder zwei Tage dauern.«

»Sagte er, was er erledigen wollte?«

»Nein. Ich hab' mir aber gedacht, daß es irgendwas Krummes ist. Er fragte, ob Sandy nicht bei uns bleiben könnte, bis er damit fertig ist.«

»Warum kommt er gerade zu Ihnen?«

»Das frag' ich mich selber«, sagte er mit einem raschen, verzerrten Lächeln. »Warum gerade zu mir? Das kann ich Ihnen sagen – ich bin selbst dran schuld. Ich hab' mich mal sehr eingehend mit Davys Problemen beschäftigt, vor Jahren, und wenn man das tut, ist es sehr schwer, sich von dem Betreffenden zu lösen. Einmal war's fast soweit, daß meine Ehe deshalb auseinanderging. Ich hab' mir geschworen, das nie wieder zu machen, und so hab' ich ihm gesagt, daß ich ihm den Gefallen unmöglich tun kann. Er war sehr enttäuscht, als ob ich ihn im Stich lassen würde. Doch ich mußte mich entscheiden – zwischen Davy und meiner Familie.«

»Wie hat das Mädchen reagiert?«

»Mit der hab' ich kein Wort gesprochen. Ich hab' sie nur im Wagen sitzen sehen. Sie sah ziemlich blaß und nervös aus.« Er deutete mit dem Daumen auf die Straße, wo mein Wagen stand. »Aber ich konnte nicht die Verantwortung für sie übernehmen. Offen gesagt, ich wollte, daß sie verschwinden, bevor Kate zurückkam. Sie erwartet wieder ein Kind, und bei ihrer ersten Schwangerschaft gab's ziemliche Komplikationen. Ich muß sie vor Aufregungen bewahren.«

»Natürlich.«

»Man muß manchmal hart sein«, fuhr er fort. »Sonst lädt man sich zuviel auf, und das ganze Gebäude bricht zusammen.« Er sprach wie ein übertrieben gewissenhafter Mensch, der sich bemüht, eine schwere Lektion zu lernen. Trotzdem schien er sich Sorgen um das Mädchen zu machen. »Sie sind doch nicht wirklich verlobt, oder?«

»Sie bilden sich's ein. Sie ist erst siebzehn und von daheim durchgebrannt. Ihre Eltern haben mich beauftragt, sie zurückzuholen.«

»Deshalb sind Sie hier?«

»Zum Teil. Was hatte Davy sonst noch für Gründe, zu Ihnen zu kommen?«

»Wie meinen Sie das?«

»Sie sagten, das Mädchen war nur ein Grund. Was waren die anderen?«

»Das hängt mit seiner Vergangenheit zusammen«, sagte er reichlich geheimnisvoll. »Er wollte eine Auskunft – genau gesagt, eine Auskunft über sich selbst. Wie ich schon erwähnte, habe ich mich vor ein paar Jahren, als er hier auf die High-School ging, ziemlich eingehend mit seinem Fall beschäftigt. Zu eingehend, wie mir heute klar ist. Ich hatte selbst eine Analyse gemacht und dachte, ich könnte ihm mit meinen Erfahrungen helfen. Aber irgendwie ging's schief – ich weiß nicht, wie ich's Ihnen erklären soll.«

Sein Blick war nachdenklich und nach innen gerichtet, als begreife er es selbst nicht: »Es war eine Art Band zwischen uns, das plötzlich zu zerreißen schien. Es gab Momente, in denen wir völlig eins zu sein schienen. Ich spürte ganz deutlich, was er fühlte und wußte, was er dachte; ich konnte mich völlig in ihn hineinfühlen –« Er brach ab. »Haben Sie das schon mal erlebt?«

»Nein. Außer bei Frauen, und da nur sehr selten.«

»Bei Frauen?« sagte er erstaunt. »Kate ist mir fremd wie das Mondgebirge. Was nicht heißen soll, daß ich sie nicht liebe. Ich bete sie an.«

»Schön. Aber Sie wollten mir doch von Davys Vergangenheit erzählen.«

»Das war ja der Haken – er hatte keine Vergangenheit. Ich hab' versucht, sie auszugraben, weil ich dachte, das würde ihm helfen. Aber er wurde nicht damit fertig. Und ich auch nicht, offen gesagt. Ich war's, der die Sache verkorkst hat, denn ich war ja Psychologe und er nur ein verwirrter sechzehnjähriger Junge.«

Langston war auch verwirrt. Es schien, als würden seine Gedanken zwischen zwei Magnetfeldern hin und her gezerrt und dadurch alles verdreht, was er sagte.

Ich warf ihm wieder einen Brocken hin. »Stimmt es, daß sein Vater umgekommen ist?«

Er warf mir einen raschen stechenden Blick zu. »Sie wissen vom Tod seines Vaters?«

Ich nickte. »Auf welche Weise ist er umgekommen?«

»Genau hab' ich das nie rausgekriegt. Anscheinend ist er in der Nähe von Rodeo City unter einen Zug gestürzt. Der Zug ist über ihn weggerollt, und die Räder haben ihm den Kopf abgeschnitten.« Langston strich sich mit der Hand über seinen Hals. »Er war noch sehr jung, jünger als ich heute.«

»Wie war sein Name?«

»Das weiß offenbar niemand genau. Er hatte keinen Ausweis bei sich. Nach Meinung des Sheriffs, der den Fall bearbeitete –«

»Jack Fleischer?«

»Ja. Kennen Sie ihn?«

»Nein. Aber ich bin sehr gespannt darauf, ihn kennenzulernen. Was war seine Meinung?«

»Daß der Mann ein Wanderarbeiter war, der auf den Puffern des Zuges saß und herunterfiel. Aber diese Theorie hat einen großen Haken. Er hatte einen drei Jahre alten Jungen bei sich, und wenn *er* vom fahrenden Zug fiel, hätte Davy auch herunterfallen müssen. Doch er war unverletzt, zumindest körperlich.«

»Psychisch«, fügte er hinzu, »war Davy schwerverletzt. Ich bin überzeugt, daß dies die Wurzel seiner seelischen Störungen ist. Er saß die ganze Nacht neben dem Gleis bei der kopflosen Leiche.« Er sprach so leise, daß ich ihn kaum verstand.

»Woher wissen Sie das?«

»Sheriff Fleischer hat ihn neben der Leiche gefunden. Und Davy hat es selbst bestätigt. Ich hab' ihm geholfen, es aus seinem Unterbewußtsein hervorzuholen. Ich dachte, ich täte damit etwas Gutes. Aber ich fürchte, es war falsch. Heute ist mir klar, daß ich Gott spielte. Es war ein großer Fehler, ihn ohne Lizenz zu analysieren«, sagte er bedrückt.

»Er drehte völlig durch und ging auf mich los. Es war in meinem Büro in der High-School, und deshalb konnte ich die Sache nicht vertuschen. Ehrlich gesagt, er hat mich fürchterlich verprügelt. Trotz meines Protestes ist er von der Schule geflogen. Ich konnte lediglich verhindern, daß er in eine Erziehungsanstalt kam.«

»Warum haben Sie sich so für ihn eingesetzt?«

»Weil ich mich schuldig fühlte, natürlich. Ich hatte mit schwarzer Magie herumgepfuscht – solche verdrängten Erinnerungen haben eine ungeheure Kraft –, und das Ganze explodierte und flog uns ins Gesicht. Seine Verletzungen sind bis heute nicht verheilt.«

»Das ist doch schon lange her. Sie spielen immer noch Gott«, sagte ich.

»Ich weiß genau, daß ich schuld daran bin. Ich habe diese entsetzliche Erinnerung in sein Bewußtsein zurückgeholt. Seither hat er diesen Komplex.«

»Das wissen Sie doch gar nicht.«

»Doch, ich weiß es. Das ist ja das Furchtbare. Er kam heute abend hierher und wollte unbedingt, daß ich ihm genau sage, wo die Leiche seines Vaters gefunden wurde. Die Sache hat immer noch eine ungeheure Bedeutung für ihn.«

»Haben Sie's ihm gesagt?«

»Ja. Es war die einzige Möglichkeit, ihn loszuwerden.«

»Können Sie mich zu der Stelle bringen? Jetzt gleich?«

»Sicher. Aber wir würden mit dem Auto mindestens eine Stunde brauchen.« Er schaute auf seine Uhr. »Es ist schon halb eins vorbei. Wenn ich Sie hinbringe, bin ich nicht vor drei wieder daheim. Und ich muß um Viertel vor acht in der Schule sein.«

»Ist das so wichtig? Es geht um das Leben eines Mannes.«

»Wieso?«

Ich erzählte Langston von dem Stöhnen im Kofferraum des Wagens. »Ich dachte zuerst, sie haben eine Erpressung vor. Die Leute, die solche Dinger drehen, werden immer jünger. Aber auch die Motive für Entführungen haben sich im Laufe der Zeit geändert. Es handelt sich immer häufiger um nackte Gewalttaten, die einfach begangen werden, um andere Menschen unter Druck zu setzen. Weiß der Himmel, was in Davy vor sich geht. Oder auch in dem Mädchen. Vielleicht wollen sie den Mann auf die gleiche Weise umbringen, auf die sein Vater umgekommen ist.«

Langston wurde plötzlich hellwach. Dem psychologischen Köder konnte er nicht widerstehen. »Das wäre möglich. Ihm schien schrecklich viel daran zu liegen, die richtige Stelle zu finden. Weiß die Polizei von der Sache?«

»Nein. Die Familie des Mannes hat mich gebeten, sie nicht hineinzuziehen.«

»Wer ist er?«

»Ein Finanzmann aus Los Angeles. Der Vater des Mädchens arbeitet bei einer seiner Firmen.«

»Ich hab' das Gefühl, es handelt sich um etwas Komplizierteres als eine Erpressung.«

»Helfen Sie mir?« sagte ich.

»Bleibt mir wohl nichts anderes übrig. Am besten, wir nehmen Ihren Wagen, oder?«

»Wie Sie wollen, Mr. Langston.«

»Nennen Sie mich doch bitte Hank, ich bin's so gewohnt.« Er stieg aus dem Wagen. »Kommen Sie doch noch einen Moment herein. Ich muß meiner Frau eine Nachricht hinterlassen.«

Während er auf dem Deckel des Stutzflügels schrieb, sah ich mir seine Bücher an. Sie umfaßten erstaunlich viele Gebiete, darunter Rechtswissenschaft und Geschichte. Seine Psychologie- und Soziologiebücher stammten hauptsächlich von liberaleren Geistern: Erik Erikson und Erich Fromm, Paul Goodman, Edgar Z. Friedenberg.

Er legte die Nachricht auf den von einer kleinen Lampe beleuchteten Notenständer des Flügels. Beim Hinausgehen las ich sie:

Liebling,

nur für den Fall, daß Du aufwachst und Dich fragst, wo ich bin: Ich mache mit Mr. Archer noch eine kleine Fahrt. Sollte jemand an der Haustür klingeln, dann mach nicht auf. Mach Dir bitte keine Sorgen. Ich liebe Dich von ganzem Herzen, falls Du daran zweifeln solltest. Bin bald zurück.

Alles Liebe
H.
(0.30 Uhr)

14

Ich setzte mich hinters Lenkrad und sagte Langston, er könne schlafen. Er sagte, er sei nicht müde, doch bald nachdem wir auf die Autobahn eingebogen waren, drückte er seine Zigarette aus und nickte ein.

Die Autobahn entfernte sich ein Stück vom Meer, führte landeinwärts über einen Bergpaß und kehrte dann zum Meer zurück. Die Eisenbahn verlief zwischen dem Meer und den Bergen, und von Zeit zu Zeit sah ich die schimmernden Geleise.

Es herrschte nur sehr wenig Verkehr. Dieser nördliche Teil des Staates war zum größten Teil freies Land. Zwischen der Straße und dem Meer lagen ein paar Ölfelder, und hin und wieder erhellten Gasflammen die Dunkelheit. Landeinwärts stiegen die Felder zu den felsigen Hängen der steil aufragenden Berge an. Auf den Feldern lagen Kühe, reglos wie Steine.

»Nein!« sagte Langston im Schlaf.

»Wachen Sie auf, Hank.«

Er schien völlig durcheinander. »Ich hatte einen schrecklichen Traum. Wir drei lagen im Bett und –« Er brach mitten im Satz ab und blickte ins vorbeihuschende Dunkel hinaus.

»Wer – wir drei?«

»Meine Frau und ich und Davy. Es war ein gräßlicher Traum.«

Ich zögerte einen Moment; dann sagte ich: »Haben Sie Angst, Davy könnte bei Ihnen zu Hause auftauchen?«

»Möglich wär's«, sagte er. »Aber er würde niemandem, den ich liebe, etwas tun.«

Er sprach ins Dunkel hinein. Vielleicht, dachte ich, hätte ich ihn lieber daheim lassen sollen, aber jetzt war es zu spät. Seit wir bei ihm zu Hause losgefahren waren, hatte der Tacho achtzig Kilometer abgespult.

»Wie weit noch, Hank?«

»Genau kann ich's nicht sagen. Aber ich werd' die

Stelle erkennen, wenn ich sie sehe. Sie müssen nach links auf einen Kiesweg abbiegen. Er führt über die Geleise.« Er starrte durch die Windschutzscheibe.

»Wann haben Sie sich die Stelle angesehen?«

»Vor etwa drei Jahren. Sheriff Fleischer hat mich hingefahren.«

»Warum haben Sie sich so dafür interessiert?«

»Ich wollte genau wissen, was passiert war. Die Leute im Waisenhaus hatten mir gesagt, daß Davy völlig unansprechbar war, als er aufgenommen wurde. Ich wollte wissen, warum. Fleischer hatte ihnen nicht viel erzählt, oder gar nichts.«

»Ihnen gegenüber war er offen?«

»Das sind doch Polizisten nie, oder? Aber ich kann's verstehen, wenn ein Polizist sich in so einen Fall verbeißt. Als er mich damals hierherfuhr, hatte er sich zwölf Jahre lang damit beschäftigt.«

»Hat er das gesagt?«

»Ja.«

»Dann kann er doch nicht angenommen haben, daß es ein Unfall war.«

»Ich weiß nicht, welcher Ansicht er war.« Langston beugte sich vor. »Fahren Sie langsamer. Wir sind gleich da.«

Ein paar hundert Meter vor uns sah ich im Scheinwerferlicht eines entgegenkommenden Lastwagens einen nach links abzweigenden Kiesweg. An der Ecke stand eine einsame Gestalt. Es war ein Mädchen. Sie wandte uns den Rücken zu und winkte verzweifelt dem Lastwagenfahrer. Ohne die Geschwindigkeit zu verringern, fuhr der Laster an ihr und dann an uns vorbei.

Ich bog nach links auf den Seitenweg ab und stieg aus. Das Mädchen trug eine Sonnenbrille, als wäre ihr die Nacht nicht dunkel genug. Ihr Körper machte eine ruckende Bewegung. Es sah aus, als ob sie weglaufen wollte. Doch ihre Füße schienen in dem Kies festzustecken.

»Sandy?«

Sie gab keine Antwort; nur an dem leisen Laut, den sie ausstieß, merkte ich, daß sie mich erkannte. Ich sah mich einen Moment von oben, aus der Vogelperspektive: ein Mann, der an einer verlassenen Straßenkreuzung auf ein verschrecktes Mädchen zugeht. Irgendwie paßten meine Motive nicht zu dem Bild.

»Was ist mit den andern, Sandy?«

»Ich weiß nicht. Ich bin weggerannt und hab' mich zwischen den Bäumen versteckt.« Sie deutete auf einen kleinen Kiefernwald hinter den Bahngeleisen. Ich konnte den Waldgeruch an ihr noch wahrnehmen. »Er hat Mr. Hackett auf die Schienen gelegt, und da bekam ich's mit der Angst zu tun. Bis dahin hatte ich das Ganze nicht ernst genommen. Ich hab' nicht geglaubt, daß er ihn wirklich umbringen will.«

»Ist Hackett bewußtlos?«

»Nein, aber er hat ihm mit Heftpflaster die Arme und Beine gefesselt und den Mund zugeklebt. Er sah so hilflos aus, wie er auf den Schienen lag. Und er wußte ganz genau, wo er war – ich hab's an seinem Stöhnen gemerkt. Ich hab's nicht ausgehalten und bin weggerannt. Als ich zurückkam, waren sie verschwunden.«

Langston trat neben mich. Der Kies knirschte unter seinen Füßen. Das Mädchen zuckte zurück.

»Keine Angst«, sagte er.

»Wer sind Sie? Kenne ich Sie?«

»Ich bin Henry Langston. Davy hat mich gebeten, mich um Sie zu kümmern. Sieht ganz so aus, als müßte ich das jetzt tatsächlich tun.«

»Um mich braucht sich niemand zu kümmern. Ich bin okay. Ich kann irgendeinen Wagen anhalten.« Sie sprach mit einer gekünstelten Forschheit, als wollte sie ihre wirklichen Gefühle verbergen.

»Kommen Sie«, sagte er. »Seien Sie nicht so bokkig.«

»Haben Sie eine Zigarette?«

»Eine ganze Schachtel.«

»Ich komme mit Ihnen, wenn Sie mir eine Zigarette geben.«

Er holte seine Zigaretten hervor und überreichte sie ihr feierlich. Sie nahm eine aus der Schachtel. Ihre Hände zitterten.

»Geben Sie mir Feuer?«

Langston gab ihr ein Streichholzheft. Sie zündete die Zigarette an und zog tief den Rauch ein. Das Ende der Zigarette spiegelte sich doppelt in den Gläsern ihrer Sonnenbrille, wie zwei kleine, glühende rote Augen.

»Schön, ich setze mich in Ihren Wagen.«

Sie setzte sich auf den Vordersitz, und Langston und ich stiegen ein und setzten uns beiderseits neben sie. Sie zog gierig an der Zigarette, bis sie ihre Finger verbrannte; dann warf sie sie in den Aschenbecher.

»Sie hatten keine sehr schönen Pläne«, sagte ich. »Von wem stammten sie?«

»Hauptsächlich von Davy.«

»Was hatte er vor?«

»Das hab' ich doch schon gesagt – er wollte Mr. Hackett umbringen. Ihn auf die Schienen legen und vom Zug überfahren lassen.«

»Und Sie waren damit einverstanden?«

»Ich hab' doch nicht geglaubt, daß er's wirklich tun wird. Er hat's ja auch nicht getan.«

»Davon sollten wir uns lieber überzeugen.«

Ich löste die Handbremse. Der Wagen rollte den Abhang hinunter zum Bahnübergang.

»Wo hat er Mr. Hackett hingelegt?«

»Direkt hier neben den Weg.« Sandy deutete auf die nördliche Seite der Kreuzung.

Ich nahm meine Taschenlampe, stieg aus und sah mir den Bahndamm an. In dem Kies waren frische Spuren, die möglicherweise von Absätzen herrührten. Trotzdem war es schwer, sich die Szene, die das Mädchen geschildert hatte, vorzustellen.

Ich ging zum Wagen zurück. »Hat Davy Ihnen gesagt, warum er diese Stelle ausgesucht hat?«

»Wahrscheinlich dachte er, sie eignet sich gut dazu, ihn umzubringen. Als ich wegrannte, hat er sich's offenbar anders überlegt.«

»Warum hat er sich gerade Mr. Hackett ausgesucht?«

»Das weiß ich nicht.«

Ich beugte mich durch die offene Tür vor. »Sie müssen doch irgendeine Ahnung haben, Sandy. Mr. Hackett ist oder war doch ein Freund Ihrer Familie.«

»Mein Freund nicht«, sagte sie leise.

»Das haben Sie deutlich genug bewiesen. Was hat Hackett getan?«

Sie sah Langston an. »Das muß ich doch nicht beantworten, oder? Ich bin noch minderjährig, aber ich habe Anspruch auf einen Anwalt.«

»Nicht nur Anspruch«, sagte ich, »sondern Sie werden sogar dringend einen brauchen. Aber Sie schaden sich nur selbst, wenn Sie schweigen. Wenn wir Ihren Freund nicht schnappen, werden Sie sich mit ihm zusammen für alles, was er tut, vor Gericht verantworten müssen.«

Sie wandte sich wieder an Langston, den Zigarettenkönig. »Das stimmt doch nicht, oder?«

»Es wäre möglich«, sagte er.

»Aber ich bin doch noch minderjährig.«

Ich sagte: »Trotzdem können Sie wegen eines Verbrechens vor Gericht kommen. Wegen Entführung sind Sie bereits dran. Wenn Hackett umgebracht wird, haben Sie Beihilfe zu einem Mord geleistet.«

»Aber ich bin doch weggerannt.«

»Das wird Ihnen nicht viel helfen, Sandy.«

Sie schwieg erschrocken. Anscheinend wurde ihr jetzt erst bewußt, daß dies alles Wirklichkeit war, daß dies ihr Leben war und daß sie es verpfuscht hatte.

Ich konnte ihr nachfühlen, was sie empfand. Die Szene wurde auch zu einem Teil meines Lebens: der kleine Wald, der sich schwarz von der Dunkelheit abhob, die Schienen, die sich wie eiserne Strähnen unabänderlich von Norden nach Süden streckten, die Mondsichel, die am unteren Viertel des Himmels hing.

Fern im Norden huschte der Scheinwerfer eines Zuges um eine Kurve. Schwankend kam er auf uns zu und zerschnitt die Dunkelheit in bizarre Muster. Dahinter tauchte ein Güterzug auf. Die Scheinwerfer meines Wagens beleuchteten die Schienen, und ich sah, wie sie sich unter dem Gewicht der Dieselmotoren senkten. Der Lärm war ohrenbetäubend.

Sandy stieß einen unterdrückten Schrei aus und versuchte, sich an mir vorbeizudrängen. Ich zerrte sie in den Wagen zurück. Sie versuchte, ihre Fingernägel in mein Gesicht zu krallen. Ich schlug sie. Es war, als töte der Lärm alles Menschliche in uns.

Als der Zug im Süden verschwunden war, sagte Langston: »Beruhigen Sie sich. Gewalttätigkeit bringt Sie nicht weiter.«

»Sagen Sie das Davy Spanner.«

»Hab' ich, oft genug. Hoffentlich hat's geholfen.« Er sagte zu dem Mädchen: »Mr. Archer hat völlig recht, Sandy. Indem Sie uns helfen, helfen Sie sich selbst. Sie müssen doch irgendeine Ahnung haben, wohin Davy von hier gefahren ist.«

»Das wußte er selbst nicht«, sagte sie keuchend. »Er hat eine Menge von dem Ort in den Bergen geredet, wo er früher gelebt hat. Er wußte aber nicht, wo er ist.«

»Sie glauben, daß es diesen Ort wirklich gibt?«

»Woher soll ich das wissen? *Er* hat's behauptet.«

Ich setzte mich hinters Lenkrad. Unser kurzes Gefecht hatte sie erhitzt, und ich spürte ihren warmen Körper neben mir. Schade, daß es ihren Eltern nicht gelungen war, sie noch ein oder zwei Jahre auf kleiner Flamme schmoren zu lassen. Ein Jammer für ihre Eltern, und ein Jammer für sie.

Während wir südwärts fuhren, stellte ich Sandy noch ein paar Fragen, doch es gelang mir nicht, viel aus ihr herauszuholen – weder über sich selbst noch über Davy. Eines ging aber aus ihren Antworten zu meiner Befriedigung klar hervor: wenn Davy Spanner Laurel Smith zusammengeschlagen hatte, so wußte Sandy nichts davon. Und sie war, wie sie sagte, den ganzen Tag über mit Davy zusammen gewesen.

15

Es war drei vorbei, als wir in Santa Teresa ankamen. Ich bat Langston, mit ins Motel zu kommen. Er schien beruhigend auf das Mädchen zu wirken.

Sebastian hörte uns kommen und öffnete die Tür seines Zimmers, bevor ich anklopfen konnte. Das Licht fiel auf seine Tochter. Die eine Hüfte frech vorgestreckt, stand sie da. Er streckte die Arme nach ihr aus. Hastig wich sie zurück. Mit einer betont verächtlichen Geste zündete sie sich eine Zigarette an und blies den Rauch in seine Richtung.

»Ich wußte gar nicht, daß du rauchst«, sagte er dumpf.

»Ich rauch' sogar *Pot*, wenn ich's kriegen kann.«

Wir gingen alle in Sebastians Zimmer, ich als letzter. Er wandte sich zu mir.

»Wo haben Sie sie gefunden?«

»Ein Stück weiter an der Autobahn. Das ist Mr. Langston. Er hat mir geholfen, sie aufzuspüren.«

Die beiden gaben sich die Hand, und Sebastian sagte, er sei ihm sehr dankbar. Doch dabei sah er seine Tochter an, als frage er sich, wofür er dankbar sei. Sie saß mit übergeschlagenen Beinen auf dem Rand des Bettes und erwiderte seinen Blick.

»Die Sache ist noch nicht erledigt«, sagte ich. »Ich möchte folgendes vorschlagen: Erstens, daß Sie Ihre Tochter nach Hause bringen und gut auf sie aufpassen. Falls Sie und Ihre Frau nicht mit ihr fertig werden, engagieren Sie sich eine Hilfe.«

»Was für eine Hilfe?«

»Am besten eine Krankenschwester mit psychiatrischer Erfahrung. Fragen Sie Ihren Arzt.«

»Er hält mich für verrückt«, sagte Sandy ins Zimmer hinein. »Anscheinend ist *er* verrückt.«

Ich sah sie nicht an. »Haben Sie einen guten Anwalt, Mr. Sebastian?«

»Ich hab' überhaupt keinen Anwalt. Ich hab' eigentlich noch nie einen gebraucht.«

»Jetzt brauchen Sie einen. Lassen Sie sich von jemandem einen Strafverteidiger empfehlen und sorgen Sie dafür, daß er heute noch mit Sandy spricht. Sie ist in einer ziemlichen Klemme, und sie muß der Polizei helfen.«

»Ich will aber nicht, daß sie mit der Polizei zu tun kriegt.«

»Es bleibt Ihnen nichts anderes übrig.«

»Was soll das heißen? Mrs. Marburg hat Ihnen doch gesagt, Sie sollen das Ganze vertraulich behandeln.«

»Ich werde mit Mrs. Marburg reden. Mit diesem Fall werde ich allein nicht fertig.«

Sandy sprang auf und rannte zur Tür. Langston erwischte sie, bevor sie sie erreichte, und schlang seinen Arm um ihre Taille. Sie drückte ihre Zigarette auf sein Handgelenk. Er riß sie herum, stieß sie aufs Bett und beugte sich keuchend über sie. Er roch nach versengtem Haar.

Jemand klopfte an die andere Seite der Wand. »Ruhe!«

Sebastian sah seine Tochter mit schmerzlichem Interesse an. Anscheinend fragte er sich, was noch alles über ihn hereinbrechen würde.

»Am besten, wir machen jetzt, daß wir hier wegkommen«, sagte ich. »Möchten Sie nicht Ihre Frau anrufen?«

»Ja, ich glaube, das sollte ich.«

Er ging zum Telefon. Um die Telefonistin zu wekken, mußte er ein dutzendmal auf die Gabel drücken. Seine Frau meldete sich sofort.

»Ich habe gute Neuigkeiten«, sagte er mit zitternder Stimme. »Sandy ist bei mir. Ich bring' sie nach

Hause.« Tränen stiegen ihm in die Augen. »Ja, sie ist in Ordnung. In ein paar Stunden sind wir also daheim. Sieh zu, daß du noch ein bißchen schläfst.«

Er legte auf und wandte sich zu Sandy. »Herzliche Grüße von Mutter.«

»Ich pfeif' drauf.«

»Magst du uns denn gar nicht mehr?«

Sie drehte sich herum und lag steif und stumm, das Gesicht nach unten, auf dem Bett. Ich ging ins andere Zimmer, um ebenfalls zu telefonieren.

Willie Mackey, den ich anrief, hatte ein Detektivbüro in San Francisco. Der Auftragsdienst meldete sich, verband mich mit Willies Wohnung in der California Street. »Hier Mackey«, sagte er mit verschlafener Stimme.

»Lew Archer. Hast du heute Zeit?«

»Ich könnte mich freimachen.«

»Schön. Ich habe einen Auftrag für dich. Nur eine Beschattung, aber möglicherweise sehr wichtig. Hast du einen Bleistift?«

»Moment.« Willie ging weg und kam zurück. »So, bitte.«

»Kennst du das Sandman Motor Hotel in Palo Alto?«

»Ja, am Camino Real, nicht? Ich hab' schon mal dort gewohnt.«

»Ein gewisser Jack Fleischer, ein ehemaliger Sheriff

aus Santa Teresa, wird dort wahrscheinlich irgendwann heute nacht ein Zimmer nehmen. Ich möchte wissen, was er in Palo Alto will. Wohin er geht und mit wem er spricht und worüber. Du darfst ihn nicht aus den Augen lassen; auch nicht, wenn's ein bißchen was kostet.«

»Wieviel ist ›ein bißchen‹?«

»Das überlasse ich deinem Taktgefühl.«

»Willst du mir nicht sagen, worum's geht?« fragte er.

»Kann sein, daß das Jack Fleischer weiß. Ich weiß bloß, daß ein Mann in Lebensgefahr ist.«

»Wer ist der Mann?«

»Er heißt Hackett. Er wurde von einem neunzehn Jahre alten Burschen namens Davy Spanner entführt.« Für den Fall, daß sie in Willies Territorium auftauchten, beschrieb ich die beiden. »Hackett ist ein reicher Mann, aber um ein Lösegeld scheint's nicht zu gehen. Spanner ist ein Soziopath mit schizoiden Zügen.«

»Also eine amüsante Type, was? Ich fahr' gleich nach Palo Alto, Lew.«

Ich ging in Sebastians Zimmer zurück. Das Mädchen lag noch immer mit dem Gesicht nach unten auf dem Bett, und Langston beugte sich über sie.

»Ich bring' Sie noch nach Hause«, sagte ich zu ihm. »Tut mir leid, daß ich Ihnen die ganze Nacht verpatzt hab'.«

»Nicht der Rede wert. Freut mich, daß ich Ihnen helfen konnte. Was anderes – sollte ich nicht der hiesigen Polizei Bescheid sagen?«

»Überlassen Sie das mir. Okay?«

»Okay.«

Das Mädchen stand auf, als ich sie dazu aufforderte, und wir fuhren durch die Stadt. In Langstons Haus brannte Licht. Seine Frau kam herausgerannt und begrüßte ihn; sie trug einen roten Kimono.

»Du sollst doch nicht so laufen«, sagte er. »Warst du denn nicht im Bett?«

»Ich konnte nicht schlafen. Ich hatte Angst, es könnte dir was passieren.« Sie wandte sich zu mir. »Sie haben mir doch versprochen, daß es nicht die ganze Nacht dauern wird.«

»Hab' ich nicht. Außerdem ist's ja erst vier.«

»*Erst* vier!«

»Steh nicht hier draußen in der Kälte rum.« Langston ging mit ihr ins Haus. Bevor er die Tür zumachte, winkte er mir zu.

Es war eine langweilige Fahrt gen Süden nach Malibu. Das Mädchen saß schweigend zwischen mir und seinem Vater. Er versuchte ein paarmal mit ihr zu reden, doch sie stellte sich taub.

Eines war offensichtlich: Indem sie die Spielregeln so veränderte, daß auch Gewalt dazu gehörte, war sie ihm gegenüber im Vorteil. Er hatte mehr zu verlieren als sie. Und er verlor. Aber er hatte nicht die Hoffnung verloren, sich an etwas halten zu können. Sie tat so, als ob sie alles verloren hätte.

Ich setzte die beiden auf dem Parkplatz ab, wo Sebastians Wagen stand. Ich wartete, bis sie eingestiegen waren und blauer Rauch aus seinem Auspuff quoll. Sandy unternahm keinen Versuch, wegzulaufen. Vielleicht war ihr klar, daß es keinen Ort gab, wo sie hin konnte.

Hohe Wellen schlugen an den Strand unterhalb der Stadt. Ich sah zwischen den Häusern die Brecher; sie leuchteten schwach im Morgenlicht.

Es war zu früh, um den neuen Tag zu beginnen. Im ersten Motel, zu dem ich kam, nahm ich mir ein Zimmer.

16

Um Punkt acht wachte ich auf. Es war immer noch zu früh, doch mein Magen knurrte. Ich ging ins Restaurant und aß eine Scheibe gebratenen Schinken mit zwei Spiegeleiern, einen Stapel Toasts und ein paar Pfannkuchen mit Himbeermarmelade. Dazu trank ich mehrere Tassen schwarzen Kaffee.

Als ich fertig war, fühlte ich mich einem Gespräch

mit Mrs. Marburg einigermaßen gewachsen. Ohne sie vorher anzurufen, fuhr ich zur Hackett-Ranch. Das Tor stand weit offen. Als ich an dem künstlichen See vorbeifuhr, hatte ich ein starkes *déjà-vu*-Gefühl. Die Enten waren nicht zurückgekehrt, und die Sumpfhühner saßen immer noch am andern Ufer.

Vor dem Haus stand ein Cadillac-Coupé mit einem Arztschild. Ein jugendlich aussehender Mann mit intelligenten Augen und eisengrauem Haar empfing mich an der Tür.

»Ich bin Dr. Converse. Sind Sie von der Polizei?«

»Nein, ich bin Privatdetektiv. Mrs. Marburg hat mich engagiert.« Ich sagte ihm meinen Namen.

»Sie hat mir gar nichts von Ihnen gesagt.« Er kam heraus und machte die Tür hinter sich zu. »Was geht hier eigentlich vor? Was ist mit Stephen Hackett?«

»Hat Mrs. Marburg Ihnen nichts erzählt?«

»Sie hat nur ein paar Andeutungen gemacht. Sie scheint der Meinung zu sein, sie könne das Ganze ungeschehen machen, indem sie nicht darüber spricht. Als ich ihr riet, die Polizei zu verständigen, machte sie ein Riesentheater.«

»Was hat sie denn bloß gegen die Polizei?«

»Sie hat die fixe Idee, daß sie korrupt und unfähig ist. Nach der Sache mit ihrem ersten Mann vielleicht nicht ganz grundlos.«

»Was für eine Sache?«

»Ich dachte, das wüßten Sie. Er wurde vor etwa fünfzehn Jahren am Strand erschossen. Genaueres weiß ich auch nicht darüber – ich war damals noch nicht hier –, doch ich glaube, der Mörder wurde nie gefunden. Jedenfalls – um auf die Gegenwart zurückzukommen – habe ich Mrs. Marburg gesagt, daß Ärzte gesetzlich verpflichtet sind, schwere Verletzungen der Polizei zu melden.«

»Meinen Sie Lupe?«

»Ja. Ich habe ihn ins Krankenhaus bringen lassen.«

»Ist er schwer verletzt?«

»Das kann ich nicht beurteilen. Ich bin Internist und nicht Gehirnchirurg, und solche Kopfverletzungen können sehr gefährlich sein. Ich habe ihn zu Dr. Sunderland ins St.-John-Krankenhaus geschickt. Bei ihm ist er in den besten Händen.«

»Ist er bei Bewußtsein?«

»Ja, aber er will nicht sagen, was passiert ist.« Der Doktor umklammerte meinen Oberarm. Er verströmte einen Kiefernnadelduft, der mich zum Niesen reizte. »Wissen Sie, wer ihn auf den Kopf geschlagen hat?«

»Ein siebzehnjähriges Mädchen. Wahrscheinlich ist ihm das peinlich.«

»Wissen Sie ihren Namen?«

»Sandy Sebastian.«

Er runzelte erstaunt die Stirn. »Sind Sie sicher?«

»Ja.«

»Aber Sandy ist doch überhaupt nicht der Typ.«

»Kennen Sie sie näher, Doktor?«

»Ich hab' sie ein- oder zweimal gesehen, beruflich. Vor ein paar Monaten.« Seine Hand drückte fester zu. »Was war denn zwischen ihr und Lupe? Ist er auf sie losgegangen?«

»Umgekehrt. Sandy und ihr Freund sind auf ihn losgegangen. Lupe hat sich und vermutlich Mr. Hackett verteidigt.«

»Und was ist mit Mr. Hackett? Als seinem Arzt können Sie's mir doch sicher sagen?« Doch Converse hatte nicht genug Autorität. Er wirkte und sprach wie ein Arzt, der sich sein Geld dadurch verdiente, daß er mit reichen Leuten im richtigen Tonfall sprach. »Ist er auch verletzt?«

»Er ist entführt worden.«

»Wegen des Lösegelds?«

»Aus Spaß, vermutlich.«

»Und Miss Sebastian und ihr Freund sind verantwortlich?«

»Anscheinend ja. Ich habe Sandy letzte Nacht geschnappt und heimgebracht. Sie ist seelisch in keiner sehr guten Verfassung. Ich glaube, sie braucht dringend einen Arzt. Wenn Sie ihr Arzt sind –«

»Das bin ich nicht.« Dr. Converse ließ mich los und wich zurück, als hätte er Angst, sich zu infizieren. »Ich hab' sie nur einmal gesehen, im vergangenen Sommer –

seither nicht wieder. Ich kann nicht einfach bei ihr zu Hause anrufen und mich aufdrängen.«

»Schlecht«, sagte ich. »Weshalb haben Sie sie im letzten Sommer behandelt?«

»Eine solche Auskunft wäre ein Verstoß gegen meine Schweigepflicht.«

Die Verbindung war plötzlich abgebrochen. Ich ging hinein, um mit Mrs. Marburg zu sprechen. Sie saß halb ausgestreckt auf einer Sitzcouch im Wohnzimmer, mit dem Rücken zum Fenster. Unter ihren Augen waren blaue Ringe. Sie hatte sich seit dem Abend zuvor nicht umgezogen.

»Nichts erreicht, was?« sagte sie heiser.

»Nein. Haben Sie nicht geschlafen?«

»Ich hab' kein Auge zugemacht. Es war eine entsetzliche Nacht. Ich hab' keinen Arzt dazu gebracht, hier heraus zu kommen. Endlich kam Dr. Converse. Er wollte unbedingt die Polizei verständigen.«

»Dafür bin ich auch. Wir sollten sie auf die Sache ansetzen. Sie können mehr tun als ich, wenn ich tausend Männer anheuern würde. Sie haben zum Beispiel ein neues Computersystem zur Fahndung nach verschwundenen Autos. Unsere größte Chance besteht darin, Sebastians Wagen zu finden.«

Zischend, mit zusammengebissenen Zähnen, holte sie Luft. »Wenn mir dieser Idiot und seine gräßliche Tochter bloß nie über den Weg gelaufen wären.«

»Das Mädchen hab' ich gefunden, falls Sie das irgendwie tröstet.«

Mrs. Marburg fuhr hoch. »Wo ist sie?«

»Daheim bei ihren Eltern.«

»Hätten Sie sie doch hierhergebracht! Ich würde wer weiß was drum geben zu erfahren, was in ihr vorgeht. Haben Sie sie gefragt?«

»Viel war nicht aus ihr rauszukriegen.«

»Warum hat sie's getan?«

»Anscheinend aus reiner Bosheit. Um ihren Vater zu quälen.«

»Warum, in Gottes Namen, haben sie dann nicht *ihn* entführt?«

»Keine Ahnung. Hatte sie mit ihrem Sohn irgendwie Streit?«

»Bestimmt nicht. Stephen war immer sehr nett zu ihr. Noch besser war sie natürlich mit Gerda befreundet.«

»Wo ist Mrs. Hackett?«

»In ihrem Zimmer. Sie soll ruhig schlafen, sie ist sowieso zu nichts nütze. Genau wie Sidney.«

Sie sprach ungeduldig und gereizt, als sei sie der Verzweiflung nahe. Mrs. Marburg schien eine jener störrischen Typen zu sein, die mit Schwierigkeiten fertigzuwerden versuchen, indem sie das Kommando an sich reißen und alle Entscheidungen selbst treffen. Doch die Sache wuchs ihr über den Kopf, und das wußte sie.

»Sie können nicht ewig aufbleiben und alles selber tun. Es könnte ein langer Belagerungszustand werden. Und es könnte schlecht ausgehen.«

Sie beugte sich zu mir vor. »Ist Stephen tot?«

»Wir müssen mit dieser Möglichkeit rechnen. Mit Spanner ist nicht zu spaßen. Ich fürchte, ein Mord ist ihm zuzutrauen.«

»Woher wissen Sie das?« sagte sie ärgerlich. »Sie wollen mir wohl Angst einjagen, was? Damit ich mich an die Polizei wende.«

»Ich setze Sie nur über die Tatsachen in Kenntnis, damit Sie die richtige Entscheidung treffen können. Spanner hat Ihren Sohn letzte Nacht auf ein Eisenbahngleis gelegt. Ein Güterzug sollte ihn überfahren.«

Sie sah mich erstaunt an. »Ein Güterzug?«

»Ich weiß, das klingt phantastisch, aber es stimmt. Das Mädchen hat alles gesehen. Sie bekam Angst und rannte weg. Deshalb kann man ziemlich sicher annehmen, daß sie nicht lügt.«

»Und Stephen?«

»Als das Mädchen wegrannte, hat Spanner sich's anders überlegt. Aber er könnte es nochmals tun. Es gibt in Kalifornien eine Menge Eisenbahngleise, und Güterzüge fahren dauernd.«

»Was will er denn bloß von uns?«

»Das weiß er wohl selbst kaum. Anscheinend steckt eine Kindheitserinnerung dahinter.«

»Das ist doch psychologischer Mumpitz.«

»Offenbar nicht. Ich habe mit dem Psychologen der High-School gesprochen, die Davy in Santa Teresa besuchte. Als er drei Jahre alt war, wurde sein Vater an der gleichen Stelle von einem Zug überfahren. Davy hat es gesehen.«

»Wo ist die Stelle?«

»Im Norden des Distrikts Santa Teresa, nicht weit von Rodeo City.«

»In der Gegend kenne ich mich nicht aus.«

»Ich auch nicht. Aber inzwischen sind sie vielleicht Hunderte von Kilometern weit weg. In Nordkalifornien oder in Nevada oder Arizona.«

Sie machte eine Handbewegung, als seien meine Worte Fliegen, die um ihren Kopf herumsummten. »Sie wollen mir doch nur Angst einjagen.«

»Wenn ich's bloß könnte, Mrs. Marburg. Es führt zu nichts, wenn Sie die Sache geheimhalten. Ich kann Ihren Sohn allein nicht finden, ich hab' nicht genug Anhaltspunkte. Es wäre das beste, wenn ich das wenige, was ich herausgekriegt habe, der Polizei sagen würde.«

»Mit der hiesigen Polizei habe ich keine guten Erfahrungen gemacht.«

»Spielen Sie auf den Tod Ihres Mannes an?«

»Ja.« Sie sah mich offen an. »Wer hat Ihnen davon erzählt?«

»Sie nicht. Es wäre besser, Sie täten es. Zwischen dem Mord an Ihrem Mann und der Entführung Ihres Sohnes besteht vielleicht ein Zusammenhang.«

»Höchst unwahrscheinlich. Davy Spanner kann nicht älter als vier oder fünf Jahre gewesen sein, als Mark Hackett umgebracht wurde.«

»Wie wurde er umgebracht?«

»Er wurde am Strand erschossen.« Sie rieb sich die Schläfe, als hätte der Tod ihres Mannes eine nicht heilende, schmerzende Wunde in ihrem Gedächtnis hinterlassen.

»Am Strand von Malibu?«

»Ja. Wir haben ein Strandhaus, zu dem Mark abends oft einen Spaziergang machte. Jemand schoß ihn von hinten mit einem Revolver in den Kopf. Die Polizei nahm über ein Dutzend Verdächtige fest – hauptsächlich Fremde und Strolche –, aber sie konnte keinem was nachweisen.«

»Wurde er beraubt?«

»Seine Brieftasche war weg. Sie ist nie gefunden worden. Verstehen Sie jetzt, warum ich keine große Verehrerin der hiesigen Polizei bin?«

»Sie könnte trotzdem von Nutzen sein; außerdem würde sie auch von selbst hinter die Sache kommen. Sie müssen mir die Erlaubnis erteilen, offen mit ihr zu reden.«

Stumm und regungslos saß sie da. Ich hörte ihre

Atemzüge. Langsam verging eine Sekunde nach der anderen.

»Mir bleibt wohl nichts anderes übrig. Wenn Stephen umgebracht wird, weil ich eine falsche Entscheidung treffe, würde ich das nicht überleben. Tun Sie, was Sie für richtig halten, Mr. Archer.« Sie entließ mich mit einer leichten Handbewegung. Als ich schon an der Tür war, rief sie mich zurück. »Ich möchte aber natürlich, daß Sie die Sache weiterverfolgen.«

»Das hatte ich gehofft.«

»Wenn Sie Stephen selbst finden und heil zurückbringen, bin ich weiterhin bereit, Ihnen hunderttausend zu zahlen. Brauchen Sie einen Spesenvorschuß?«

»Wäre nicht schlecht. Ich arbeite mit einem anderen Mann zusammen, einem Privatdetektiv aus San Francisco namens Willie Mackey. Könnten Sie mir tausend Dollar geben?«

»Ich stelle Ihnen einen Scheck aus. Wo ist meine Handtasche?« Mit erhobener Stimme rief sie: »Sidney! Wo ist meine Handtasche?«

Ihr Mann kam aus dem Nebenzimmer. Er trug einen mit Farbe bekleckten Kittel und hatte einen roten Farbfleck auf der Nase. Er blickte durch uns hindurch, als ob wir Luft wären.

»Was ist?« sagte er gereizt.

»Ich brauche meine Handtasche.«

»Such sie doch selbst. Ich arbeite.«

»Sprich nicht in diesem Ton mit mir.«

»In was für einem Ton?«

»Lassen wir das. Geh und such meine Handtasche. Es schadet nichts, wenn du zur Abwechslung mal was Nützliches tust.«

»Malen ist nützlich.«

Sie richtete sich halb auf. »Lassen wir das, hab' ich gesagt. Hol meine Handtasche. Ich glaube, sie liegt in der Bibliothek.«

»Also schön, wenn du so eine Affäre daraus machst.«

Er holte ihre Handtasche, und sie gab mir einen Scheck über tausend Dollar. Marburg ging zu seinem Bild zurück.

Dann kamen zwei Beamte vom Sheriffbüro, und Mrs. Marburg und ich sprachen mit ihnen im Wohnzimmer. Dr. Converse stand in der Tür und hörte zu; sein Blick wanderte aufmerksam von einem Gesicht zum andern.

Später sprach ich mit einem Beamten der Autobahnpolizei und danach mit einem Polizeicaptain namens Aubrey. Er war ein großer Mann mittleren Alters, mit der lässigen Selbstsicherheit eines großen Mannes. Ich fand ihn sympathisch. Dr. Converse war inzwischen gegangen, und mit einer einzigen Ausnahme verschwieg ich Aubrey nichts.

Die einzige Ausnahme war Fleischer und die Rolle, die er in der Sache spielte. Jack Fleischer war ein vor kurzem pensionierter Polizist, und Polizisten neigen dazu zusammenzuhalten. Ich fand, Fleischers Rolle sollten Freiberufler wie ich und Willie Mackey untersuchen.

Um niemanden zu übergehen, schaute ich auf der Rückfahrt in die Stadt beim Revier in der Purdue Street vorbei. Detective-Sergeant Prince war vor Wut so außer sich, daß sein Kollege Janowski sich Sorgen um ihn machte. Laurel Smith war in der Nacht gestorben.

17

Als ich die Treppe zu meinem Büro hinaufstieg, zitterten mir die Knie. Auf der Wanduhr war es ein paar Minuten nach zehn. Ich rief den Auftragsdienst an. Kurz vor zehn hatte Willie Mackey aus San Francisco angerufen. Ich rief zurück und erreichte Willie in seinem Büro in der Geary Street.

»So ein Zufall, Lew. Eben wollte ich dich antelefonieren. Dieser Fleischer hat sich um drei Uhr nachts im Sandman ein Zimmer genommen. Ich habe einen Mann auf ihn angesetzt und ein Abkommen mit dem Hausdiener getroffen, der ab Mitternacht Telefondienst hatte. Fleischer ließ sich um halb acht wecken und rief gleich, nachdem er aufgestanden war, einen gewissen Albert Blevins im Bowman Hotel an. Das ist im Mission District. Dann fuhr Fleischer in die Stadt, frühstückte mit Blevins in einer Cafeteria in der Fifth Street und ging mit ihm in sein Hotel. Dort sind sie anscheinend immer noch, in Blevins' Zimmer. Sagt dir das alles irgendwas?«

»Nur der Name Blevins.« Es war der Name, der auf Laurels Sozialversicherungkarte gestanden hatte. »Versuch, möglichst viel aus ihm herauszubringen«, sagte ich. »Kannst du mich in San Francisco am Flughafen abholen?«

»Wann?«

Ich nahm einen Flugplan aus meinem Schreibtisch. »Um eins, in der Bar.«

Ich ließ mir einen Platz in der nächsten Maschine reservieren und fuhr hinaus zum Los Angeles International. Es war ein klarer, sonniger Tag. Als mein Jet über der Bucht von San Francisco niederging, sah ich die City vor dem weitgeschwungenen blauen Horizont aufragen. Die endlosen Dächer der Schlafstädte streckten sich, weiter als mein Blick reichte, südwärts die Halbinsel entlang.

Willie saß in der Flughafenbar und trank einen Gibson. Er war ein gerissener, erfahrener Bursche, der den Lebensstil der Rechtsanwälte von San Francisco kopierte, die ihm oft Aufträge gaben. Willie gab sein

Geld für Frauen und Kleider aus und wirkte immer – auch jetzt – ein wenig übertrieben gekleidet. Sein graues Haar war früher schwarz gewesen. Seine sehr scharfen, schwarzen Augen hatten sich in den zwanzig Jahren, die ich ihn kannte, nicht verändert.

»Albert Blevins«, sagte er, »wohnt seit einem Jahr im Bowman Hotel. Es ist ein Pensionärshotel – eins von den besseren im Mission District.«

»Wie alt ist er?«

»Vielleicht sechzig. Genau weiß ich's nicht. Du hast mir nicht viel Zeit gelassen, Lew.«

»Wir haben nicht viel Zeit.«

Ich sagte ihm, warum. Willie war scharf auf Geld, und seine Augen glitzerten wie Anthrazitkohle, als ich Hacketts Reichtum erwähnte.

Er wollte noch einen Gibson und einen Lunch, doch ich lotste ihn zum Lift und hinaus auf den Parkplatz. Er manövrierte seinen Jaguar zwischen den andern Wagen heraus und fuhr die Bayshore hinauf zur City. Das blendend blaue Wasser und die endlosen Schlammflächen erfüllten mich mit wehmütigen Erinnerungen an frühere Zeiten.

Willie unterbrach meine Gedanken. »Was hat Albert Blevins mit Hacketts Entführung zu tun?«

»Keine Ahnung, aber irgendeinen Zusammenhang muß es geben. Eine Frau namens Laurel Smith, die letzte Nacht starb – sie wurde erschlagen –, hieß früher mal Laurel Blevins. Fleischer kannte sie vor fünfzehn Jahren in Rodeo City. Etwa zur gleichen Zeit wurde dort in der Nähe einem Mann, der nicht identifiziert werden konnte, von einem Zug der Kopf abgefahren. Anscheinend war er Davy Spanners Vater. Sheriff Fleischer, der den Fall untersuchte, verbuchte das Ganze als Unfall.«

»Und du glaubst, es war keiner?«

»Ich bin nicht sicher. Es gibt noch einen anderen Zusammenhang. Spanner war Laurel Smiths Mieter und Angestellter; ich habe aber den Verdacht, daß sie sich näher standen – möglicherweise wesentlich näher.«

»Hat er sie umgebracht?«

»Das glaube ich nicht. Das Merkwürdige an der Sache sind die Wiederholungen.« Ich erzählte Willie von der mitternächtlichen Szene an dem Eisenbahnübergang. »Wenn es uns gelingt, Fleischer und Blevins zum Reden zu bringen, können wir den Fall vielleicht sehr schnell abschließen. Vor allem Fleischer kann uns sicher eine Menge sagen. Er hat Laurel Smiths Wohnung in Pacific Palisades den letzten Monat abgehört.«

»Glaubst du, er hat sie ermordet?«

»Kann sein. Oder er weiß vielleicht, wer's war.«

Willie konzentrierte sich auf den Verkehr, als wir in die City kamen. Er parkte seinen Wagen in einer unterirdischen Garage in der Geary Street, und wir gingen in sein Büro, um nachzusehen, ob der Mann, der auf Fleischer angesetzt war, angerufen hatte. Er hatte. Fleischer war ohne Blevins aus dem Bowman Hotel weggegangen und befand sich zur Zeit des Anrufs im Laden der Acme-Fotokopieranstalt. Dies war Fleischers zweiter Besuch bei der Acme-Fotokopieranstalt. Er war schon auf dem Weg zum Bowman Hotel dort gewesen.

Ich ging zu Acme. Es war ein Einmannbetrieb in einem schmalen Laden in der Market Street. Ein magerer, hustender Mann stand über ein Fotokopiergerät gebeugt. Ich steckte ihm fünf Dollar zu, und er erzählte mir, was Fleischer hatte fotokopieren lassen. Bei seinem ersten Besuch war es die Titelseite einer alten Zeitung gewesen, beim zweiten eine noch ältere Geburtsurkunde.

»Auf welchen Namen?«

»Das weiß ich nicht mehr. Moment – ich glaube, der Vorname war Jasper.«

Ich wartete, doch mehr fiel ihm nicht ein. »Was stand in der Zeitung?«

»Ich hab's nicht gelesen. Wenn ich alles lesen würde, was ich kopiere, wäre ich längst blind.«

»Wie alt war sie?«

»Das Datum hab' ich mir nicht angesehen, aber sie war schon ziemlich vergilbt. Ich mußte aufpassen, daß sie nicht auseinanderfiel.« Er hustete und zündete sich eine Zigarette an. »Mehr kann ich Ihnen nicht sagen, Mister. Was soll das eigentlich alles?«

Ich ging mit dieser Frage zum Bowman Hotel. Es war ein schmutziger weißer Ziegelbau, dessen vier Reihen Vorderfenster aufs Bahngelände gingen. An einige der Fenster waren als Kühlschrankersatz außen Holzkisten angenagelt.

Die Halle war voll alter Männer. Ich fragte mich, wo wohl all die alten Frauen waren.

Einer der alten Männer sagte mir auf meine Frage, daß Albert Blevins' Zimmer im ersten Stock am Ende des Korridors sei. Ich ging hinauf und klopfte an der Tür.

Eine heisere Stimme sagte: »Wer ist da?«

»Mein Name ist Archer. Ich hätte gern mit Ihnen gesprochen, Mr. Blevins.«

»Worüber?«

»Über das gleiche wie der andere Bursche.«

Ein Schlüssel drehte sich im Schloß. Albert Blevins machte die Tür ein paar Zentimeter auf. Er war noch gar nicht so alt, doch krumm und verbraucht, und seinem runzligen Gesicht sah man an, daß er im Leben immer und immer wieder gescheitert war. Seine klaren blauen Augen hatten den merkwürdig unschuldsvollen Blick eines Mannes, der sich nie völlig an die menschliche Gesellschaft angepaßt hat. Früher sah man solche Männer oft in kleinen Städten, in der Wüste, auf der

Landstraße. Heute hausen sie im faulen Mark der Großstädte.

»Zahlen Sie mir das gleiche wie der andere Bursche?« sagte er.

»Wieviel?«

»Er hat mir fünfzig Dollar gegeben. Fragen Sie ihn, wenn Sie mir nicht glauben.« Ein schrecklicher Verdacht verzerrte sein Gesicht. »Sie sind doch nicht etwa von der Fürsorge?«

»Nein.«

»Gott sei Dank, ich dachte schon. Sie würden mir nämlich die Rente entziehen, wenn sie dahinterkommen würden, daß ich ein paar Dollar nebenbei verdient habe. Dann wär' ich schön angeschmiert.«

»Das finde ich aber nicht richtig.«

Meine Zustimmung freute Blevins. Er machte die Tür weiter auf und bat mich herein. Das Zimmer war ein zehn Fuß großer Würfel mit einem Sessel, einem Tisch und einem Bett. Quer am Fenster führte die Feuertreppe vorbei.

Ein schwacher säuerlicher Geruch von Zeit hing in dem Zimmer. Er schien von dem Kunstlederkoffer zu kommen, der offen auf dem Bett lag. Ein Teil des Inhalts lag auf dem Tisch, als hätte Blevins seine Erinnerungen sortiert und zum Verkauf ausgebreitet: ein Fischermesser mit breiter Klinge, an der ein paar alte Fischschuppen klebten wie eingetrocknete Tränen, eine

Heiratsurkunde mit tief eingeschnittenen Falten, ein Bündel Briefe, mit einem braunen Schnürsenkel zusammengebunden, ein paar Gewehrpatronen und ein Silberdollar in einem Netzbeutel, eine kleine Bergmannshacke, ein paar alte Pfeifen, ein traurig aussehender Kaninchenfuß, zusammengefaltete saubere Unterwäsche und Socken, eine Glaskugel, in der ein Schneesturm aufwirbelte, wenn man sie schüttelte, eine Pfauenfeder, die uns mit ihrem Auge ansah, und eine Adlerkralle.

Ich setzte mich an den Tisch und nahm die Heiratsurkunde. Sie war von einem Standesamt ausgestellt und bescheinigte, daß Albert D. Blevins am 3. März 1927 Henrietta R. Krug in San Francisco geheiratet hatte. Henrietta war damals siebzehn gewesen, Albert zwanzig; also müßte er jetzt knapp über sechzig sein.

»Möchten Sie meine Heiratsurkunde kaufen?«

»Vielleicht.«

»Der andere Bursche hat mir einen Fünfziger für die Geburtsurkunde gegeben. Sie können sie für fünfundzwanzig haben.« Er setzte sich auf den Bettrand. »Sie hat keinen besonderen Wert für mich. Es war der größte Fehler meines Lebens, daß ich sie geheiratet habe. Ich hätte überhaupt nicht heiraten sollen. Das hat sie mir *danach* hundertmal gesagt. Aber was soll ein Mann tun, wenn ihm ein Mädchen sagt, daß sie von ihm schwanger ist?« Er spreizte leicht die Hände auf den Knien seiner zerschlissenen Drillichhose. Seine schmerzhaft sich entkrampfenden Finger erinnerten mich an einen Seestern, der sich von seiner Verankerung löst.

»Aber ich habe kein Recht, mich zu beklagen«, sagte er. »Ihre Eltern waren großzügig zu uns. Sie gaben uns ihre Farm und zogen in die Stadt. Es war nicht Mr. Krugs Schuld, daß wir hintereinander drei dürre Jahre hatten und ich kein Wasser und Futter herbeischaffen konnte und daß das Vieh starb. Ich werf' Etta nicht mal vor, daß sie mich verlassen hat, heute nicht mehr. Es war ein elendes Leben auf dieser trockenen Farm. Das einzige Vergnügen, das wir hatten, war, zusammen zu schlafen, und auch das hörte auf, bevor der Junge geboren wurde. Ich hab' ihn selber zur Welt gebracht, und Etta muß schreckliche Schmerzen gehabt haben – sie hat mich nie mehr an sich rangelassen.«

Er sprach wie ein Mann, der seit Jahren oder noch nie im Leben Gelegenheit gehabt hatte, sein Herz auszuschütten. Er stand auf und ging im Zimmer auf und ab, immer vier Schritte.

»Es machte mich bösartig«, sagte er, »mit einem hübschen Mädchen zusammenzuleben und sie nicht anrühren zu dürfen. Ich behandelte sie schlecht und den Jungen noch schlimmer. Ein paarmal hab' ich ihn halb tot geprügelt. Ich gab ihm die Schuld daran, daß Etta nicht mehr mit mir schlafen wollte. Manchmal hab' ich ihn so geschlagen, daß er blutete. Etta versuchte, mich davon abzuhalten, und da hab' ich sie auch verprügelt.«

Er blickte mit seinen ruhigen blauen Augen auf mich nieder. Ich spürte die Kälte seiner Einfalt.

»Eines Abends, als ich sie wieder mal schlug, schnappte sie über. Sie nahm die Küchenlampe und warf sie mir an den Kopf. Ich duckte mich, aber das Petroleum spritzte auf den heißen Herd und setzte die Küche in Brand. Bevor ich das Feuer löschen konnte, war der größte Teil des Hauses beim Teufel, und Etta auch.«

»Heißt das, sie ist im Feuer umgekommen?«

»Nein«, sagte er gereizt. Er schien es mir übelzunehmen, daß ich ihn falsch verstand. »Sie ist weggerannt. Ich hab' sie nie mehr wiedergesehen.«

»Und was wurde aus Ihrem Sohn?«

»Aus Jasper? Er blieb eine Zeitlang bei mir. Damals fing gerade die Wirtschaftskrise an. Ich bekam bei der Regierung einen Job als Straßenarbeiter, und so besorgte ich mir ein paar Bretter und kaufte etwas Teerpappe und machte ein Dach über den Rest des Hauses. Wir haben ein paar Jahre darin gewohnt, der kleine Jasper und ich. Ich behandelte ihn nicht mehr so schlecht, aber er mochte mich nicht besonders. Er hatte immer Angst vor mir, was ich ihm nicht verdenken kann. Mit vier hat er ein paarmal versucht, durchzubrennen. Ich hab' ihn festgebunden, aber er war ziemlich geschickt darin, Knoten aufzumachen. Was sollte ich tun? Ich hab' ihn zu seinen Großeltern nach Los Angeles gebracht. Mr. Krug hatte einen Job als Wächter bei einer Ölgesellschaft, und die beiden haben ihn mir abgenommen.

Ein paarmal bin ich hingefahren und hab' Jasper besucht, doch er geriet immer schrecklich in Wut und ging mit den Fäusten auf mich los. Da hab' ich ihn nicht mehr besucht. Ich verließ den Staat. Ich arbeitete in einem Silberbergwerk in Colorado. Ich angelte Lachse in Anchorage. Eines Tages kippte mein Boot um. Ich konnte ans Ufer schwimmen, aber ich bekam eine doppelseitige Lungenentzündung. Daraufhin verlor ich meinen Job und ging nach Kalifornien zurück. Das ist meine traurige Geschichte. Seit zehn Jahren bin ich jetzt hier.«

Er setzte sich wieder. In seinem Gesicht war weder Traurigkeit noch ein Lächeln. Langsam und tief atmend, sah er mich mit einer gewissen Befriedigung an. Er hatte das Gewicht seines Lebens hochgehoben und an der gleichen Stelle wieder abgesetzt.

Ich fragte: »Wissen Sie, was aus Jasper geworden ist?« Ich war mir inzwischen ziemlich sicher, daß Jasper Blevins vor fünfzehn Jahren von einem Zug überfahren worden war.

»Als er erwachsen war, hat er geheiratet. Ettas Eltern schickten mir eine Heiratsanzeige, und etwa sieben Monate später schrieb mir Ettas Mutter, daß ich einen Enkel bekommen hätte. Das war vor fast zwanzig Jahren, als ich in Colorado war. Die sieben Monate bedeuteten, daß Jasper hatte heiraten müssen, genau wie ich seinerzeit.«

»Die Geschichte wiederholt sich«, fuhr er fort. »Doch ich sorgte dafür, daß das nicht geschah. Ich hielt mich von meinem Enkel fern. Ich wollte ihm keine Angst vor mir einjagen. Und da ich wußte, ich würde ihn nicht wiedersehen können, wollte ich ihn erst gar nicht kennenlernen.«

»Den Brief von Ettas Mutter haben Sie nicht mehr, was?«

»Doch, ich glaube schon.«

Er knotete den braunen Schnürsenkel auf, mit dem das Bündel Briefe zusammengebunden war. Mit seinen ungeschickten Fingern blätterte er sie durch und zog ein blaues Kuvert hervor. Er nahm den Brief aus dem Kuvert, las ihn langsam mit zuckenden Lippen und gab ihn mir.

Der Brief war mit verblaßter blauer Tinte auf blauem Papier geschrieben:

Mrs. Joseph L. Krug
209 West Capo Street
Santa Monica, Kalifornien
14. Dezember 1948

Mr. Albert D. Blevins
Box 49, Silver Creek, Colorado

Lieber Albert,

lange haben wir nichts von Dir gehört. Wir hoffen, dieser Brief erreicht Dich unter Deiner alten Adresse. Du hast uns gar nicht geschrieben, ob Du die Heiratsanzeige bekommen hast. Falls nein – Jasper hat ein nettes Mädchen geheiratet, das bei uns wohnte, eine geborene Laurel Dudney. Sie ist erst siebzehn, aber schon sehr reif – diese Texasmädchen werden schnell erwachsen. Sie haben also geheiratet, und vorgestern haben sie einen süßen kleinen Jungen bekommen. Sie haben ihn David getauft, ein biblischer Name, wie Du sicher weißt.

Du hast nun also einen Enkel. Wenn Du kannst, solltest Du unbedingt kommen und ihn Dir ansehen; wir wollen das Vergangene begraben sein lassen. Jasper und Laurel und das Baby werden eine Weile bei uns wohnen bleiben, dann will Jasper sich Arbeit auf einer Ranch suchen. Wir hoffen, Albert, Du paßt in diesem Bergwerk gut auf Dich auf. Deine Dich liebende Schwiegermutter

Alma R. Krug

P. S. Von Etta haben wir nie was gehört.

A. R. K.

»Haben Sie die Heiratsanzeige?« fragte ich Blevins.

»Nicht mehr. Ich hab' sie dem andern Burschen gegeben – zusammen mit der Geburtsurkunde.«

»Wessen Geburtsurkunde?«

»Jaspers. Er scheint sich sehr für Jasper zu interessieren.«

»Hat er gesagt, warum?«

»Nein. Dieser Fleischer hat sehr geheimnisvoll getan. Ist er wirklich Polizist?«

»Er war's mal.«

»Was will er eigentlich?«

»Ich weiß nicht.«

»Aber was *Sie* wollen, wissen Sie«, sagte Blevins. »Sie sind doch nicht hergekommen, um sich meine Lebensgeschichte anzuhören.«

»Hab' ich aber, oder?«

»Ziemlich interessiert sogar.« Er grinste so breit, daß ich seine sechs oberen Zähne zählen konnte. »Warum interessieren sich alle so für Jasper? Warum wollen mir alle Geld geben? Oder wollen Sie nicht?«

Statt seine Fragen zu beantworten, nahm ich drei Zwanziger aus meiner Brieftasche und breitete sie auf einem leeren Teil des Tisches aus. Blevins knöpfte sein Hemd auf und holte einen Wachstuchbeutel hervor, der an einer schmutzigen Lederschnur an seinem Hals hing. Er faltete die Zwanziger zusammen, steckte sie in den Beutel und legte ihn wieder auf das spärliche graue Haar seiner Brust.

»Das sind fünfundzwanzig für die Heiratsurkunde«, sagte ich, »fünfundzwanzig für den Brief und zehn für die Autobiographie.«

»Für was?«

»Die Lebensgeschichte«, sagte ich.

»Oh, vielen Dank. Ich brauch' dringend was Warmes zum Anziehen. Für sechzig Dollar kriegt man in einem Trödlerladen eine ganze Menge.«

Als er mir den Brief und die Heiratsurkunde gab, kam ich mir ein bißchen schäbig vor. Ich steckte beides in meine Brusttasche. Meine Hand stieß an das Foto, das Mrs. Fleischer mir gegeben hatte. Als ich es Albert Blevins zeigte, gab es mir einen Stich: mir fiel ein, daß Laurel inzwischen gestorben war.

»Kennen Sie sie, Mr. Blevins?«

»Nein.«

»Das ist das Mädchen, das Jasper geheiratet hat.«

»Ich hab' sie nie gesehen.«

Als er mir das Bild zurückgab, berührten sich unsere Hände. Davys Vater und Davys Mutter – beide waren einen gewaltsamen Tod gestorben. Davy, das Kind der Gewalt, jagte der Spur nach, die zurück zu Albert Blevins führte. Zum erstenmal wurde mir wirklich bewußt, wie es in Davy aussehen mußte, und es erschreckte mich.

»Nein«, sagte Blevins, »Jaspers Frau habe ich nie gesehen. Sie ist ein hübsches Ding.«

»Sie war eins.«

Ich nahm das Bild und ging, bevor er oder ich weitere Fragen stellen konnten.

18

Ich fuhr mit einem Taxi zu Willie Mackeys Büro und kaufte mir unterwegs eine Zeitung. Stephen Hacketts Verschwinden hatte Schlagzeilen gemacht. In der Geschichte darunter standen nicht viele Details. Ich erfuhr jedoch daraus, daß Hackett angeblich einer der reichsten Männer Kaliforniens war.

Von Willie Mackey erfuhr ich, daß Jack Fleischer aus dem Sandman Motor Hotel ausgezogen und in

Richtung Süden gefahren war. Willies Mitarbeiter hatte ihn auf der Autobahn oberhalb San José verloren.

Ich sprach mit dem Mitarbeiter, als er kam. Er war ein ernster junger Mann namens Bob Levine, mit einem Bürstenhaarschnitt, und er war zutiefst verzweifelt. Nicht so sehr, weil Fleischer ihm entwischt war, sondern weil Fleischers Wagen schneller war als seiner. Er blickte drein, als sei er nahe daran, Willies rotgepolsterte Büromöbel zu zerschlagen.

»Nehmen Sie's nicht so schwer«, sagte ich zu Levine. »Ich weiß, wo Fleischer wohnt. Ich kann ihn aufstöbern. Sie hätten die Fahrt ganz umsonst gemacht.«

»Wirklich?«

»Wirklich. Hat Fleischer, während Sie ihn beschatteten, außer Albert Blevins noch jemand anderen besucht?«

»Nein. Er war nur in der Acme-Kopieranstalt. Ich hatte noch keine Gelegenheit, dort nachzufragen.«

»Hab' ich bereits. Aber vielleicht sollten Sie sich den Mann noch mal vorknöpfen. Möglicherweise hat er Kopien von der Zeitungsseite und der Geburtsurkunde, mit denen Fleischer bei ihm war.«

»Wenn er welche hat, kriegen Sie sie«, sagte Levine. »Kann ich sonst noch was für Sie tun?«

»Sie könnten mich zum Flugplatz fahren.« Ich schaute auf meine Uhr. »Wir haben noch Zeit, unterwegs beim Sandman Motor Hotel vorbeizuschauen.«

Der Umweg zum Camino Real lohnte sich. Ein Mädchen machte eben Fleischers Zimmer im Sandman sauber. Das einzige, was er im Papierkorb hinterlassen hatte, war ein Exemplar der gleichen Zeitung, die ich gekauft hatte. Der Artikel über Hackett war herausgerissen.

Worin immer Fleischers Interessen bestehen mochten, sie stießen dauernd mit den meinen zusammen. Im Moment war er mir einen Schritt voraus, und ich überlegte, wieviel Zeit ich in Los Angeles haben würde, bevor Fleischer mit dem Auto ankam. Ungefähr drei Stunden.

Fast die ganze erste Stunde brauchte ich, um vom Los-Angeles-Flughafen zum Haus der Sebastians in Woodland Hills zu fahren. Ich meldete mich nicht telefonisch an, weil ich nicht wollte, daß Sebastian mir sagte, ich könne seine Tochter nicht sprechen. Als ich den Flughafen verließ, war es noch heller Tag; als sich mein überhitzter Motor mühsam die steile Straße zu Sebastians Haus hinaufarbeitete, finstere Nacht.

Vor dem Haus stand ein Sheriffauto des Distrikts Los Angeles. Das Radio sprach leise, als hätte der Wagen selber eine Stimme gekriegt und beklage sich über den Zustand der Welt. Als ich an Sebastians Tür klingelte, öffnete mir ein grimmig dreinblickender Hilfssheriff.

»Ja, Sir?«

»Ich möchte zu Mr. Sebastian.«

»Mr. Sebastian hat im Moment keine Zeit. Sind Sie der Anwalt?«

»Nein.« Ich sagte ihm, wer ich war. »Mr. Sebastian möchte mich sicher gern sprechen.«

»Ich werde ihn fragen.«

Der Hilfssheriff machte die Tür zu. Ich wartete ein paar Minuten und lauschte dem Gemurmel, das aus dem Polizeiwagen kam. Sebastian öffnete. Er sah aus wie ein Boxer nach fünfzehn Runden. Ein wirres Haarbüschel hing ihm in die Stirn. Sein Gesicht war blaß, seine Augen ohne Hoffnung. Der Hilfssheriff stand steif hinter ihm, wie ein Wärter.

»Sie wollen sie wegbringen«, sagte Sebastian. »Sie wollen sie ins Gefängnis stecken.«

»Es ist kein Gefängnis«, sagte der Hilfssheriff. »Es ist ein Heim.«

Ich fragte Sebastian: »Kann sie nicht gegen Kaution auf freiem Fuß gelassen werden?«

»Ja, aber wie soll ich zwanzigtausend Dollar aufbringen?«

»Ein schöner Batzen.«

»Vorsätzliche Körperverletzung«, sagte der Hilfssheriff. »Und hinzu kommt noch die Entführung –«

»Trotzdem viel Geld.«

»Der Richter ist nicht der Meinung«, sagte der Hilfssheriff.

Ich sagte: »Würden Sie mich bitte mit Mr. Sebastian allein sprechen lassen?«

»Sie sind kein Anwalt. Sie haben kein Recht, ihm juristische Ratschläge zu erteilen.«

»Sie auch nicht. Verziehen Sie sich doch bitte ein bißchen, Mister.«

Er zog sich außer Sicht-, aber nicht außer Hörweite zurück.

Ich fragte Sebastian: »Wer ist Ihr Anwalt?«

»Arnold Bendix in Van Nuys. Ich habe ihn angerufen. Er sagte, er würde heute abend noch herauskommen.«

»Jetzt ist heute abend. Was haben Sie den ganzen Tag gemacht?«

»Ich weiß gar nicht mehr recht.« Er drehte sich um und schaute ins Haus, als erwarte ihn dort noch immer der Tag wie ein Labyrinth oder Puzzlespiel. »Der Staatsanwalt hat zwei Männer herausgeschickt. Wir haben eine Menge über Sandy gesprochen und uns bemüht, aus dieser ganzen fürchterlichen Sache schlau zu werden.«

»Das wird Ihnen kaum durch Herumsitzen und Reden gelingen. Rufen Sie Ihren Anwalt an – er soll sofort kommen. Und ein Arzt. Vielleicht bringen Sie die Polizei dazu, Sandy noch bis morgen früh hier zu lassen. Dann hat Ihr Anwalt Zeit, zu Gericht zu gehen und zu versuchen, die Kaution herunterzuhandeln.

Zehntausend können Sie aufbringen. Bei einem Kautionär kriegen Sie sie für tausend Dollar.«

Er sah mich entsetzt an. »Woher soll ich tausend Dollar nehmen? Ich werde bestimmt meine Stellung verlieren.«

»Gehen Sie zu einem Kredithai. Dazu sind die Burschen da.«

»Und wieviel werden die tausend Dollar mich kosten?« sagte er kläglich.

»Vielleicht hundert oder zweihundert. Aber um Geld geht's nicht. Es geht darum, zu verhindern, daß Ihre Tochter ins Gefängnis kommt.«

Er begriff, zuerst nur dunkel, als hätte ihn das, was ich sagte, über einen Nachrichtensatelliten erreicht. Die Hoffnungslosigkeit verschwand aus seinen Augen. Er konnte immer noch etwas tun. Er ging zum Telefon und rief seinen Hausarzt an, einen Dr. Jeffrey in Canoga Park. Dr. Jeffrey hatte anscheinend nicht viel Lust, herauszukommen. Sebastian sagte ihm, er müsse. Dann rief er den Anwalt an und sagte ihm das gleiche.

Begleitet von dem Hilfssheriff, der uns im Verdacht zu haben schien, wir planten einen Massenausbruch, gingen wir ins Wohnzimmer. Bernice Sebastian saß da; sie trug ein äußerst elegantes schwarzes Kleid und sah müde und abgehärmt aus. Neben ihr saß eine schnippisch wirkende Blondine in einem blauen Kostüm, das wie eine Uniform aussah.

Sie stellte sich als Mrs. Sherrill vom Bewährungsamt vor. Ich sagte ihr, daß ich mit Jake Belsize bekannt sei.

»Ich habe heute nachmittag mit ihm gesprochen«, sagte sie. »Er ist ganz außer sich über diese Angelegenheit. Er macht sich Vorwürfe, auf Spanner nicht besser aufgepaßt zu haben.«

»Dazu hat er allen Grund«, sagte Mrs. Sebastian.

»Das bringt uns nicht weiter«, sagte ich zu beiden und dann zu Mrs. Sherrill: »Hat Belsize irgendeine Idee, was man tun soll?«

»Er meinte, ich soll herfahren. Leider will das Mädchen nicht mit mir reden. Ich habe ihren Eltern klarzumachen versucht, daß sie ihre Lage sehr verbessern könnte, wenn sie sich bereit zeigen würde, der Polizei zu helfen.«

»Sandy kann nicht verhört werden«, mischte Sebastian sich ein. »Sie liegt im Bett. Wir haben ihr ein Beruhigungsmittel gegeben. Dr. Jeffrey ist unterwegs. Und Arnold Bendix, mein Anwalt, auch.«

»Wir können nicht die ganze Nacht warten«, sagte der Hilfssheriff. »Wir haben einen Haftbefehl, und wir müssen sie mitnehmen.«

»Nein, warten wir noch, Tom«, sagte Mrs. Sherrill. »Mal sehen, was der Doktor sagt.«

Der Hilfssheriff setzte sich abseits in eine Ecke. Eine bedrückende Stille senkte sich herab, wie an einem

Begräbnis. Dadurch, daß Sandy in Schwierigkeiten geraten war, hatte sie sich in eine Art allgegenwärtige Hausgöttin verwandelt. Ich fragte mich, ob das wohl ihre Absicht gewesen war.

Dr. Jeffrey kam, ein junger Mann, der es sehr eilig hatte. Er ging mit Mrs. Sebastian in Sandys Schlafzimmer. Gleich darauf erschien der Anwalt. Gemeinsam überredeten sie den Hilfssheriff und Mrs. Sherrill, die Aktion bis zum nächsten Morgen zu verschieben.

Der Doktor ging als erster; seine Zeit war am kostbarsten. Ich folgte ihm zu seinem Rover, und er schenkte mir widerwillig ein paar Minuten.

»Wie ist Sandys seelischer Zustand?«

»Sie ist natürlich ängstlich und verwirrt. Ein bißchen hysterisch und sehr müde.«

»Darf ich ihr ein paar Fragen stellen, Doktor?«

»Ist das unbedingt nötig?«

»Möglicherweise hängt das Leben eines Mannes davon ab. Ich weiß nicht, ob Sie informiert sind –«

»Die Sache steht in der Abendzeitung. Kommt mir reichlich phantastisch vor. Wie kann so ein Mädchen in eine Entführung verwickelt sein?«

»Darüber gibt's keinen Zweifel. Kann ich mit ihr sprechen?«

»Meinetwegen, aber nur fünf Minuten. Sie braucht Ruhe.«

»Keine psychiatrische Behandlung?«

»Darüber werde ich morgen entscheiden. Solche jungen Leute erholen sich manchmal ganz erstaunlich schnell.«

Jeffrey wandte sich ab und wollte in seinen Wagen steigen. Doch ich hatte noch ein paar Fragen.

»Wie lange ist sie schon bei Ihnen in Behandlung, Doktor?«

»Drei oder vier Jahre – seit sie für den Kinderarzt zu alt wurde.«

»Vergangenen Sommer wurde sie von einem Doktor Converse in Beverly Hills behandelt. Wissen Sie das?«

»Nein.« Es war mir gelungen, Jeffreys Interesse zu wecken. »Ich habe nie von einem Dr. Converse gehört. Weshalb hat er sie behandelt?«

»Das wollte er mir nicht sagen. Aber Ihnen wird er's vermutlich verraten. Vielleicht hat es mit dieser Sache zu tun.«

»Meinen Sie? Vielleicht ruf' ich ihn mal an.«

Der Hilfssheriff und Mrs. Sherrill stiegen in das Polizeiauto, und Jeffrey fuhr ihnen voraus den Berg hinunter. Bernice Sebastian stand in der offenen Tür und blickte ihnen nach.

»Gott sei Dank, daß wir sie für heute abend los sind. Vielen Dank auch Ihnen, Mr. Archer, daß Sie sie abgewimmelt haben.«

Es schien ihr schwerzufallen, ihre Gefühle zu zeigen. Ihre Augen waren stumpf und hatten große Pupillen.

»Das hat doch Ihr Mann getan. Ich habe ihm nur ein paar Ratschläge erteilt. Ich war schon öfter bei solchen Familienabenden dabei.«

»Haben Sie auch Kinder?«

»Nein. Ich habe mich nicht getraut, welche in die Welt zu setzen.«

Sie ließ mich herein, machte die Tür zu und lehnte sich daran, als stemme sie sich gegen den Druck der Nacht draußen. »Werden sie uns Sandy lassen?«

»Das hängt von verschiedenem ab. Sie haben familiäre Schwierigkeiten, und Sandy ist nicht die einzige Ursache. Sie scheinen sich nicht sehr gut mit ihr zu verstehen.«

»Sie versteht sich vor allem mit Keith nicht.«

»Das macht die Sache doppelt und dreifach schwierig. Sie müssen das Ganze irgendwie in Ordnung bringen.«

»Wer sagt das?«

»Das wird die Bewährungshilfe sagen, wenn Sandy Glück genug haben sollte, bedingt freigelassen zu werden. Was hat Sandy eigentlich gegen ihren Vater?«

»Keine Ahnung.« Doch sie blickte zu Boden.

»Das glaube ich Ihnen nicht, Mrs. Sebastian. Möchten Sie mir nicht doch Sandys Tagebuch zeigen?«

»Ich hab's vernichtet. Das hab' ich Ihnen doch schon

heute morgen gesagt – äh, gestern morgen.« Sie schloß die Augen und legte ihre zarte, schmale Hand darauf. Sie hatte den Tag dazwischen einen Moment vergessen, und das verwirrte sie.

»Warum haben Sie es vernichtet? Was stand darin?«

»Ich kann nicht. Ich will nicht. Diese Demütigung lasse ich mir nicht bieten.«

Sie versuchte an mir vorbeizustürzen. Ich trat zur Seite, und sie lief in mich hinein. Wir standen eng aneinandergepreßt, und ich spürte ihren schlanken, gespannten Körper. Ein Gefühl der Hitze stieg von meiner Leistengegend zu meinem Herz und in meinen Kopf auf.

Als hätten wir den gleichen Gedanken, traten wir beide einen Schritt zurück. An unserer Beziehung hatte sich etwas verändert; eine Möglichkeit hatte sich aufgetan.

»Entschuldigen Sie«, sagte sie, ohne zu erklären, was ich entschuldigen sollte.

»Es war meine Schuld. Wir sind noch nicht fertig.« Die Möglichkeit gab den Worten einen zweideutigen Sinn.

»So?«

»Nein. Was mit Sandy geschieht, hängt in erster Linie davon ab, was mit Stephen Hackett geschieht. Wenn es uns gelingt, ihn lebendig –« Ich ließ sie den Satz selbst in Gedanken vollenden. »Vielleicht kann

Sandy mir einiges sagen. Der Doktor hat mir erlaubt, ihr ein paar Fragen zu stellen.«

»Worüber?«

»Sie sagte letzte Nacht, daß Davy Spanner ein Haus suchte, in dem er mal gewohnt hat. Vielleicht kann sie mir Näheres darüber sagen.«

»Das ist alles?«

»Vorläufig ja.«

»Also schön. Sprechen Sie mit ihr.«

Wir gingen an der Tür des Wohnzimmers vorbei, in dem Sebastian und der Anwalt über die Kaution sprachen. Die Tür von Sandys Zimmer war zugesperrt; der Schlüssel steckte. Ihre Mutter drehte ihn herum und machte die Tür leise auf.

»Sandy. Bist du noch wach?«

»Was denn sonst?«

»Das ist aber keine nette Antwort«, sagte Mrs. Sebastian in einem Ton, als spreche sie mit einer hochgradig Debilen. »Mr. Archer möchte dich sprechen. Du weißt doch, wer Mr. Archer ist?«

»Denkst du, ich hab' ihn vergessen?«

»*Bitte*, Sandy, nicht diesen Ton. Du bist ja völlig verändert.«

»Am besten, du gewöhnst dich daran. Schick den Schnüffler rein.«

Die Ruppigkeit des Mädchens war zweifellos nicht echt; sie entsprang Angst und schlechtem Gewissen und

Abscheu vor sich selbst sowie einer tiefen Verachtung gegenüber ihrer Mutter. Doch im Moment zumindest war sie ganz von dieser Ruppigkeit beherrscht. Ich ging hinein in der Hoffnung, daß es mir gelingen würde, zu der wirklichen Sandy vorzustoßen, dem Mädchen, das Collegewimpel und Stofftiere sammelte.

Sie saß aufrecht im Bett und drückte eines der Stofftiere an die Brust: einen Spaniel aus braunem Samt mit Schlappohren, Knopfaugen und einer roten Filzzunge. Sandy war rot im Gesicht und hatte schläfrige Augen. Ich hockte mich neben das Bett, so daß unsere Augen etwa in gleicher Höhe waren.

»Hallo, Sandy.«

»Hallo. Sie wollen mich ins Kittchen stecken«, sagte sie mit ausdrucksloser Stimme. »Das freut Sie sicher, was?«

»Warum glauben Sie das?«

»Es stimmt doch, oder?«

Ihre Mutter, die in der Tür stehengeblieben war, sagte: »So darfst du nicht mit Mr. Archer sprechen, Sandy.«

»Verschwinde«, sagte das Mädchen. »Du machst mir Kopfschmerzen.«

»Du machst mir welche.«

»Ich glaube, allmählich kriege ich auch welche«, sagte ich. »Bitte lassen Sie mich eine Minute allein mit Sandy sprechen.«

Die Frau ging hinaus. Das Mädchen sagte: »Was wollen Sie?«

»Vielleicht könnten Sie mir und damit zugleich sich selbst helfen. Die Sache stünde wesentlich besser für Sie, wenn wir Davy finden, bevor er Mr. Hackett umbringt. Haben Sie eine Ahnung, wo er sein könnte?«

»Nein.«

»Sie sagten vergangene Nacht, Davy suche irgendein Haus, in dem er mal gewohnt hat. Wissen Sie, wo es ist, Sandy?«

»Woher soll ich das wissen? Er weiß es doch selbst nicht.«

»Was wußte er von dem Haus?«

»Daß es irgendwo in den Bergen steht, nördlich von Santa Teresa. Es ist eine Art Ranch, auf der er lebte, bevor er ins Waisenhaus gesteckt wurde.«

»Hat er es beschrieben?«

»Er sagte nur, daß es vor langer Zeit mal abgebrannt ist und daß jemand auf einen Teil davon ein neues Dach gemacht hat.«

»Das Haus ist abgebrannt?«

»Ja, das hat er gesagt.«

Ich stand auf. Das Mädchen zuckte zusammen und drückte den Hund an sich, als sei er ihr einziger Freund und Beschützer.

»Warum wollte er zu dem Haus, Sandy?«

»Das weiß ich nicht. Er hat dort mal mit seinem

Vater gewohnt. Und mit seiner Mutter. Wahrscheinlich hatte er irgendwelche schöne Erinnerungen daran.«

»War Laurel Smith seine Mutter?«

»Ich glaube. Gesagt hat sie's. Aber sie hat ihn verlassen, als er noch ein kleiner Junge war.« Sandy holte rasch Luft. »Ich hab' ihm gesagt, es war ein Glück für ihn, daß sie das getan hat.«

»Was haben Sie eigentlich gegen Ihre Eltern, Sandy?«

»Darüber möchte ich nicht reden.«

»Warum haben Sie mit Davy diese Sache gemacht? So etwas paßt doch gar nicht zu Ihnen.«

»Sie kennen mich nicht. Ich bin durch und durch schlecht.«

Die Ruppigkeit, die sie eine Weile vergessen hatte, brach wieder durch. Sie war natürlich nicht nur gespielt. Ihre Seele trudelte zwischen Hell und Dunkel, wie eine Münze, die sie selbst geworfen hatte.

Draußen im Korridor, wo Bernice Sebastian wartete, fiel mir ein, daß in Sandys Zimmer etwas fehlte. Das Foto von Heidi Gensler in dem Silberrahmen war nicht mehr da.

19

Mit Bernice Sebastians Erlaubnis setzte ich mich ins Arbeitszimmer und rief Albert Blevins im Bowman Hotel an. Das lange Schweigen in der Leitung wurde immer wieder von Stimmen unterbrochen. Albert würde gleich herunterkommen. Albert sei nicht auf seinem Zimmer; man suche ihn, Albert sei anscheinend weggegangen, und man wüßte nicht, wann er zurückkäme. Wahrscheinlich sei er in einem Kino in der Market Street.

Ich bat, Albert auszurichten, er möchte per R-Gespräch meinen Auftragsdienst anrufen, doch ich bezweifelte, daß ich noch an diesem Abend von ihm hören würde.

Möglicherweise gab es noch eine andere Informationsquelle. Ich holte die Zeitung, die mir Albert Blevins gegeben hatte, und legte sie auf Sebastians Schreibtisch. Ich las noch einmal den Brief, den Alma R. Krug, Alberts Schwiegermutter, ihm im Jahre 1948 aus Santa Monica geschrieben hatte.

»Jasper und Laurel und das Baby werden eine Weile bei uns wohnen bleiben«, hatte Mrs. Krug geschrieben, »dann will Jasper sich Arbeit auf einer Ranch suchen.«

Ich sah nach, ob Alma Krug im Telefonbuch stand,

und rief die Auskunft an – ohne Erfolg. Mrs. Krug hatte den Brief vor fast zwanzig Jahren geschrieben. Die Dame mußte sehr alt sein oder schon tot.

Mir fiel nur eine Möglichkeit ein, das herauszufinden. Ich sagte den Sebastians gute Nacht und fuhr zurück nach Santa Monica. Auf der Autobahn herrschte immer noch starker Verkehr, doch er floß jetzt glatter. Wie ein strahlender Wasserfall glitten die Scheinwerfer den Sepulveda hinunter.

Ich fühlte mich erstaunlich gut. Wenn Mrs. Krug noch lebte und mir sagen konnte, wo die Ranch war, konnte ich den Fall bis zum nächsten Morgen aufklären. In einem Winkel meines Hirns stellte ich mir bereits die Frage, was ich mit den hunderttausend Dollar anfangen sollte.

Herrgott nochmal, ich konnte mich sogar zur Ruhe setzen. Irgendwie erschreckte mich diese Möglichkeit. Mir wurde bewußt, daß ich für Nächte wie diese, in denen ich in dem großen toten Körper der Stadt hin und her fuhr und Verbindungen zwischen seinen Millionen Zellen herstellte, lebte. Ich hatte den verrückten Wunsch oder Traum, eines Tages würde, wenn ich all die richtigen Nervenverbindungen herstellte, die Stadt zum Leben erwachen wie Frankensteins Braut.

Ich verließ den Sepulveda am Wilshire und fuhr den San Vincente hinunter zur Capo Street. 209 West Capo war ein zweistöckiges Apartmenthaus. Von grünen Lampen beleuchtete eingepflanzte Palmen lehnten an der neu aussehenden Stuckfassade.

Ich fand den Verwalter in Apartment eins; ein Mann mittleren Alters in Hemdsärmeln, den Finger in einem Buch. Ich sagte ihm meinen Namen. Er sagte, er heiße Ralph Cuddy.

Cuddy sprach mit einem südlichen Akzent; vermutlich war er Texaner. Über dem Kamin hingen gekreuzte Pistolen und an den Wänden verschiedene Sinnsprüche. Ich sagte: »Eine Mrs. Alma Krug hat mal hier gewohnt.«

»Genau.«

»Wissen Sie, wo sie jetzt wohnt?«

»In einem Heim.«

»In was für einem?«

»In einem Pflegeheim. Die hat sich vor ein paar Jahren die Hüfte gebrochen.«

»Zu dumm. Ich hätte gern mit ihr gesprochen.«

»Worüber?«

»Über eine Familienangelegenheit.«

»Mrs. Krug hat keine Angehörigen mehr.« Grinsend fügte er hinzu: »Außer mir.«

»Sie hat einen Schwiegersohn in San Francisco.« Und einen Enkel namens Davy, Gott wußte wo. »Hat sie Ihnen mal von einer Ranch erzählt, die sie im Distrikt Santa Teresa hat?«

»Ja, öfter.«

»Können Sie mir sagen, wo die Ranch genau ist?«

»Ich war nie dort. Sie haben sie schon vor Jahren verkauft.«

»Sie sind mit Mrs. Krug verwandt?«

»Nicht direkt. Aber ich war mit der Familie gut befreundet.«

»Können Sie mir die Adresse ihres Pflegeheims geben?«

»Vielleicht. Weshalb möchten Sie sie denn sprechen?«

»Ich war heute bei ihrem Schwiegersohn – Albert Blevins.«

Cuddy sah mich nachdenklich an. »Das muß Ettas erster Mann sein.«

»Genau.«

»Und was hat die Ranch damit zu tun?«

»Albert hat mir davon erzählt. Er hat mal dort gewohnt.«

Ralph Cuddy nickte. Dann legte er sein Buch hin – der Titel war *The Role of the Security Officer in Business* – und ging zu einem Schreibtisch auf der anderen Seite des Zimmers. Er kam mit einem Zettel zurück, auf dem in ordentlicher Schrift die Adresse des Oakwood-Pflegeheims stand.

Das Heim war ein großes, in den zwanziger Jahren erbautes Haus im spanischen Stil. Es stand auf einem großen, von Mauern umgebenen Grundstück in Santa Monica. Über die Zufahrt wölbten sich italienische

Arvenbäume. Auf dem beleuchteten Parkplatz stand etwa ein Dutzend Autos, und aus dem Hauptgebäude drang Musik. Man hatte fast den Eindruck, die Zeit sei zurückgestellt worden und dort drinnen finde eine Party statt.

In der großen Empfangshalle schwand die Illusion. Alte Leute saßen plaudernd zu zweit und zu dritt beisammen. Sie sahen aus wie Flüchtlinge, die ein Baron in sein Herrschaftshaus aufgenommen hat.

Eine sehr modern aussehende Schwester in weißem Nylon führte mich einen Korridor hinunter zu Mrs. Krugs Zimmer. Es war ein sehr geräumiger und gut eingerichteter Wohn-Schlaf-Raum. Eine weißhaarige alte Dame in einem Wollkleid saß, eine Decke auf den Knien, in einem Rollstuhl und sah sich im Fernsehen die Merv-Griffin-Show an. In ihren gichtigen Händen hielt sie eine aufgeschlagene Bibel.

Die Schwester stellte den Ton leiser. »Ein Herr möchte Sie sprechen, Mrs. Krug.«

Mit fragenden, durch ihre Brille vergrößerten Augen blickte sie auf. »Wer sind Sie?«

»Mein Name ist Lew Archer. Erinnern Sie sich an Albert Blevins, der mit Ihrer Tochter Etta verheiratet war?«

»Natürlich erinnere ich mich an ihn. Mein Gedächtnis ist völlig in Ordnung, Gott sei Dank. Was ist mit Albert Blevins?«

»Ich habe heute in San Francisco mit ihm gesprochen.«

»Tatsächlich? Ich habe fast zwanzig Jahre nichts von Albert gehört. Damals, als Jaspers Junge zur Welt kam, habe ich ihm geschrieben, er soll uns besuchen, aber Albert hat nie geantwortet.«

Sie schwieg und lauschte der Stille. Die Schwester ging hinaus. Ich setzte mich, und Mrs. Krug beugte sich zu mir vor, in die Gegenwart.

»Wie geht's Albert denn? Ist er immer noch der alte?«

»Vermutlich. Ich habe ihn früher nicht gekannt.«

»Da haben Sie nicht viel versäumt.« Sie lächelte. »Mein Mann hat immer gesagt, Albert ist zu spät auf die Welt gekommen. Er hätte ins vergangene Jahrhundert gepaßt, als Kuhhirte. Albert war immer ein Einzelgänger.«

»Das ist er noch immer. Er lebt allein in einem Hotel.«

»Das überrascht mich nicht. Er hätte nicht heiraten sollen, und schon gar nicht Etta. Zuerst habe ich Albert die Schuld an all dem Unheil gegeben, das er über sie brachte – damals, als er die Lampe nach ihr warf und das Haus anzündete. Aber als ich sah, was meine Tochter später alles angestellt hat –« Sie machte plötzlich den Mund zu, als wollte sie die Vergangenheit verschlucken. »Hat Albert Sie zu mir geschickt?«

»Nicht direkt. Aber er erzählte mir im Lauf unserer Unterhaltung von der Ranch, die Sie ihm überlassen haben.«

Sie nickte. »Das war 1927, in dem Jahr, als Albert Etta heiratete. Ich hatte die Ranch satt, wenn ich ganz ehrlich sein soll. Ich war in der Stadt aufgewachsen und als Lehrerin ausgebildet. Zwanzig Jahre Hühner füttern waren genug für mich. Ich überredete Krug, hierher zu ziehen. Er bekam einen guten Job bei der Wach- und Schließgesellschaft, den er bis zu seiner Pensionierung hatte. Albert und Etta übernahmen die Ranch. Zwei Jahre hat die Ehe gehalten, dann ging sie auseinander. Es war eine Unglücksranch. Hat Albert Ihnen davon erzählt?«

»Wovon?«

»Von den Dingen, die auf der Ranch passiert sind. Nein.« Sie schüttelte den Kopf. »Albert kann's Ihnen nicht erzählen, weil er's nicht weiß, jedenfalls nicht alles. Zuerst brannte das Haus ab und Etta rannte ihm weg. Den kleinen Jasper ließ sie bei ihm. Mein Mann und ich nahmen Jasper zu uns, zogen ihn auf, was alles andere als einfach war, kann ich Ihnen sagen. Er war ein ziemlich schwieriges Kind.

Als Jasper dann Laurel Dudney heiratete, setzte er sich in den Kopf, auf die Ranch zurückzugehen. Nicht etwa, um sie zu bewirtschaften. Er dachte, es ist ein Haus, in dem er billig wohnen und hübsche Bilder von der Gegend malen kann. Billig war's für ihn, das kann man wohl sagen, denn mein Mann und ich schickten ihm Geld, nachdem er Laurels verbraucht hatte.« Ihre mit Adern bedeckten Hände umklammerten die Armstützen des Rollstuhls. »Wissen Sie, wie uns dieser mißratene Enkel seine Dankbarkeit bewiesen hat?«

»Davon hat mir Albert nichts erzählt.«

»Jasper hat sich mit Laurel und dem kleinen Jungen aus dem Staub gemacht. Seither hab' ich nichts von ihnen gehört – von keinem. Jasper ist wie seine Mutter – das sage ich, obwohl sie meine Tochter ist –, undankbar durch und durch.«

Ich sagte Alma Krug nichts von Jaspers Tod und auch nichts von Laurels. Die Augen der alten Frau glänzten zu sehr. Sie wußte schon zuviel. Ein bitterer, starrer Zug war um ihren Mund, als schmecke sie ihren eigenen Tod voraus.

Sie schwieg wieder einen Moment, dann sah sie mich an. »Aber Sie sind ja nicht hierhergekommen, um sich mein Gejammer anzuhören. Was wollen Sie?«

»Ich möchte mir die Ranch ansehen.«

»Weshalb? Das Land ist völlig wertlos. Es war nie viel mehr als eine halbe Wüste. Es gab dort mehr Bussarde als Vieh. Nachdem Jasper und Laurel abgehauen waren, haben wir die Ranch verkauft.«

»Möglicherweise ist Ihr Urenkel David dort.«

»Tatsächlich? Kennen Sie David?«

»Flüchtig.«

Sie überlegte kurz. »Er muß schon ein junger Mann sein.«

»Ein sehr junger Mann. Davy ist neunzehn.«

»Was macht er denn?« fragte sie in einem Ton, als setze sie nicht allzuviel Hoffnung auf die Antwort.

»Nicht viel.«

»Wahrscheinlich ist er seinem Vater nachgeraten. Jasper hatte immer bloß große Rosinen im Kopf.« Sie drehte an dem einen Rad des Stuhls und wandte sich mir zu. »Wenn Sie wissen, wo David ist, dann wissen Sie vielleicht auch, wo Jasper ist?«

»Nein. Und ich weiß auch nicht mit Sicherheit, ob David auf der Ranch ist. Ich wollte Sie fragen, wie ich die Ranch finden kann.«

»Natürlich kann ich Ihnen das sagen, falls sie von dem Sturm, der dort dauernd weht, noch nicht weggeblasen worden ist. Kennen Sie Rodeo City?«

»Ich war schon mal dort.«

»Sie müssen in die Mitte der Stadt fahren, bis zum Rodeo Hotel, gegenüber vom Sheriffbüro. Dort biegen Sie nach rechts ab und fahren vorbei an den Rodeoplätzen und über den Paß und dann ungefähr dreißig Kilometer landeinwärts bis zu einem kleinen Dorf namens Centerville. Ich war dort mal Lehrerin. Von Centerville aus fahren Sie auf der Landstraße noch mal zwanzig Kilometer nach Norden. Die Ranch ist nicht ganz einfach zu finden, vor allem bei Nacht. Wollen Sie heute abend noch hinfahren?«

»Ja«, sagte ich.

»Dann fragen Sie am besten noch mal in Centerville. In Centerville weiß jeder Mensch, wo die Krug-Ranch ist.« Sie schwieg einen Moment. »Merkwürdig, wie die Familie generationenlang an der Ranch gehangen hat. Es ist eine Unglücksranch, und ich glaube, wir sind eine Unglücksfamilie.«

Ich widersprach ihr nicht. Das wenige, was ich von der Familie wußte – Albert Blevins' einsames Leben, das schreckliche Schicksal Jaspers und fünfzehn Jahre später Laurels, Davys Neigung zu Gewalttätigkeit –, bestätigte, was Mrs. Krug sagte.

Sie preßte die Fäuste an ihren Leib, als spürte sie die alten Schmerzen wieder. Sie schüttelte ihren weißen Kopf.

»Ich dachte, wenn Sie David sehen, könnten Sie ihm sagen, wo seine Urgroßmutter ist. Aber ich weiß nicht recht. Ich habe gerade genug für mich selbst. Ich zahle hier sechshundert im Monat. Sagen Sie ihm nichts von mir, außer er fragt. Ich möchte Jasper nicht wieder auf dem Hals haben. Und Laurel auch nicht. Sie war ein liebes Mädchen, aber sie hat sich auch als undankbar erwiesen. Ich habe sie in mein Haus aufgenommen und für sie getan, was ich konnte, und dann ist sie einfach auf und davon.«

»War Laurel auch mit Ihnen verwandt?«

»Nein. Sie kam aus Texas. Ein sehr reicher Mann war an Laurel interessiert. Er hat sie zu uns geschickt.«

»Das verstehe ich nicht.«

»Das brauchen Sie auch nicht. Ich will Laurel nichts Schlechtes nachsagen. Sie war nicht meine Tochter oder Enkelin, aber ich liebte sie mehr als irgendeine von ihnen.«

Sie flüsterte. Die Vergangenheit füllte das Zimmer wie eine Flut flüsternder Stimmen. Ich stand auf.

Alma Krug gab mir ihre knorrige zarte Hand. »Stellen Sie beim Hinausgehen bitte den Ton lauter. Ich möchte lieber *andere* Leute reden hören.«

Ich drehte den Ton auf und machte die Tür hinter mir zu. Hinter einer anderen Tür, ein Stück den Korridor hinunter, rief eine zitternde Altmännerstimme: »Bitte zerschneidet mich nicht.«

Der alte Mann riß die Tür auf und stürzte auf den Korridor. Sein nackter Körper hatte die Form eines länglichen Eis. Er schlang seine Arme um mich und drückte seinen fast haarlosen Kopf an meinen Bauch.

»Laß sie mich nicht in Stücke zerschneiden! Sag ihnen, das dürfen sie nicht, Mama!«

Obwohl sonst niemand da war, sagte ich es ihnen. Der kleine alte Mann ließ mich los und ging zurück in sein Zimmer und machte die Tür zu.

20

In der Empfangshalle waren die Flüchtlinge aus dem Krieg der Generationen auf ein halbes Dutzend zusammengeschmolzen. Ein älterer Pfleger trieb sie in ihre Zimmer.

»Zeit zum Schlafengehen, Leute.«

Jack Fleischer kam zur Eingangstür herein. Seine Augen waren glasig von Müdigkeit und Alkohol.

»Ich möchte zu Mrs. Krug«, sagte er zu dem Pfleger.

»Tut mir leid, Sir. Die Besuchszeit ist um.«

»Es handelt sich um etwas sehr Wichtiges.«

»Nichts zu machen, Sir. Ich treffe hier nicht die Anordnungen. Der Direktor ist bei einer Tagung in Chicago.«

»Widersprechen Sie mir nicht. Ich bin Polizeibeamter.«

Fleischers Stimme schwoll an. Sein Gesicht wurde blutrot. Er wühlte in seinen Taschen und fand endlich einen Ausweis, den er dem Pfleger zeigte.

»Das ändert nichts, Sir. Ich muß mich an die Vorschriften halten.«

Fleischer holte plötzlich aus und schlug den Pfleger mit der flachen Hand. Der Mann stürzte zu Boden und stand auf. Die eine Hälfte seines Gesichts war rot, die andere weiß. Die alten Leute sahen schweigend zu. Wie wirkliche Flüchtlinge fürchteten sie nichts so sehr wie körperliche Gewalt.

Ich trat hinter Fleischer, packte seinen Arm und drehte ihn auf den Rücken. Er war groß und kräftig. Es war das einzige, was ich tun konnte, um ihn festzuhalten.

»Ist er ein Freund von Ihnen?« fragte der Pfleger.

»Nein.«

Doch in gewissem Sinn gehörte Fleischer zu mir. Ich führte ihn hinaus und ließ ihn los. Er zog eine automatische Pistole.

»Sie sind verhaftet«, sagte er.

»Weshalb? Weil ich eine Prügelei verhindert habe?«

»Wegen Behinderung eines Polizisten bei der Ausübung seiner Pflichten«, schrie er mit weitaufgerissenen Augen. Die Pistole in seiner Hand sah aus wie eine 38er, groß genug, um mich zu erledigen.

»Lassen Sie das. Stecken Sie die Kanone weg. Sie sind nicht in Ihrem Distrikt, und dort sind Zeugen.«

Der Pfleger und seine Schützlinge sahen von der Vortreppe aus zu. Jack Fleischer wandte den Kopf und schaute hinüber. Ich schlug ihm die Pistole aus der Hand und hob sie auf, während er sich darauf stürzte. Auf Händen und Knien, als hätte er sich in einen Hund verwandelt, kläffte er mich an: »Dafür buchte ich Sie ein. Ich bin Polizist.«

»Dann benehmen Sie sich auch wie einer.«

Der Pfleger kam auf uns zu. Ich beobachtete Fleischer, der langsam aufstand, und sah ihn nur aus dem Augenwinkel, eine verschwommene weiße Gestalt.

»Wir möchten hier keinen Ärger«, sagte der Pfleger zu mir. »Am besten, ich hol' die Polizei, was?«

»Zum Teufel, ich bin Polizist.«

»In diesem Bezirk nicht. Außerdem sind Sie bereits pensioniert, soviel ich weiß.«

»Wer sind Sie, verdammt noch mal?« Fleischer starrte mich an. Seine Augen glitzerten in dem Halbdunkel wie gelber Quarz.

»Ich bin ein amtlich zugelassener Privatdetektiv. Mein Name ist Archer.«

»Wenn Sie Ihre Lizenz behalten wollen, geben Sie mir meine Pistole zurück.« Er streckte seine dicke rote Hand danach aus.

»Zuerst möchte ich mit Ihnen reden, Jack. Und Sie sollten sich bei dem Mann, den Sie geschlagen haben, entschuldigen.«

Fleischer brummte leise und verzog angewidert den Mund. Sich entschuldigen zu müssen, war für einen alten Polizisten eine grausame und ungewöhnliche Strafe.

»Tut mir leid«, sagte er, ohne den Mann anzusehen.

»Schon gut«, sagte der Pfleger.

Er wandte sich ab und schritt würdevoll davon. Die

alten Leute auf der Treppe folgten ihm ins Haus. Langsam ging die Tür hinter ihnen zu.

Fleischer und ich gingen zu unseren Wagen. Wir standen einander in der Lücke dazwischen gegenüber, jeder an seinen Wagen gelehnt.

»Meine Pistole«, erinnerte er mich. Sie steckte in meiner Tasche.

»Zuerst reden wir. Was suchen Sie, Jack?«

»Ich versuche einen alten Fall aufzuklären, einen tödlichen Unfall, der vor vielen Jahren passierte.«

»Wenn Sie wissen, daß es ein Unfall war, warum haben Sie die Ermittlungen dann wieder aufgenommen?«

»Ich habe sie nie abgeschlossen. Ich mag keine unerledigten Fälle.«

Er redete um den Brei herum. Ich versuchte, ihn aus der Reserve zu locken. »Kannten Sie Jasper Blevins?«

»Nein. Ich habe ihn nie kennengelernt«, sagte er gelassen.

»Aber seine Frau Laurel kannten Sie?«

»Vielleicht. Nicht so gut, wie manche Leute denken.«

»Warum haben Sie die Leiche ihres Mannes nicht durch sie identifizieren lassen?«

Er schwieg ziemlich lange. Dann sagte er: »Nehmen Sie das auf Band auf?«

»Nein.«

»Gehen wir lieber von Ihrem Wagen weg, ja?«

Wir gingen die Zufahrt hinunter. Die Bäume, die sich darüber wölbten, waren wie ein dunklerer Himmel, der sich auf uns niedersenkte. In der fast völligen Finsternis wurde Fleischer gesprächiger.

»Ich gebe zu, daß ich vor fünfzehn Jahren einen Fehler gemacht habe. Aber das ist auch das einzige, was ich zugebe. Ich denke nicht daran, den ganzen Dreck aufzuwühlen und auf meiner eigenen Veranda zu verteilen.«

»Was für einen Fehler haben Sie gemacht, Jack?«

»Ich habe diesem Weibsstück vertraut.«

»Hat Laurel gesagt, daß der Mann, der unter dem Zug starb, nicht ihr Mann war?«

»Sie hat eine Menge gesagt. Hauptsächlich Lügen. Sie hat mich schön aufs Kreuz gelegt.«

»Sie können nicht die Schuld allein ihr zuschieben. Es war Ihre Aufgabe, die Leiche zu identifizieren.«

»Sie brauchen mir nicht zu sagen, was meine Aufgabe war. In den dreißig Jahren, die ich Sheriff war, sind in unserem Distrikt an die hundert Tramps von Zügen überfahren worden. Manche hatten einen Ausweis bei sich, manche nicht. Dieser hatte keinen. Woher sollte ich wissen, daß dies ein besonderer Fall war?«

»Wieso war es ein besonderer Fall?«

»Sie wissen verdammt gut, was ich meine.«

»Sagen Sie's mir.«

»Von mir erfahren Sie nichts mehr. Ich dachte, wir würden einander entgegenkommen. Aber Sie fragen bloß und sagen selber nichts.«

»Sie haben mir nichts gesagt, womit ich irgendwas anfangen kann.«

»Und Sie haben mir überhaupt nichts gesagt. Warum tun Sie so geheimnisvoll?«

»Tu' ich gar nicht. Ich ermittle in der Entführungssache Stephen Hackett.«

»In was für einer Sache?« Er stellte sich dumm.

»Machen Sie mir doch nichts vor. Sie wissen doch davon. Sie haben in der Zeitung davon gelesen.«

Er wandte sich halb um und sah mich im Finstern an. »Dann haben Sie mich also in San Francisco beschatten lassen. Was, zum Teufel, wollen Sie eigentlich von mir?«

»Nichts Persönliches. Ihr Fall und meiner stehen in Zusammenhang. Jasper Blevins' kleiner Sohn Davy ist inzwischen ein großer Junge geworden. Er hat Hackett gestern entführt.«

Ich hörte, wie Fleischer rasch Luft holte und langsam ausatmete. »In der Zeitung steht, dieser Hackett hat einen Haufen Geld.« Es war eine Frage.

»Das kann man wohl sagen.«

»Jasper Blevins' Junge will also ein Lösegeld?«

»Soviel ich weiß, hat er bis jetzt keins verlangt. Ich nehme an, daß er Hackett umbringen will. Falls er's noch nicht getan hat.«

»Herrgott noch mal! Das kann er doch nicht tun!« Es klang, als fürchte Fleischer um sein eigenes Leben.

Ich sagte: »Kennen Sie Hackett?«

»Ich habe ihn nie im Leben gesehen. Aber in der Sache steckt Geld, mein Junge. Wir sollten uns zusammentun.«

Ich wollte Fleischer nicht als Partner. Ich traute ihm nicht. Andererseits wußte er Dinge über den Fall, von denen kein anderer Mensch eine Ahnung hatte. Und er kannte den Distrikt Santa Teresa.

»Kennen Sie die Krug-Ranch in der Nähe von Centerville?«

»Ja, natürlich.«

»Möglicherweise hält Davy Blevins Stephen Hackett dort gefangen.«

»Dann nichts wie hin«, sagte Fleischer. »Worauf warten wir noch?«

Wir gingen zurück zu unseren Wagen. Ich gab Fleischer seine Pistole zurück. Als ich ihm im Halbdunkel gegenüberstand, hatte ich das Gefühl, als sehe ich mich selbst in einem schmutzigen Zerrspiegel.

Laurel Smiths Tod hatte keiner von uns erwähnt.

21

Wir beschlossen, Fleischers Wagen zu nehmen, der neu und schnell war. Ich stellte meinen an einer Tankstelle in Canoga Park ab, nicht weit von Keith Sebastians Haus. Was auch passieren würde – dorthin würde ich bestimmt zurückkommen.

Ich fuhr, und Fleischer schlief neben mir auf dem Vordersitz. Wir fuhren durchs San-Fernando-Tal, über den Hauptpaß und dann über Camarillo aufs dunkle Meer zu. Als wir an die Grenze des Distrikts Santa Teresa kamen, wachte Fleischer auf, als wittere er die heimatliche Luft.

Auf einem leeren Stück Autobahn südlich von Santa Teresa bat mich Fleischer, bei einem Eukalyptushain anzuhalten. Ich nahm an, daß er ein natürliches Bedürfnis verspürte. Als ich an den Straßenrand fuhr, stieg er jedoch nicht aus. Er drehte sich zu mir herum und hieb mir den mit Blei beschwerten Griff seiner Pistole über den Schädel. Es wurde finster um mich. Nach einer Weile durchdrangen Träume das Dunkel, in dem ich lag. Riesige, sich drehende Räder, wie die ineinandergreifenden Räder von Sein und Ewigkeit, verwandelten sich in eine Diesellokomotive. Ich lag wie gelähmt auf den Schienen, und der Zug mit seinem strahlenden Zyklopenauge kam auf mich zu.

Seine Sirene heulte. Es war jedoch keine Zugsirene, und ich lag auf keinem Geleise, und es war kein Traum. Ich richtete mich auf. Ich saß in der Mitte des nach Norden führenden Teils der Autobahn. Ein Lastwagen, hell beleuchtet wie ein Weihnachtsbaum, raste ununterbrochen hupend auf mich zu.

Seine Bremsen kreischten, doch ich wußte, der Fahrer konnte ihn nicht mehr vor mir zum Stehen bringen. Ich legte mich hin und sah, wie er die Sterne auslöschte. Dann sah ich die Sterne wieder und spürte, wie das Blut durch meinen Körper brauste.

Weitere Autos kamen aus Richtung Süden. Ich kroch weg von der Straße, klein und unbeholfen wie eine Grille. Die Eukalyptusbäume murmelten und seufzten im Wind. Ich tastete nach meiner Pistole. Sie war weg.

Fleischers Verrat hatte einen paranoischen Nerv getroffen, der nunmehr in meinem malträtierten Kopf schrill dröhnte. Mir fiel ein, daß ich vorgehabt hatte, Fleischer niederzuschlagen, wenn ich den richtigen Moment für gekommen hielt. Er war nur ein wenig schneller als ich gewesen.

Inzwischen hatte der Lastwagenfahrer am Straßenrand gehalten und ein Warnsignal aufgestellt. Er rannte mit einer Taschenlampe auf mich zu.

»He, sind Sie okay?«

»Ich glaube schon.« Ich stand auf und bemühte mich,

meinen bleischweren Kopf ins Gleichgewicht zu bringen.

Er leuchtete mir mit der Taschenlampe ins Gesicht. Ich schloß die Augen und schwankte unter dem Lichtschlag.

»Mensch, an Ihrem Gesicht ist ja Blut. Hab' ich Sie getroffen?«

»Sie nicht. Ein Freund von mir hat mich niedergeschlagen und aus dem Auto geworfen.«

»Am besten, ich hol' die Polizei, oder? Brauchen Sie einen Krankenwagen?«

»Weder noch. Wenn Sie mich bitte nur bis Santa Teresa mitnehmen könnten.«

Er zögerte, zwischen Mitgefühl und Mißtrauen hin und her gerissen. Anständige Leute wurden nicht niedergeschlagen und aus dem Auto geworfen.

»Okay«, sagte er ohne Begeisterung. »Meinetwegen.«

Er brachte mich zum Stadtrand von Santa Teresa. Die Power-Plus-Tankstelle war noch beleuchtet, und ich bat den Fahrer, mich davor abzusetzen.

Fred Cram, der Tankwart mit dem Spezialschuh, hatte Dienst. Er schien mich nicht wiederzuerkennen. Ich ging auf die Toilette und wusch mir das Gesicht. Über meiner Schläfe war eine Beule mit einem Riß, doch sie hatte zu bluten aufgehört.

Jemand hatte MAKE SENSE NOT WAR an die Wand gekritzelt. Ich lachte. Es tat mir im Kopf weh.

Ich ging hinaus und fragte Fred Cram, ob ich telefonieren dürfe. Jetzt erkannte er mich.

»Haben Sie das Mädchen gefunden?«

»Ja, hab' ich. Vielen Dank.«

»Keine Ursache. Kann ich irgendwas für Sie tun?«

»Ich würde nur gern telefonieren. Ein Ortsgespräch.«

Die Zeiger der elektrischen Uhr im Büro deuteten auf Mitternacht. Mitternacht war die richtige Zeit, die Langstons anzurufen. Henry Langston meldete sich mit dumpfer Stimme.

»Hier Langston.«

»Archer. Allmählich werde ich mir Ihren Haß zuziehen.«

»Ich habe mich schon gefragt, wo Sie abgeblieben sind«, sagte er in freundlicherem Ton. »Davy steht in allen Zeitungen.«

»Ich glaube, ich weiß, wo er steckt, Hank. Und Fleischer weiß es auch – er ist auf dem Weg zu ihm. Haben Sie wieder mal Lust auf einen Mitternachtsausflug?«

»Wohin?«

»Zu einer Ranch bei Centerville im Norden des Distrikts.«

»Sie meinen, Davy ist mit Hackett dort?«

»Ich würde sagen, die Chancen stehen fünfzig zu fünfzig. Stecken Sie ein Schießeisen ein.«

»Ich habe nur eine 32er-Sportpistole.«

»Nehmen Sie sie mit. Und eine Taschenlampe.«

Ich sagte ihm, wo ich war. Während ich vor dem Büro wartete, versperrte Fred Cram die Pumpen und schaltete die Außenbeleuchtung aus.

»Tut mir leid«, sagte er, »aber ich muß zumachen.«

»Gehen Sie ruhig. Ich werde in ein paar Minuten abgeholt.«

Er blieb zögernd stehen und starrte auf die Wunde an meinem Kopf. »War das Davy Spanner?«

»Nein. Den suche ich noch.«

»Der mit dem Mädchen gestern abend – das war er. Ich hab' ihn zuerst nicht erkannt, er hat sich sehr verändert. Aber als ich las, was über ihn in der Zeitung steht... Er hatte tatsächlich jemanden im Kofferraum?«

Ich nickte. »Sie kennen Davy?«

»Ich bin ein Jahr lang zusammen mit ihm auf die High-School gegangen. Er war ein Fuchs und ich ein Senior. Damals war er gar kein so übler Bursche. Er war sehr klein und schwächlich und muß erst später so gewachsen sein. Deshalb hab' ich ihn gestern abend nicht erkannt.«

»Falls Sie ihn noch mal sehen, sagen Sie mir Bescheid, Fred.« Ich gab ihm meine Karte. »Sie können jederzeit per R-Gespräch meinen Auftragsdienst anrufen.«

Er nahm die Karte kopfschüttelnd. »Wer hätte das gedacht?«

»Was?«

»Daß alles so kommen würde. Daß ich hier Benzin verkaufe und daß Davy in ein Verbrechen verwickelt wird.«

Er drehte das Licht im Büro ab und sperrte die Tür zu. Dann wartete er höflich, bis Langstons Kombi von der Straße abbog und neben der Tankstelle hielt.

Ich sagte Fred gute Nacht und stieg in den Kombi. Langston sah mich mit großen Augen an.

»Sie sind ja verletzt. Brauchen Sie keinen Arzt?«

»Das hat Zeit. Fleischer hat schon mindestens eine halbe Stunde Vorsprung.«

»Wie ist der denn in die Sache hineingeraten?«

»Er hat schon von Anfang an dringesteckt, das wissen Sie doch. Ich habe dummerweise versucht, mit ihm zusammenzuarbeiten. Das ging nur eine Stunde gut. Dann hat er mich bewußtlos geschlagen und aus dem Auto geworfen.«

Hank pfiff durch die Zähne. »Sollten Sie das nicht der Polizei melden?«

»Dann kämen wir nie weg. Haben Sie die Taschenlampe und die Pistole mitgenommen?«

»Sie liegen im Handschuhfach. Ich komm' mir vor wie ein Detektivlehrling.«

Sein Humor wirkte ein wenig gekünstelt, doch ich ging darauf ein. »Also dann los, Lehrling.«

Langston bog auf die Autobahn ein und fuhr in

Richtung Norden. Bevor ich anrief, hatte er ein paar Stunden geschlafen und war voll Energie und Neugier. Er sprach ausführlich über Davy und seine psychischen Probleme. Ich hatte keine Lust auf eine Unterhaltung. Meine Antworten wurden immer kürzer. Nach einer Weile kletterte ich auf den Rücksitz und versuchte zu schlafen. Doch jedes Mal, wenn ein Lastwagen vorbeifuhr, zuckte ich zusammen und wachte auf.

An der Stelle, wo die Autobahn landeinwärts abbiegt, gerieten wir in einen Regenschauer. Der Himmel über den Bergen im Norden war tiefschwarz; hin und wieder zuckten Blitze auf. Die Autobahn führte wieder zurück zur Küste. Hier war der Himmel noch klar, und das weiße Auge des Mondes glotzte über den Rand des Meeres. Ich erkannte die Kreuzung, wo wir letzte Nacht Sandy aufgegabelt hatten.

Der Gedanke an das Mädchen bedrückte mich. Sie war veränderlich wie der Mond. Der Mond war weiß und strahlend, ein Symbol der Reinheit, doch er hatte auch eine dunkle Seite, häßlich und kalt und verborgen. Welche Seite bei dem Mädchen zum Vorschein kommen würde, hing von dem Ergebnis unserer Fahrt ab.

Blieb Hackett am Leben, so hatte sie Aussicht auf Bewährung. Starb Hackett, so starb ihre Zukunft mit ihm.

22

Es war eins vorbei, als wir nach Rodeo City kamen, einem Seebad, das sich zwischen der Autobahn und der Küste hinzog. Wir fuhren eine Rampe zur Hauptstraße hinunter, die parallel zur Autobahn verlief. Drei Motorradfahrer mit Sturzhelmen brausten an uns vorbei. Mädchen mit flatterndem Haar klammerten sich an ihre Rücken wie Sukkuben.

Wir kamen zu einer Abzweigung mit dem Schild CENTERVILLE 30 KILOMETER und bogen landeinwärts ab. Die Asphaltstraße führte an Rodeotribünen vorbei, die wie alte Amphitheater aus dem Dunkel aufragten. Die Straße schlängelte sich das Vorgebirge hinauf; dann stieg sie zu einem Paß hoch. Noch bevor wir den Gipfel des Passes erreichten, gerieten wir in dichten Nebel. Er schlug sich wie Regen auf der Windschutzscheibe nieder, und wir mußten mit der Geschwindigkeit heruntergehen.

Auf der andern Seite des Gipfels begann richtiger Regen aufs Dach zu prasseln. Die Windschutzscheibe war beschlagen. Ich kletterte auf den Vordersitz und wischte sie alle paar Minuten ab, doch wir kamen nur ganz langsam voran.

Es regnete die ganze Strecke bis Centerville. Hin und wieder sahen wir im Schein eines Blitzes die steil aufragenden, mit Bäumen bestandenen Hänge des Tals.

Centerville war eins jener Dörfer, die sich in zwei Generationen kaum verändert hatten. Es bestand aus einer Straße mit armseligen Holzhäusern, einem Kramladen mit einer Tankstelle, die nachts geschlossen war, einer Schule mit einem Glockenturm auf dem Dach und einer kleinen weißen Kirche, die naß im Licht unserer Scheinwerfer glänzte.

Das einzige beleuchtete Gebäude war eine Imbißstube mit einer Bierreklame neben dem Kramladen. Draußen hing ein Schild mit der Aufschrift GESCHLOSSEN, doch ich sah drinnen einen Mann mit einer weißen Schürze, der einen Mop schwenkte. Ich rannte durch den Regen und klopfte an die Tür.

Der Mann mit der Schürze schüttelte den Kopf und deutete auf das Schild. Ich klopfte noch einmal. Nach einer Weile lehnte er den Mop an die Theke, kam zur Tür und machte auf.

»Was ist denn?« Es war ein älterer Mann mit einem verwitterten Fuchsgesicht und einem geschwätzigen Mund.

Ich trat ein. »Entschuldigen Sie die Störung. Können Sie mir sagen, wie wir zur Krug-Ranch kommen?«

»Sagen kann ich's Ihnen, aber ob Sie hinkommen werden, weiß ich nicht.«

Ich sah ihn fragend an.

»Der Buzzard-Fluß hat sicher schon die Straße überschwemmt. Aber wenn Sie wollen, können Sie's ja versuchen. Der andere Bursche hat's anscheinend geschafft – jedenfalls ist er nicht zurückgekommen.«

»Meinen Sie Jack Fleischer?«

»Ach, Sie kennen Jack? Was ist da oben auf der Ranch eigentlich los?« Er stieß mich vertraulich mit dem Ellbogen an. »Hat Jack eine Frau da oben? Es wär' nicht das erste Mal.«

»Kann sein.«

»Verdammt ungemütliche Nacht für eine Party, und ein verdammt ungemütlicher Ort.«

Ich rief Hank Langston herein. Der Mann mit der Schürze stellte sich vor. Er hieß Al Simmons, und er ließ keinen Zweifel, daß das Lokal und der Laden nebenan ihm gehörten.

Simmons breitete eine Papierserviette auf der Theke aus und zeichnete eine Skizze darauf. Die Einfahrt zur Ranch lag achtzehn Kilometer nördlich von Centerville. Der Buzzard-Fluß lief an dieser Seite der Ranch vorbei. Wenn es stark regnete, schwoll er schnell an. Doch vielleicht kamen wir durch, denn es hatte lange nicht geregnet.

Als wir gingen, sagte Simmons: »Falls Sie steckenbleiben, kann ich Sie mit einem Traktor rausziehen. Das kostet natürlich was.«

»Wieviel?« fragte Hank.

»Kommt darauf an, wie lange ich dazu brauche. Im allgemeinen krieg' ich zehn Dollar pro Stunde, Hin- und Rückfahrt inbegriffen. Aber wenn Ihr Wagen den Fluß hinunter mitgerissen wird, kann Ihnen kein Mensch helfen. Also sehen Sie sich vor.«

Wir fuhren endlos einen Kiesweg entlang, der voller Schlaglöcher war. Der Regen zischte vom Himmel herab. Hin und wieder blitzte es.

Wir durchquerten mehrere kleine Bäche, die durch Vertiefungen im Weg liefen. Genau achtzehn Kilometer von Centerville entfernt kamen wir an den Fluß. Braun und langsam wälzte er sich im Licht der Scheinwerfer über die Straße, gesprenkelt vom Regen. Es sah aus, als sei er mindestens dreißig Meter breit.

»Glauben Sie, daß Sie's schaffen, Hank?«

»Ich weiß nicht, wie tief das Wasser ist. Ich möchte natürlich nicht den Wagen verlieren.«

»Vielleicht ist's besser, wir waten durch. Ich versuch's mal.«

Ich nahm die Pistole und die Taschenlampe und steckte beides in die Innentaschen meiner Jacke. Dann zog ich Schuhe und Socken und Hose aus und legte sie in den Wagen. Als ich mit Jacke, doch ohne Hose ins Licht der Scheinwerfer trat, lachte Hank laut auf.

Das Wasser war kalt, und der Kies tat meinen Füßen weh. Trotzdem empfand ich ein gewisses Vergnügen, denn ich mußte daran denken, wie ich als Kind an der Hand meines Vaters am Strand von Long Beach durchs Wasser gewatet war.

Jetzt hätte ich eine Hand zum Festhalten brauchen können. Obwohl das Wasser nie höher als bis an meine Schenkel reichte, zerrte es an meinen Beinen, und ich konnte nur mühsam gehen. An der tiefsten Stelle, in der Mitte des Flusses, mußte ich die Beine spreizen und mich dagegenstemmen. Es war, als ziehe mich eine zweite Schwerkraft im rechten Winkel zur ersten.

Als ich die Mitte hinter mir hatte, blieb ich einen Moment stehen, um mich auszuruhen und mich zu orientieren. Als ich zum andern Ufer hinüberschaute, sah ich neben der Straße ein graues Bündel. Ich ging weiter. Es war ein Mann oder die Leiche eines Mannes, in einem grauen Anzug. Ich watete auf ihn zu und holte die Taschenlampe hervor.

Es war Hackett; er lag mit dem Gesicht nach oben im Regen. Sein Gesicht war so zerschlagen, daß ich ihn kaum erkannte. Seine Kleider waren von Wasser durchtränkt. In seinem Haar war Schlamm.

Als ich ihn mit der Taschenlampe anleuchtete, versuchte er sich aufzurichten. Ich kniete nieder, legte meinen Arm um seine Schultern und stützte ihn.

»Ich bin Archer. Erinnern Sie sich an mich?«

Er nickte. Sein Kopf sank an meine Brust.

»Können Sie sprechen?«

»Ja, Archer.« Seine Stimme klang dumpf, als hätte er Blut im Mund, und er sprach so leise, daß ich mich vorbeugen mußte, um ihn zu verstehen.

»Wo ist Davy Spanner?«

»Abgehauen. Er hat den andern erschossen und ist abgehauen.«

»Er hat Jack Fleischer erschossen?«

»Wie er heißt, weiß ich nicht. Ein älterer Mann. Spanner hat ihn in den Kopf geschossen. Es war schrecklich.«

»Wer hat Sie geschlagen, Mr. Hackett?«

»Spanner. Er hat mich bewußtlos geschlagen und liegengelassen. Wahrscheinlich dachte er, ich sei tot. Durch den Regen bin ich zu mir gekommen. Ich hab' mich bis hierher geschleppt. Dann bin ich zusammengeklappt.«

Hank rief vom andern Ufer aus nach mir. Die Scheinwerfer des Kombi blinkten. Ich rief ihm zu, er solle sie abschalten, und bat Hackett, einen Moment zu warten.

»Sie wollen mich doch nicht hier liegen lassen«, sagte er entsetzt.

»Nur ein paar Minuten. Wir versuchen, mit dem Kombi durch den Fluß zu fahren. Wenn Spanner fort ist, brauchen Sie ja keine Angst zu haben.«

»Er ist fort. Gott sei Dank.«

Was Hackett erlebt hatte, schien ihm seine Arroganz

genommen zu haben. Ich empfand eine Sympathie für ihn, die ich vorher nicht verspürt hatte, und breitete meine Jacke über ihn.

Mit der Taschenlampe in der einen Hand und der Pistole in der andern watete ich durch den Fluß zurück. Plötzlich fiel mir Fleischers Wagen ein. Wenn er tot war, konnte ich ihn ja benützen.

»Wo ist Fleischers Wagen?« fragte ich, als ich wieder zu Hackett kam.

»Ich glaube, ich habe einen Wagen neben der Scheune gesehen.«

Er deutete zitternd nach rechts.

Ich ging etwa hundert Meter die Straße hinauf und kam zu einem nach rechts abzweigenden Weg. Der jetzige und der frühere Regen hatten die Erde davon weggespült, und er bestand aus nacktem Fels. Voll Furcht, was ich an seinem Ende finden würde, ging ich den Weg hinauf.

Der erste Bau, zu dem ich kam, war die Scheune. Sie war schief und alt und hatte große Löcher in den Wänden. Ich ließ den Strahl meiner Taschenlampe darüberwandern. Eine Eule flattert aus einem der Löcher: ein leeres, flaches, merkwürdig menschliches Gesicht, das lautlos durch den Lichtstrahl huschte. Ich zuckte zusammen, als sei es Jack Fleischers Geist.

Sein Wagen stand unterhalb der Scheune. Er war unversperrt, und im Zündschloß steckte kein Schlüssel.

Also hatte Fleischer den Schlüssel wahrscheinlich in seiner Tasche. Ich gab mein Vorhaben, seinen Wagen zu benützen, beinahe auf. Doch dann zwang ich mich, hinauf zum Haus zu gehen.

Abgesehen von einem kleinen Seitenteil mit flachem Dach, war von dem Haus nichts mehr übrig als die alten Grundmauern. An dem Teil, der noch stand, flatterte zerrissene Dachpappe im Wind, und die Tür hing schief in den Angeln.

Jack Fleischer lag drinnen auf dem nassen Zementboden; der allgemeine Verfall schien auf ihn übergegriffen zu haben, und im Schein der Taschenlampe sahen sein Gesicht und sein Kopf aus wie teilweise weggerostet. Vom lecken Dach tropfte Wasser auf ihn.

Als ich Fleischers Taschen durchsuchte, spürte ich, daß sein Körper noch warm war. Die Wagenschlüssel waren in seiner Hose, und in der Brusttasche seiner Jacke steckten die Dokumente, die er bei Acme in San Francisco hatte kopieren lassen. Ich nahm mir von jedem eine Kopie.

Bevor ich die Hütte verließ, leuchtete ich sie noch einmal mit der Taschenlampe ab und sah mich um. In der einen Ecke stand ein eingebautes zweistöckiges Holzbett. Auf der unteren Koje lag ein Schlafsack. Der einzige andere Einrichtungsgegenstand war ein aus einem Holzfaß gebastelter Stuhl. Daneben lag ein Haufen zusammengeringeltes, verschlungenes Heftpflaster.

Auf dem Fußboden neben dem Bett lagen ein paar Zigarettenstummel.

Ich ließ Fleischer für die Polizei so liegen, wie er lag, und stapfte den schlammigen Abhang hinunter zu seinem Wagen. Der Motor sprang sofort an. Ich fuhr im ersten Gang den von Furchen durchzogenen Weg zur Straße hinunter und zurück zu der Stelle, wo Hackett wartete. Er saß vorgebeugt da, den Kopf auf den Knien.

Ich half ihm hoch, schleppte ihn zum Wagen und zwängte ihn auf den Vordersitz. Hank rief vom andern Ufer herüber:

»Lassen Sie's lieber, Lew. Es ist zu tief.«

Ich mußte es versuchen. Ich konnte Hackett nicht zurücklassen, und ihn hinüberzutragen, traute ich mich nicht. Wenn ich ausrutschte, würde ihn der Fluß mitreißen, und alles war umsonst gewesen.

Langsam ließ ich den Wagen ins Wasser gleiten und steuerte in der Hoffnung, daß die Straße keine Kurven hatte, auf Hank Langstons Scheinwerfer zu. In der Mitte des Flusses schien es einen schrecklichen Moment lang, als packe der Fluß den Wagen. Er rutschte ein Stück zur Seite und blieb dann an einer Erhöhung der unsichtbaren Straße hängen.

Aber danach erreichten wir ohne weitere Schwierigkeiten das andere Ufer. Langston und ich nahmen Hackett zwischen uns und schleppten ihn zum Kombi und setzten ihn auf den Rücksitz. Ich zog meine Hose und meine Jacke an und wickelte Hackett in eine Wagendecke. Zum Glück hatte der Kombi eine gute Heizung.

Ich sperrte die Türen von Fleischers Wagen zu und ließ ihn auf der Straße stehen. Dann ging ich noch einmal zurück und durchsuchte den Kofferraum. Keine Tonbänder. Ich schmetterte den Kofferraumdeckel zu. Langsam fuhren wir die achtzehn Kilometer nach Centerville zurück.

Wir waren ungefähr zwei Stunden weg gewesen, doch in Al Simmons Lokal brannte immer noch Licht. Gähnend trat er vor die Tür. Er sah aus, als hätte er in seinen Kleidern geschlafen.

»Haben Sie's tatsächlich geschafft?«

»Wir ja. Jack Fleischer nicht. Er ist erschossen worden, der halbe Kopf mit einer abgesägten Schrotflinte weggepustet.«

»Auf der Krug-Ranch?«

»Genau.«

»Wissen Sie was? Ich hab' mir schon immer gedacht, er wird dort mal ein böses Ende finden.«

Ich nahm mir nicht die Zeit, zu fragen, was er meinte. Er zeigte mir das Telefon hinter der Theke und sagte mir die Nummer des Sheriffbüros in Rodeo City. Der diensthabende Beamte war ein Hilfssheriff Pennell. Ich sagte ihm, Jack Fleischer sei erschossen worden.

»Jack?« sagte er erschrocken. »Aber ich hab' doch erst vor ein paar Stunden mit Jack gesprochen. Er war am Abend hier.«

»Was hat er gesagt?«

»Daß er zur alten Krug-Ranch will. Was er dort vorhatte, wollte er mir nicht verraten. Er sagte aber, wenn er bis zum Morgen nicht zurückkäme, sollte ich mit ein paar Männern hinaufschauen.«

»Das sollten Sie sofort tun. Warten Sie nicht bis morgen früh.«

»Unmöglich. Ich hab' kein Auto. Mein Wagen ist kaputt, und ich krieg' erst im Januar vom Distrikt einen neuen bewilligt.« Pennell wirkte verwirrt und aufgeregt. »Ich muß einen aus Santa Teresa anfordern.«

»Und was ist mit einem Krankenwagen?«

»Den müssen sie auch von Santa Teresa schicken. Aber wenn Jack tot ist – wozu braucht er dann einen Krankenwagen?«

»Es sind ja nicht alle tot. Ich habe einen Verletzten bei mir.« Ich nannte Hacketts Namen nicht, denn ich hoffte, ihn heimbringen zu können, bevor sich die Nachricht verbreitete. »Ich bringe ihn nach Rodeo City zu Ihrem Büro. Sehen Sie zu, daß der Streifenwagen und der Krankenwagen bis dahin da sind.«

Al Simmons saß an der Theke und hörte zu. Als ich auflegte, sagte er nachdenklich:

»Komisch, wie das Leben so spielt. Jack hatte über fünfzehn Jahre diesen Posten in Rodeo. Rory Pennell war sein Kollege.«

»Was hatte Jack Fleischer mit der Krug-Ranch zu tun?«

»Es ist mir gar nicht angenehm, das zu sagen.« Doch das Verlangen, seine Geschichte loszuwerden, ließ seine Augen glänzen. »Wo Jack doch tot ist und so, und wo er doch verheiratet ist – oder besser war. Ich möchte nicht, daß Mrs. Fleischer davon erfährt.«

»Eine andere Frau?«

»Ja. Jack hatte seine guten Seiten, ganz bestimmt, aber er war immer ein großer Schürzenjäger. Anfang der fünfziger Jahre war er hinter der Frau her, die auf der Krug-Ranch lebte. Und ich glaube, er hat sie auch gekriegt«, sagte Simmons mit leisem Grinsen. »Er holte oft eine Kiste Bier bei mir und fuhr dann rauf und verbrachte die Nacht bei ihr. Offen gesagt, ich kann's verstehen. Laurel Blevins war ein hübsches Ding.«

»Und was hat ihr Mann dazu gesagt?«

»Ich glaub' kaum, daß er davon wußte. Blevins war die meiste Zeit nicht daheim. Er hat alles Fleisch, das sie brauchten, selbst geschossen. Und wenn er nicht auf der Jagd war, ist er in den Bergen rumgezogen – mit so einem Malerdings.«

»Einer Staffelei?«

»Ja. Er hat sich eingebildet, ein Künstler oder so was zu sein. Dabei haben er und seine Frau und der kleine Junge wie Zigeuner auf der alten, halbabgebrannten Ranch gehaust. Man kann's der Frau nicht verübeln, daß sie sich mit Jack einließ. Er war damals vor fünfzehn Jahren ein gutaussehender Bursche und hatte immer eine Menge Geld von den Rodeohäusern. Als Blevins sie verließ, brachte er die Frau bei Mamie Hagedorn unter. Das hat mir Mamie Hagedorn selbst erzählt.«

»Und was wurde aus Blevins?«

»Der ist weitergezogen. Der war ein geborener Versager.«

»Und aus dem kleinen Jungen?«

»Keine Ahnung. Der ist irgendwie verschollen.«

Wäre er doch bloß verschollen geblieben, dachte ich, statt zurückzukommen und sich für vergangene Dinge zu rächen, an denen sich auch mit einem Gewehr nichts ändern ließ.

Ich fragte Al Simmons nach Davy, und Simmons erinnerte sich an ihn. Zumindest hatte er einen Mann oder Jungen früh am letzten Morgen mit einem grünen Wagen in Richtung Ranch fahren sehen. Nein, er hatte ihn weder gesehen noch gehört in der vergangenen Nacht.

»Gibt's noch einen andern Weg?«

»Nur den Paß im Nordwesten. Aber für den

braucht man einen Wagen mit Vierradantrieb, vor allem bei solchem Wetter.«

Langston hupte draußen, doch etwas mußte ich noch erledigen. Ich rief daheim bei Hackett an, ließ Ruth Marburg an den Apparat holen und sagte ihr, daß ich ihren Sohn heimbrächte.

Sie brach in Tränen aus. Als sie anfing, Fragen zu stellen, unterbrach ich sie. Ich sagte ihr, daß wir mit einem Krankenwagen kämen. Hackett scheine zwar nicht ernstlich verletzt zu sein, doch er wäre erschöpft und es bestünde die Gefahr einer Unterkühlung. Sie solle dafür sorgen, daß ein Arzt da sei, wenn wir kämen.

Gegen sechs Uhr morgens, sagte ich, würden wir da sein.

23

Hilfssheriff Rory Pennell war ein hagerer Mann um die Vierzig mit einem großen kastanienbraunen Schnurrbart. Er stotterte ziemlich stark, und Jack Fleischers Tod hatte das Stottern offenbar noch verschlimmert. Er schien völlig mit den Nerven fertig. Während wir sprachen, griff er immer wieder nach dem Revolver, den er an der Hüfte trug.

Ich wäre gern länger in Rodeo City geblieben, um mit Pennell und Mamie Hagedorn und anderen Leuten zu sprechen, die mir möglicherweise helfen konnten, die Vergangenheit zu rekonstruieren. Allmählich gewann ich den Eindruck, daß Jack Fleischer tief in Jasper Blevins' Tod verstrickt war. Doch das war eine ziemlich akademische Frage, die im Moment warten mußte. Das wichtigste war jetzt, Stephen Hackett nach Hause zu bringen.

Die beiden Männer vom Sheriffbüro in Santa Teresa hätten ihn am liebsten eskortiert. Es war ein relativ ungefährlicher und einfacher Job von großem Publicitywert. Ich erinnerte sie daran, daß oben auf der Krug-Ranch Jack Fleischers Leiche lag. Und irgendwo nördlich davon in den Bergen steckte vermutlich der Junge, der ihn umgebracht hatte, im Schlamm fest.

Ich verabschiedete mich von Hank und fuhr, neben Hacketts Bahre auf dem Boden sitzend, mit dem Krankenwagen südwärts. Er fühlte sich bereits besser. Sein Gesicht war provisorisch verarztet worden, und er hatte eine Tasse Fleischbrühe durch einen Strohhalm getrunken. Ich stellte ihm ein paar der wichtigsten Fragen.

»Hat Sandy Sebastian Lupe niedergeschlagen?«

»Ja. Mit einem Schraubenschlüssel.«

»War sie auch Ihnen gegenüber gewalttätig?«

»Nicht direkt. Sie hat mich mit Heftpflaster gefesselt, während der Junge mir das Gewehr vor die Nase hielt. Sie hat meine Hand- und Fußgelenke umwickelt und mir den Mund zugeklebt. Und auch die Augen.« Er hob die Hand von der Decke und fuhr sich über die Augen. »Dann haben sie mich in den Kofferraum ihres Wagens gelegt. Es war schrecklich da drinnen.« Er hob den Kopf. »Wann hat das Ganze eigentlich angefangen?«

»Vor etwa sechsunddreißig Stunden. Hatte sie irgendeinen besonderen Grund, auf Sie wütend zu sein?«

»Offenbar«, sagte er langsam. »Aber ich weiß nicht, was für einen.«

»Und der Junge?«

»Den hatte ich noch nie zuvor gesehen. Er hat sich wie ein Irrer benommen.«

»Wie meinen Sie das?«

»Er wußte anscheinend überhaupt nicht, was er tat. Einmal hat er mich auf ein Eisenbahngleis gelegt. Ich weiß, das klingt reichlich melodramatisch. Aber er hatte ganz eindeutig die Absicht, mich umzubringen – mich von einem Zug überfahren zu lassen. Da rannte das Mädchen plötzlich weg, und er überlegte sich's anders. Er brachte mich zu diesem – diesem Haus und hielt mich dort gefangen.

Den größten Teil des Tages – gestern? – hat er mich ganz gut behandelt. Er nahm mir das Heftpflaster ab und erlaubte mir, ein bißchen herumzugehen. Er gab mir Wasser zu trinken, und etwas Brot und Käse. Die Schrotflinte hatte er natürlich immer bereitliegen. Er lag auf dem Bett und zielte damit auf mich. Ich saß auf dem Stuhl. Ich bin normalerweise kein Feigling, aber nach einer Weile war ich doch ziemlich mit den Nerven fertig. Ich hatte keine Ahnung, was er vorhatte.«

»Hat er was von Geld gesagt, Mr. Hackett?«

»Nein. Aber ich habe ihm einen Haufen Geld angeboten. Er wollte keins.«

»Und was wollte er?«

Es dauerte lange, bis Hackett antwortete. »Das wußte er wohl selbst nicht. Er schien wie in einem Traum zu handeln. Am Abend rauchte er Marihuana und wurde immer verträumter. Er schien auf eine Art mystisches Erlebnis zu warten. Und ich sollte das Brandopfer sein.«

»Hat er das gesagt?«

»Nicht direkt, nur zum Spaß. Er meinte, wir sollten beide ein Musikduo gründen. Er schlug verschiedene Namen dafür vor, unter anderem ›Das Menschenopfer‹.« Seine Stimme wurde leise. »Es war kein Scherz. Ich bin sicher, er wollte mich umbringen und vorher so lange wie möglich quälen.«

»Warum?«

»Ich bin kein Psychologe, aber er schien in mir eine

Art Ersatzvater zu sehen. Am Schluß, als er ziemlich ›high‹ war, nannte er mich dauernd Dad. Ich weiß nicht, wer sein wirklicher Vater ist oder war, aber er muß ihn sehr gehaßt haben.«

»Sein Vater wurde von einem Zug überfahren, als er drei Jahre alt war. Er war dabei.«

»Großer Gott!« Hackett setzte sich halb auf. »Das erklärt ja einiges, oder?«

»Hat er von seinem Vater gesprochen?«

»Nein. Ich hab' ihn nicht zum Reden ermuntert. Schließlich ist er eingeschlafen. Ich wollte eben auf ihn losgehen, als dieser andere Bursche – Fleischer? – reinkam. Anscheinend dachte er, es sei niemand da. Der Junge knallte beide Läufe auf ihn ab. Er hatte nicht die mindeste Chance. Ich rannte hinaus. Der Junge lief mir nach und schlug mich bewußtlos.«

Er sank auf die Bahre zurück und hob abwehrend beide Arme, als schlage Davy wieder auf sein Gesicht ein. Während der weiteren Fahrt schwiegen wir. Hacketts hastiger, rasselnder Atem wurde langsamer und ging langsam in den ruhigen Rhythmus des Schlafes über.

Ich breitete eine Decke auf den Boden und schlief auch, während die Erde sich dem Morgen zudrehte. Als ich aufwachte, fühlte ich mich frisch und gut. Stephen Hackett und ich waren lebendig zurückgekehrt. Doch er war noch voll Angst. Er stöhnte im Schlaf.

Hinter den Malibu-Bergen ging rot die Sonne auf. In West Malibu hielt der Krankenwagen neben einem Schild mit der Aufschrift PRIVATBESITZ – BETRETEN VERBOTEN. Der Fahrer wußte nicht, wie er weiterfahren sollte, und blickte gestikulierend durchs Fenster.

Ich setzte mich zu ihm nach vorn, der andere Wärter nach hinten zu Hackett. Wir fuhren bis zu der Abzweigung nach links und zwischen den Bergen hinauf zum Tor des Hackett-Grundstücks.

Es war ein paar Minuten nach sechs. Oben auf dem Paß schlugen uns die grellen Strahlen der Morgensonne entgegen wie eine Lawine aus Licht.

Ruth Marburg und Gerda Hackett traten aus dem Haus. Ruths Augen waren trübe, ihr Gesicht müde, doch sie strahlte vor Freude. Sie lief auf mich zu und drückte meine Hände und dankte mir. Dann ging sie zu ihrem Sohn, der von den Wärtern aus dem Wagen gehoben wurde. Sie beugte sich über ihn und umarmte ihn weinend.

Gerda Hackett trat hinter sie. Sie blickte ein wenig pikiert drein, als sei ihr Ruths Gefühlsausbruch peinlich. Doch dann umarmte auch sie ihn, während Sidney Marburg und Dr. Converse dastanden und zusahen.

Es war noch ein dritter Mann da; ein Bursche um die Vierzig mit breiten Schultern und einem offenen, ernsten Gesicht. Er machte den Eindruck, als ob er im

Dienst sei. Als Hackett darauf bestand, ins Haus zu gehen, statt getragen zu werden, und schwankend aufstand, stützte ihn der Mann mit den breiten Schultern. Dr. Converse folgte ihnen mit hilfloser Miene.

Ruth Marburg überraschte mich. Ich hatte das Geld, das sie mir versprochen hatte, inzwischen ganz vergessen. Sie nicht. Ohne daß ich sie daran erinnern mußte, führte sie mich in die Bibliothek und stellte mir einen Scheck aus.

»Ich habe ihn eine Woche vordatiert.« Sie stand auf und schwenkte den Scheck hin und her, damit die Tinte trocknete. »Ich hab' nicht soviel auf der Bank. Ich muß ein paar Aktien verkaufen.«

»Es hat keine Eile.«

Sie gab mir den kleinen gelben Zettel. Es stand der Betrag darauf, den sie mir versprochen hatte.

»Sie sind eine ungewöhnliche reiche Frau«, sagte ich. »Die meisten machen wegen jedes Cents ein Riesengezeter.«

»Ich bin nicht immer reich gewesen. Heute habe ich mehr Geld, als ich ausgeben kann.«

»Das habe ich jetzt auch.«

»Freuen Sie sich nicht zu früh. Hundert Tausender sind heutzutage gar nichts. Die Hälfte davon wird Ihnen Onkel Sam wegnehmen. Wenn ich Ihnen einen Rat geben darf – legen Sie den Rest in Grundbesitz an und lassen Sie ihn wachsen.«

Ich hatte das dunkle Gefühl, daß ich das nicht tun würde. Ich steckte den Scheck in meine Brieftasche. Er erfüllte mich mit einer Erregung, die mir nicht gefiel. Unter der Erregung war eine leise Bedrücktheit, als ob ich dem Scheck gehörte und nicht er mir.

Ruth Marburg streckte die Hand aus und strich über meine Wange. Es war kein Annäherungsversuch, sondern eine Geste der Besitzergreifung. »Sind Sie nicht zufrieden, Lew? Ich darf Sie doch Lew nennen?«

»Aber ja.«

»Sie sehen gar nicht zufrieden aus. Sie haben doch allen Grund dazu. Sie haben eine hervorragende Leistung vollbracht. Ich werde Ihnen ewig dankbar sein – wir alle.«

»Schon gut.« Doch ich fühlte mich gar nicht gut. Auch ihre ständigen Dankesbezeigungen waren eine verhüllte Form der Besitzergreifung.

»Wie um alles auf der Welt haben Sie das bloß geschafft?« sagte sie.

Ich erzählte ihr in aller Kürze, wie mich eine Spur zur andern geführt hatte – von Fleischer zu Albert Blevins und Alma Krug und zu der Hütte, in der ihr Sohn gefangengehalten worden war, und was ich dort gesehen hatte.

»Es muß eine furchtbare Nacht für Sie gewesen sein. Sie sind sicher völlig erschöpft.« Wieder strich sie über meine Wange.

»Bitte tun Sie das nicht.«

Sie zog die Hand zurück, als hätte ich versucht, hineinzubeißen. »Was haben Sie denn?«

»Sie haben mit diesem Scheck Ihren Sohn gekauft. Nicht mich.«

»Aber ich will doch gar nichts von Ihnen. Das war doch nur eine freundliche Geste. Herrgott, ich bin alt genug, um Ihre Mutter sein zu können.«

»Daß ich nicht lache.«

Sie beschloß, dies als Kompliment zu betrachten, und es besänftigte ihre verletzten Gefühle. »Sie sind sicher furchtbar müde, was, Lew? Wahrscheinlich haben Sie kaum geschlafen?«

»Nicht viel.«

»Wissen Sie was? Wie wär's, wenn Sie sich jetzt hinlegen und ein bißchen schlafen würden? Stephen und Gerda haben genug Platz.«

Die Einladung klang so verlockend, daß ich gähnte; ich sehnte mich nach Schlaf wie ein Süchtiger nach einer Spritze. Doch ich sagte ihr, daß mir mein eigenes Bett lieber wäre.

»Ihre Freiheit geht Ihnen über alles, wie?«

Ich nickte.

»Mir auch. Ich wünschte nur, Sidney wäre auch ein bißchen selbständiger.«

Es klang, als spreche eine Mutter von ihrem zurückgebliebenen kleinen Jungen.

»Da Sie gerade Sidney erwähnen – ob er mich wohl zu meinem Wagen fahren kann? Er steht drüben im Tal.«

»Natürlich. Ich werd's ihm sagen. Aber bevor Sie gehen, möchte Sie noch Mr. Thorndike sprechen«, sagte sie.

Sie ging hinaus und holte den Mann mit den breiten Schultern. Thorndike stellte sich als Spezialagent des F.B.I. vor. Ruth ließ uns in der Bibliothek allein, und Thorndike verhörte mich. Meine Aussage nahm er mit einem tragbaren Tonbandgerät auf.

»Ich möchte Sie nicht kritisieren«, sagte er, »denn es hat ja alles geklappt. Aber es war doch eine ziemliche Wahnsinnsidee, sich allein mit einem Kidnapper einzulassen – nur mit einem Schulpsychologen als Helfer. Es hätte Ihnen leicht ebenso ergehen können wie Fleischer.«

»Das weiß ich. Aber Davy ist kein gewöhnlicher Kidnapper. Ich glaube nicht, daß er Langston erschossen hätte.«

»Wie wollen Sie das wissen? Er hatte doch gar keine Gelegenheit dazu.«

Thorndike benahm sich ein wenig überheblich, wie ein Lehrer, der einen nicht sehr gescheiten Schüler prüft. Es machte mir nichts aus. Ich hatte Hackett zurückgebracht. Nicht er.

24

Captain Aubrey vom Sheriffbüro traf ein, und Thorndike ging hinaus, um mit ihm zu sprechen. Ich machte die Tür der Bibliothek hinter ihm zu und verriegelte sie. Dann holte ich die Fotokopien hervor, die ich Jack Fleischer abgenommen hatte, legte sie auf einen Tisch am Fenster und zog die Vorhänge auf. In der Kopie der Geburtsurkunde stand, daß Henrietta R. Krug am 17. Oktober 1910 als Tochter von Joseph und Alma Krug in Santa Teresa County geboren worden war. Unterzeichnet war sie von Dr. med. Richard Harlock, Rodeo City.

Die andere Fotokopie war interessanter. Es war ein Teil der Titelseite des *Santa Teresa Star* vom 28. Mai 1952. Unter der Schlagzeile »Mord an Ölmagnat noch immer unaufgeklärt« und dem Untertitel »Fahndung nach Jugendlichenbande« stand folgender kurzer Artikel:

»Die Polizei stellt immer noch Ermittlungen über die Ermordung Mark Hacketts an, des bekannten Bürgers von Malibu und texanischen Ölmillionärs, der am 24. Mai am Strand erschossen wurde. Wie uns Hilfssheriff Robert Aubrey vom Sheriffbüro Malibu mitteilt, wurde über ein Dutzend Verdächtiger festgenommen und wieder entlassen. Eine Bande von Motorradfahrern, die angeblich in der Nacht des 24. Mai in der Gegend von Malibu gesehen wurde, wird zwecks Einvernahme gesucht.

Hackett wurde erschossen, als er am Abend des 24. Mai am Strand spazierenging. Seine Brieftasche wurde entwendet. Die Polizei konnte einen Revolver sicherstellen, der als Mordwaffe identifiziert wurde. Der Tote hinterläßt seine Gattin und seinen Sohn Stephen.«

Auf der gleichen Seite stand unter der Überschrift »Wieder tödlicher Eisenbahnunfall« ein zweiter Artikel:

»Rodeo City (von unserem Sonderkorrespondenten). Schwarzfahrten mit der Eisenbahn, die billigste Art zu reisen, fordern immer wieder Menschenleben. In den vergangenen Jahren kam es auf der einsamen Strecke südlich Rodeo City zu mehreren tödlichen Unfällen, bei denen die Opfer Kopf, Arme oder Beine verloren oder auf andere Weise verstümmelt wurden.

Das letzte Opfer eines derartigen Unfalls, des zweiten tödlichen in diesem Jahr, wurde heute am frühen Morgen von Hilfssheriff Jack Fleischer vom Sheriffbüro Rodeo City gefunden. Der Tote, ein Mann von etwa Mitte Zwanzig, hatte keinen Ausweis bei sich. Sein Kopf war vom Körper abgetrennt.

Laut Hilfssheriff Fleischer lassen die Kleider des

Mannes darauf schließen, daß es sich um einen Wanderarbeiter handelt. Da er über zwanzig Dollar in der Tasche hatte, ist eine Gewalttat auszuschließen.

Hilfssheriff Fleischer teilte unserem Reporter einen erschütternden Aspekt des Unfalls mit. Der Mann befand sich in Begleitung eines etwa drei Jahre alten Jungen, der vermutlich die Nacht neben der Leiche seines Vaters verbracht hat. Das Kind wurde bis zum Abschluß der Ermittlungen im örtlichen Waisenhaus untergebracht.«

Dieser Artikel bestätigte nicht nur, was ich bereits wußte – er legte die Vermutung nahe, daß Fleischer die Angelegenheit vertuscht hatte. Er mußte gewußt haben, wer der Tote war; möglicherweise hatte er den Ausweis beseitigt. Das Geld in der Tasche des Toten schloß die Möglichkeit, daß es sich um einen Mord handelte, nicht aus; auch nicht die Möglichkeit, daß Fleischer ihn selbst begangen hatte.

Diese zwei Todesfälle im Abstand von zwei oder drei Tagen erschienen mir äußerst merkwürdig. Es konnte natürlich ein Zufall gewesen sein, doch Fleischer war offenbar nicht dieser Ansicht gewesen. Außerdem schien es höchst wahrscheinlich, daß Captain Aubrey jener Hilfssheriff Aubrey war, der vor fünfzehn Jahren die Ermittlungen im Mordfall Mark Hackett angestellt hatte.

Ich fand Captain Aubrey mit Thorndike und

Dr. Converse im Wohnzimmer. Der Doktor erklärte ihnen eben, daß Hacketts Verletzungen nicht schwer seien; er habe jedoch einen ziemlichen Schock erlitten und brauche erst etwas Ruhe, bevor er weiter verhört werden könne. Die Polizisten widersprachen nicht.

Als Converse fertig war, zog ich ihn ins Nebenzimmer, außer Hörweite.

»Was wollen Sie denn schon wieder?« fragte er gereizt.

»Sie noch mal nach Sandy Sebastian fragen. Weshalb haben Sie sie letzten Sommer behandelt?«

»Das kann ich Ihnen ohne Erlaubnis der Patientin unmöglich sagen. Es wäre ein schwerer Verstoß gegen mein Berufsethos.« Converse schwieg einen Moment und zog die Augenbrauen hoch. »Haben Sie Dr. Jeffrey gestern abend veranlaßt, mich anzurufen?«

»Nicht direkt. Ich habe ihm nur die gleiche Frage gestellt wie Ihnen.«

»Ich kann keine Auskunft darüber geben – weder ihm noch Ihnen«, sagte Converse schroff. »Das Mädchen steckt schon so in genug Schwierigkeiten.«

»Aus denen versuche ich sie ja gerade herauszuholen.«

»Mit ziemlich merkwürdigen Methoden, finden Sie nicht?«

Ich versuchte ihn zu überrumpeln: »Hat sie letzten Sommer irgendwelche Drogen genommen oder so was?«

»Ich verweigere jede Auskunft.« Doch seine wachsamen Augen zwinkerten auf eine Weise, die »Ja« bedeutete.

»Psychedelische Drogen?«

Seine Neugier besiegte seine ethischen Bedenken. »Wie kommen Sie auf die Idee?«

»Angeblich hatte sie Selbstmordabsichten. Ein schlechter Trip mit LSD kann manchmal dazu führen. Das wissen Sie doch, oder?«

»Natürlich.«

»Möchten Sie sich nicht setzen und mit mir darüber reden?«

»Ich denke nicht daran. Ich habe nicht das Recht, über die Privatangelegenheiten meiner Patienten zu sprechen.«

»Von Privatangelegenheiten kann in Sandys Fall wohl kaum noch die Rede sein. Und vergessen Sie nicht, daß ich ihr helfen will.«

Converse schüttelte den Kopf. »Sie müssen mich jetzt leider entschuldigen. Ich muß im Krankenhaus Visite machen.«

»Wie geht's Lupe?«

»Er hat sich ganz gut erholt.«

»Ist Lupe vielleicht zufällig süchtig?«

»Woher, zum Teufel, soll ich das wissen?«

Converse wandte sich abrupt ab und ging.

Captain Aubrey erwartete mich im Wohnzimmer.

Thorndike hatte ihn über meinen Bericht informiert, doch er hatte noch ein paar Fragen.

»Sie haben sich von Anfang an ziemlich eingehend mit dieser Sache beschäftigt«, sagte er. »Was glauben Sie, wie das Ganze begonnen hat?«

»Es begann an dem Tag, als Davy Spanner und Sandy Sebastian sich kennenlernten. Sie sind beide seelisch ziemlich gestört.«

»Spanner kenne ich. Er ist ein vorbestrafter Psychopath.« Seine Augen waren kalt und grau. »Man hätte ihn nicht frei herumlaufen lassen dürfen. Zum Glück wird er das nicht mehr lange. Ich habe in Rodeo City angerufen. Sie haben Sandys Wagen nördlich der Ranch gefunden, einen halben Meter tief im Schlamm. Ohne den Wagen wird Spanner nicht weit kommen. Die Polizei von Santa Teresa hofft, ihn noch heute festnehmen zu können.«

»Und dann?«

»Dann ist er dran.« Aubreys Satz traf mich eigentümlich und bekam plötzlich verschiedene Bedeutung. »Er hat einen vorsätzlichen Mord begangen, das reicht. Bei dem Mädchen liegt die Sache nicht so einfach. Erstens ist sie noch minderjährig, zweitens nicht vorbestraft. Außerdem ist sie weggerannt, bevor Spanner Fleischer umbrachte. Zu ihrem Glück.«

»Sandy ist nicht kriminell. Sowie sie sah, daß Spanner ein Verbrechen vorhatte, wollte sie abhauen.«

»Sie haben doch mit ihr gesprochen, nicht? Was ist bloß in sie gefahren?« Aubrey schien ehrlich verstört. »Ich habe selbst eine sechzehnjährige Tochter, ein nettes, anständiges Mädchen. Das war Sandy offenbar auch. Wer garantiert mir, daß meine Tochter nicht eines Tages auf jemanden losgeht und ihm mit einem Schraubenschlüssel den Schädel einschlägt?«

»Ich glaube, daß Sandy Lupe gehaßt hat. Vielleicht liegt darin die Wurzel des Ganzen.«

»Was soll sie denn gegen ihn gehabt haben?«

»Das möchte ich lieber nicht sagen, bevor ich's nicht beweisen kann, Captain.«

Mit rotem Gesicht beugte er sich zu mir vor; offenbar dachte er an seine eigene Tochter. »Hatte er sexuelle Beziehungen mit ihr?«

»Nicht daß ich wüßte. Aber es wird sich sicher bald herausstellen, was zwischen den beiden war. Die Bewährungshelfer werden sie schon richtig in die Zange nehmen.«

Aubrey warf mir einen gereizten Blick zu, stand auf und wollte gehen.

Ich hielt ihn zurück. »Ich hätte gern noch über eine andere Sache mit Ihnen gesprochen. Am besten, wir gehen hinaus zu Ihrem Wagen. Es handelt sich um etwas Privates.«

Er zuckte die Achseln, und wir gingen hinaus. Aubrey klemmte sich hinter das Lenkrad seines Wagens, der kein Polizeizeichen trug, und ich setzte mich neben ihn.

»Sind Sie der Aubrey, der schon mehrere Jahre im Sheriffbüro von Malibu Dienst tut?«

»Ja, natürlich. Deshalb bearbeite ich ja diesen Fall.«

»Soviel ich gehört hab', ist dies nicht das erste schwere Verbrechen, von dem die Familie Hackett betroffen wurde.«

»Stimmt. Der alte Mr. Hackett – Mark hieß er – wurde am Strand erschossen.«

»Haben Sie den Mörder geschnappt?«

»Nein. Solche Raubmordfälle sind sehr schwer aufzuklären.« Es klang, als wolle Aubrey sich entschuldigen. »Der Haken daran ist meistens, daß sich keine Beziehung zwischen dem Täter und dem Opfer nachweisen läßt.«

»Sie sind sicher, daß es ein Raubmord war?«

»Ziemlich. Hacketts Brieftasche wurde gestohlen, und er hatte einen Haufen Geld bei sich. Was, nebenbei bemerkt, reichlich leichtsinnig von ihm war. Er hatte ein kleines Haus am Strand und machte oft nachts allein Spaziergänge dorthin. Irgendwer ist hinter diese Gewohnheit gekommen und hat ihn überfallen.«

»Haben Sie jemanden verhaftet?«

»Wir haben ein Dutzend Verdächtige festgenommen. Aber wir konnten keinem davon die Sache anhängen.«

»Erinnern Sie sich noch an irgendwelche Namen?«

»Nein, dazu ist die Sache zu lange her.«

»Vielleicht sagt Ihnen der Name Jasper Blevins was?«

Er schüttelte den Kopf. »Leider nein. Wer ist Jasper Blevins?«

»Davy Spanners Vater. Laut einer alten Zeitung ist er drei Tage nach dem Mord an Mark Hackett in der Nähe von Rodeo City von einem Zug überfahren worden.«

»So?«

»Ein merkwürdiges Zusammentreffen.«

»Möglich. Ich stoße dauernd auf solche Dinge, die irgendwie zusammenzuhängen scheinen. Manchmal tun sie's wirklich, manchmal nicht.«

»In diesem Fall bestimmt.«

»Sie meinen, es besteht ein Zusammenhang zwischen diesen beiden Verbrechen – Mark Hacketts Ermordung und der Entführung seines Sohnes?«

»Irgendeiner bestimmt. Laut dem Zeitungsartikel haben Sie den Revolver, mit dem Mark Hackett erschossen wurde, sichergestellt.«

Aubrey wandte den Kopf und sah mich prüfend an. »Sie sind ein ganz Gründlicher, was?«

»Haben Sie herausbekommen, wem er gehörte?«

Aubrey zögerte einen Moment. »Das merkwürdige ist«, sagte er schließlich, »daß der Revolver Hackett selbst gehörte – besser gesagt . . .«

»Das läßt auf eine Familienangelegenheit schließen.«

Aubrey nahm seine Hand vom Lenkrad und winkte ab. »Lassen Sie mich doch ausreden. Der Revolver gehörte Hackett insofern, als eine seiner Ölgesellschaften ihn gekauft hatte. Er lag in einer unversperrten Schublade in ihrem Büro in Long Beach. Man paßte nicht richtig darauf auf, und eines Tages, anscheinend einige Zeit vor dem Mord, war er verschwunden.«

»Ein unzufriedener Angestellter?«

»Das haben wir sehr sorgfältig überprüft. Aber wir sind auf nichts Greifbares gestoßen. Der Haken war, daß Hackett ziemlich viele unzufriedene Angestellte hatte. Er war kurz zuvor von Texas hierher gekommen und hatte texanische Methoden eingeführt. Er war bei seinen Leuten sehr unbeliebt. Aber wir konnten keinen Beweis dafür finden, daß einer davon ihn umgebracht hat. Er hatte allein in Long Beach fast fünfhundert Angestellte, und gut die Hälfte davon haßte ihn aus tiefstem Herzen.«

»Wie hieß seine Gesellschaft?«

»Corpus Christi Oil and Gas. Mark Hackett stammte aus Corpus Christi. Er hätte lieber dort bleiben sollen.«

Aubrey stieß mich freundschaftlich an und drehte den Zündschlüssel. Ich ging ins Haus zurück.

25

Gerda Hackett war in der Bildergalerie. In Gedanken versunken stand sie vor einem Gemälde. Es zeigte einen Mann in einem geometrischen Labyrinth, und der Mann und das Labyrinth schienen ineinander verschlungen.

»Interessieren Sie sich für Malerei, Mrs. Hackett?«

»Ja. Vor allem für Klee. Dieses Bild habe ich Mr. Hack– äh, Stephen verkauft.«

»Tatsächlich?«

»Ja. Ich habe in einer Münchner Galerie gearbeitet, einer sehr guten Galerie«, sagte sie voll Heimweh. »Auf diese Weise habe ich meinen Mann kennengelernt. Aber wenn ich noch mal wählen könnte, würde ich in Deutschland bleiben.«

»Warum?«

»Hier gefällt's mir nicht. Hier passieren so schreckliche Dinge.«

»Na, immerhin haben Sie Ihren Mann zurückgekriegt.«

»Ja.« Doch sie schien nicht im mindesten froh darüber. Sie wandte den Kopf und sah mich an. Ein merkwürdiger Glanz war in ihren Augen. »Ich bin Ihnen wirklich sehr dankbar. Sie haben ihm das Leben gerettet. Vielen Dank«, sagte sie auf deutsch.

Sie zog meinen Kopf herab und küßte mich, eine Geste, die völlig unerwartet kam, vielleicht auch für sie. Zuerst mag es nur ein Dankeskuß gewesen sein, doch dann wurde etwas Tieferes daraus. Sie drückte sich an mich. Ihre Zunge schob sich in meinen Mund wie ein blinder Wurm, der ein Heim sucht.

So sehr mochte ich die Frau nun wieder nicht. Ich packte sie an den Armen und machte mich los. Sie fühlte sich an wie eine schlaffe Puppe.

»Gefalle ich Ihnen nicht?« sagte sie. »Bin ich nicht hübsch?«

»Sie sind sehr hübsch«, sagte ich, ein wenig übertreibend. »Das Dumme ist nur, daß ich für Ihren Mann arbeite und daß dies sein Haus ist.«

»Ihm wär' das doch ganz egal!« Der merkwürdige Glanz in ihren Augen wurde zu einem zornigen Funkeln. »Wissen Sie, was die beiden machen? Sie sitzt bei ihm auf dem Bett und füttert ihn mit weichgekochten Eiern.«

»Ist das nicht reichlich harmlos?«

»Das ist kein Witz! Sie ist seine Mutter. Er hat einen Ödipuskomplex, und sie bestärkt ihn noch darin.«

»Wer hat Ihnen das gesagt?«

»Das seh' ich doch mit meinen eigenen Augen. Sie ist die mütterliche Verführerin. Die weichen Eier sind Symbole. Alles ist symbolisch!«

Gerda war völlig außer sich und den Tränen nahe. Sie war eine jener Frauen, die leicht zusammenklappen, als stünde die Fassade, die sie der Umwelt zeigen, auf wackligen Fundamenten. Sie würde ihrer Schwiegermutter nie gewachsen sein.

Doch das war nicht mein Problem. Ich wechselte das Thema: »Soviel ich gehört habe, sind Sie mit Sandy Sebastian befreundet.«

»Jetzt nicht mehr. Ich habe ihr ein bißchen Sprachunterricht gegeben. Doch sie hat sich als reichlich undankbar erwiesen.«

»War sie öfter mit Lupe zusammen?«

»Mit Lupe? Warum fragen Sie das?«

»Weil es von Bedeutung sein könnte. Hat sie ihn oft gesehen?«

»Auf keinen Fall so, wie Sie denken. Er hat sie manchmal von zu Hause abgeholt und wieder heimgefahren.«

»Wie oft?«

»Ziemlich oft. Aber Lupe interessiert sich nicht für Mädchen.«

»Woher wissen Sie das?«

»So was merkt man doch.« Sie wurde rot.

»Ich würde mir gern mal Lupes Zimmer ansehen.«

»Weshalb?«

»Das kann ich Ihnen nicht sagen. Ist sein Zimmer hier im Haus?«

»Nein, er wohnt über der Hauptgarage. Ich weiß nicht, ob sein Zimmer offen ist. Warten Sie, ich hole unseren Schlüssel.«

Sie verschwand für ein paar Minuten. Ich sah mir inzwischen den Klee an. Allmählich kam ich hinter den Sinn des Bildes. Der Mann war in dem Labyrinth; das Labyrinth war in dem Mann.

Gerda Hackett kam mit einem Schlüssel zurück, an dem ein kleines Schild mit der Aufschrift »Garagenwohnung« hing. Ich ging zur Garage hinaus und sperrte Lupes Tür auf.

Die Wohnung bestand aus einem großen Zimmer und einer Kochnische. Die Möbel waren mit grellbunten mexikanischen Stoffen bezogen, und überall standen mexikanische Keramikgegenstände. Über dem Bett, auf dem eine Wolldecke lag, hingen ein paar kolumbianische Masken.

Ich durchsuchte die Kommode und fand außer einigen pornographisch-sadistischen Bildern nichts Besonderes. Der Medikamentenschrank im Badezimmer enthielt nur einen Tiegel mit dem Etikett »Psychedelischer Liebesbalsam«. Doch auf dem Boden einer Dose in der Kochnische fand ich sechs in Stanniolpapier verpackte Zuckerwürfel.

Ich nahm drei davon, wickelte mein Taschentuch darum und steckte sie in meine Brusttasche.

Ich hatte niemanden die Treppe heraufkommen hören und zuckte deshalb leicht zusammen, als die Tür hinter mir aufging. Es war Sidney Marburg; er trug Tennisschuhe.

»Gerda hat mir gesagt, daß Sie hier sind. Was ist mit Lupe?«

»Ich seh' mich bloß ein bißchen um. Seine Lebensweise und seine Gewohnheiten interessieren mich. Er ist kein gewöhnlicher Hausverwalter, was?«

»Das kann man wohl sagen. Wenn Sie mich fragen – er ist ein widerlicher Schnüffler.« Lautlos kam Marburg auf mich zu. »Er tut, als ob er sich für Kunst interessiert, weil meine Frau sich dafür interessiert, aber sie ist die einzige, die sich von ihm einwickeln läßt.«

»Haben die beiden irgendwelche Heimlichkeiten?«

»Sieht ganz danach aus. Manchmal, wenn ich weg bin, kommt er in unser Haus in Bel-Air. Unser Hausjunge hält mich auf dem laufenden.«

»Haben sie ein Verhältnis?«

»Das weiß ich nicht«, sagte Marburg bedrückt. »Ich weiß nur, daß sie ihm Geld gibt, denn ich habe einige der gegengezeichneten Schecks gesehen. Der Hausjunge hat mir gesagt, daß Lupe ihr alles erzählt, was hier im Haus ihres Sohnes vor sich geht. Es ist eine unmögliche Situation – gelinde ausgedrückt.«

»Seit wann kennen sich die beiden?«

»Schon ewig. Er arbeitet hier – wenn man das

arbeiten nennen kann –, so weit ich zurückdenken kann.«

»Und wie lange ist das?«

»Fünfzehn oder sechzehn Jahre.«

»Kannten Sie die Hacketts schon, als Mark noch lebte?«

Aus irgendeinem Grund schien ihn die Frage zu irritieren. »Ja. Aber was hat das mit unserem Thema zu tun? Wir haben über Lupe gesprochen.«

»Stimmt. Was glauben Sie, tut er sonst noch – außer für Ihre Frau spionieren? Nimmt er irgendwelche Drogen?«

»Das würde mich nicht überraschen«, sagte er ein klein wenig zu rasch. »Ich habe öfter den Eindruck gehabt, daß er nicht ganz bei Sinnen ist. Entweder ist er irrsinnig oder süchtig.«

»Haben Sie ihn mal zusammen mit Sandy Sebastian gesehen?«

»Nein, nie.«

»Ich habe gehört, er soll sie ziemlich viel herumchauffiert haben.«

»Sicher, das hat er. Sie war im Sommer oft hier draußen.« Er schwieg einen Moment und sah mich fragend an. »Glauben Sie, er steckte mit ihr unter einer Decke?«

»Darüber bin ich mir noch nicht im klaren.«

»Mensch, wenn Sie ihm das nachweisen könnten –«

Sein Eifer gefiel mir nicht. »Immer mit der Ruhe. Ich denke nicht daran, irgendwelche Tatsachen zu verdrehen, nur weil es Ihnen so paßt.«

»Darum hat Sie niemand gebeten«, sagte er wütend. Vermutlich war er über sich selbst wütend, weil er mir gegenüber zu offen gewesen war. »Wenn Sie hier fertig sind, fahre ich Sie heim, verdammt noch mal.«

»So ein freundliches Angebot kann ich kaum ablehnen.«

»Ich hab's nicht nötig, freundlich zu sein. Ich bin ein bedeutender, anerkannter Maler, und das genügt.«

Trotz seines widerlichen Benehmens empfand ich eine gewisse Sympathie für Sidney Marburg, oder ein Verständnis, das Sympathie fast gleichkam. Vielleicht hatte er sich für Geld verkauft, indem er Ruth, die fast zwanzig Jahre älter war, heiratete. Doch wie ein gerissener Agent hatte er einen Teil seiner Persönlichkeit für sich zurückbehalten.

»Das klingt ja wie eine Unabhängigkeitserklärung.«

Seine wütende Miene verwandelte sich in ein Lächeln, doch es lag Selbstverachtung darin. »Kommen Sie, gehn wir. Es war nicht so gemeint.« Wir gingen hinaus zu seinem Mercedes. »Wo wohnen Sie?«

»In West Los Angeles, aber ich möchte nicht nach Hause. Mein Wagen steht in Woodland Hills.«

»Dort wohnt doch Sandy Sebastian, nicht?«

»Ja.«

»Was ist eigentlich mit ihr? Ist sie schizophren?«

»Eben das bemühe ich mich herauszufinden.«

»Viel Glück. Entschuldigen Sie meinen kleinen Ausbruch vorhin. Aber dieses Haus ist für mich mit schlechten Assoziationen verbunden.«

Als hoffte er, sie für immer hinter sich zu lassen, ließ er den Motor des Mercedes aufheulen. Wir rasten das Ufer des Sees entlang, über den Damm und die gewundene steile Straße zum Tor hinunter, vor dem Marburg mit kreischenden Reifen bremste.

»Ich werde Sie für die Tapferkeitsmedaille vorschlagen.«

»Tut mir leid, wenn ich Ihnen Angst eingejagt habe.«

»Ich habe zwei ziemlich aufreibende Tage hinter mir. Ich hoffte, der heutige würde ruhiger werden.«

»Ich hab' ja gesagt, es tut mir leid.«

Marburg fuhr langsamer zur Küstenautobahn hinunter und bog nach Norden ab. Am Malibu Canyon fuhr er wieder landeinwärts. Nach ein paar Minuten waren wir in den Bergen.

Ich sagte, sie würden ein hübsches Motiv für ein Bild abgeben.

Marburg schüttelte den Kopf. »Nein. Aus hübschen Motiven werden schlechte Bilder. Alles Hübsche ist bereits gemalt worden. Man muß irgendwas Neues machen. Schönheit ist schwierig, hat mal jemand gesagt.«

»Dieser Klee in der Galerie, zum Beispiel?«

»Ja. Ich habe Stephen vor zehn Jahren geraten, den Klee zu kaufen.« Er fügte hinzu: »Stephen ist auf Ratschläge angewiesen. Er hat einen schrecklichen Geschmack, in jeder Beziehung.«

»Auch in bezug auf Frauen?«

Marburg seufzte. »Die arme Gerda. Als sie mit ihm aus Deutschland hierher kam, dachte sie, es erwartet sie eine *vie en rose*. Es gab ein furchtbares Erwachen für sie. Sie leben wie Einsiedler – gehen nie aus, verkehren mit niemandem.«

»Warum?«

»Wahrscheinlich hat er Angst – Angst vor dem Leben. Vielleicht liegt das an seinem vielen Geld – bei manchen Menschen hat Geld diese Wirkung. Und dann natürlich die Sache mit seinem Vater. Merkwürdig, seit fünfzehn Jahren scheint Stephen zu befürchten, das gleiche könnte ihm passieren. Und nun ist es fast passiert.«

»Fast.«

»Sie haben doch viel Erfahrung, Mr. Archer. Ist es möglich, daß Menschen selbst das Unglück auf sich herabbeschwören? Indem sie das Unglück fürchten?«

»Eine interessante Idee.«

»Sie haben meine Frage nicht beantwortet.«

»Stellen Sie sie mir noch mal, wenn ich mit diesem Fall fertig bin.«

Er warf mir einen raschen, erschrockenen Blick zu, und der Wagen kam fast von der Straße ab. Er drosselte die Geschwindigkeit und konzentrierte sich einen Moment aufs Fahren.

»Ich dachte, Sie sind schon damit fertig.«

»Spanner ist noch nicht geschnappt, und mehrere Morde sind noch nicht aufgeklärt.«

»Mehrere?«

Ich ging darauf nicht ein. Wir fuhren an dem Bewährungslager vorbei, das links etwas abseits von der Straße lag. Marburg sah die Bauten stirnrunzelnd an, als wollte ich ihn hineinbringen.

»Was meinen Sie mit mehreren Morden?«

»Außer dem an Mark Hackett gibt es mindestens noch zwei andere.«

Marburg fuhr weiter, bis das Lager außer Sicht war. Dann bog er auf einen Parkplatz ab und hielt an.

»Was für welche?«

»Der eine wurde an einer Frau namens Laurel Smith begangen. Sie hatte ein kleines Apartmenthaus in Pacific Palisades. Sie wurde vorgestern erschlagen.«

»Davon hab' ich heute morgen in der *Times* gelesen. Die Polizei glaubt, daß sie von einem Irren umgebracht wurde – von einem Sadisten, der sie gar nicht kannte.«

»Der Ansicht bin ich nicht. Laurel Smith war mal mit einem gewissen Jasper Blevins verheiratet. Er wurde vor fünfzehn Jahren von einem Zug überfahren – nur ein paar Tage, nachdem Mark Hackett erschossen wurde. Soviel ich bis jetzt herausgekriegt habe, waren Laurel Smith und Jasper Blevins Davy Spanners Eltern. Meiner Meinung nach hängen alle diese Verbrechen, einschließlich Stephens Entführung, irgendwie zusammen.«

Marburg saß regungslos da und trommelte nur mit den Fingern aufs Lenkrad; trotzdem schien er schrecklich nervös. Er wandte den Kopf und warf mir einen raschen, mißtrauischen Blick zu. »Leide ich unter Verfolgungswahn, oder soll das eine Beschuldigung sein?«

»Vielleicht. Was glauben Sie denn, wessen ich Sie beschuldige?«

»Ich finde das gar nicht komisch«, sagte er in gekränktem Ton. »Es ist nicht das erste Mal, daß man mich grundlos beschuldigt. Die Polizei hat mich fürchterlich durch die Mangel gedreht, als Mark umgebracht wurde. Sie brachten mich aufs Revier und verhörten mich fast die ganze Nacht. Ich hatte ein völlig stichfestes Alibi, doch sie dachten, es wäre ein ganz klarer Fall – eine von diesen üblichen Dreiecksgeschichten. Ich leugne ja gar nicht – und ich hab's auch damals nicht geleugnet –, daß Ruth und ich uns sehr nahe standen und daß ich sie leidenschaftlich liebte«, sagte er in ziemlich gleichgültigem Ton. »Aber sie wollte sich ja ohnedies von Mark scheiden lassen.«

»Und Sie heiraten?«

»Und mich heiraten. Ich hatte also durch Marks Tod keinerlei Vorteil.«

»Aber Ruth.«

»Keinen besonderen. Er hinterließ ihr nur das gesetzliche Mindesterbteil. Kurz vor seinem Tod hatte Mark meinetwegen sein Testament geändert und den größten Teil seines Vermögens Stephen vermacht. Übrigens hatte auch Ruth ein unanfechtbares Alibi. Ihre Unterstellung ist einfach lächerlich.«

Doch in Marburgs Wut steckte keine richtige Kraft. Wie seine Leidenschaft gehörte sie zu dem Teil seiner Persönlichkeit, den er verkauft hatte. Er sprach vorsichtig und voll Überlegung wie ein Anwalt, den er sich engagiert hatte.

»Mich würde interessieren, was das für Alibis waren. Erzählen Sie's mir, nur so zum Spaß.«

»Ich weiß wirklich nicht warum, aber meinetwegen. Zu der Zeit, als Mark erschossen wurde, waren Ruth und ich bei Freunden in Montecito zum Abendessen. Es war eine große Dinnerparty mit über zwanzig Gästen.«

»Warum hat die Polizei Ihr Alibi nicht akzeptiert?«

»Das hat sie ja, als sie es überprüfte. Aber das war erst am nächsten Tag. Sie wollten mir die Sache unbedingt in die Schuhe schieben. Sie haben sich nicht getraut, Ruth direkt zu beschuldigen, und dachten, sie könnten ihr auf dem Umweg über mich an den Kragen.«

»Auf welcher Seite stand Stephen?«

»Der war im Ausland, schon seit mehreren Jahren. Zu der Zeit, als sein Vater ermordet wurde, studierte er an der Londoner Universität Volkswirtschaft. Ich kannte ihn damals noch gar nicht. Er hing sehr an seinem Vater, und sein Tod hat ihn schwer getroffen. Er brach richtig zusammen und weinte am Telefon. Es dürfte das letzte Mal gewesen sein, daß er eine echte Gefühlsregung zeigte.«

»Wann war das?«

»Ruth rief ihn sofort an, nachdem Lupe sie telefonisch verständigt hatte – noch bevor wir das Haus ihrer Freunde in Montecito verließen. Genauer gesagt, ich habe das Gespräch nach London für sie angemeldet, und sie hat dann von einem andern Apparat aus mit ihm gesprochen. Es war ein furchtbarer Schlag für Stephen. Er hat mir ehrlich leid getan.«

»Wie stand er zu Ihnen?«

»Ich glaube, Stephen wußte damals gar nicht, daß es mich gab. Und ich ließ mich danach fast ein Jahr lang nicht blicken. Ruth meinte, es wäre das beste, und ich glaube, sie hatte recht.«

»Wieso? Weil sie finanziell von Stephen abhängig war?«

»Das hat vielleicht eine gewisse Rolle gespielt. Aber

der eigentliche Grund war wohl der, daß sie ihn sehr gern hat. Sie wollte ihr Leben so einrichten, daß sie uns beide haben konnte, und das hat sie getan.« Marburg sprach von seiner Frau, als sei sie eine Art Naturgewalt oder Göttin. »Sie gab mir ein – wie soll ich sagen? – eine Art persönliches Stipendium und schickte mich nach San Miguel de Allende. Ein paar Minuten, nachdem Stephen mit dem Flugzeug aus London angekommen war, flog ich nach Mexico City. Ruth sorgte dafür, daß wir uns auf dem Flughafen nicht begegneten doch ich habe Stephen kurz gesehen, als er aus dem Flugzeug stieg. Er war damals wesentlich weniger konventionell als heute. Er trug einen Bart und langes Haar. Als ich ihn schließlich kennenlernte, war er schon ziemlich steif geworden – Geld macht einen Mann schnell alt.«

»Wie lange waren Sie weg?«

»Fast ein Jahr, wie ich schon sagte. Und dieses Jahr war entscheidend für mich. Ich hatte davor nie richtigen Unterricht gehabt oder nach Modellen gemalt; ich hatte nicht mal die Gelegenheit gehabt, mit richtigen Malern zu reden. Das Licht und die Farben in Mexiko waren herrlich. Und ich habe gelernt, sie zu malen.« Der Teil von Marburg, der noch ihm selbst gehörte, sprach jetzt zu mir. »Ich habe mich aus einem Sonntagsmaler in einen Künstler verwandelt. Und Ruth hat mir das ermöglicht.«

»Was haben Sie getan, bevor Sie Maler wurden?«

»Ich war technischer Zeichner. Bei einer – einer Ölgesellschaft. Es war ein öder, langweiliger Job.«

»Bei der Corpus Christi Oil and Gas?«

»Genau. Mark Hackett war mein Chef. Auf diese Weise habe ich Ruth kennengelernt.« Er schwieg und ließ bedrückt den Kopf sinken. »Haben Sie mich jetzt genug ausgefragt?«

Ich antwortete mit einer weiteren Frage: »Wie verstehen Sie sich mit Stephen?«

»Gut. Wir gehen beide unsere eigenen Wege.«

»Vorgestern abend meinten Sie, es wäre das beste, wenn er nicht mehr zurückkäme. Sie sagten, dann würde seine Kunstsammlung Ihnen gehören.«

»Aber das war doch ein Witz. Haben Sie denn keinen Sinn für schwarzen Humor?«

Als ich keine Antwort gab, starrte er mich an: »Sie denken doch nicht etwa, ich hatte irgendwas mit Stephens Entführung zu tun?«

Ich gab auch darauf keine Antwort. Während der restlichen Fahrt nach Woodland Hills starrte er düster vor sich hin.

26

Ich ging in ein Imbißlokal am Ventura Boulevard und bestellte mir ein Steak zum Frühstück. Dann holte ich meinen Wagen von der Tankstelle, wo ich ihn abgestellt hatte, und fuhr den langgezogenen Berg zu Sebastians Straße hinauf.

Es war Samstag, und schon zu dieser frühen Zeit wimmelte es auf dem Platz unterhalb der Straße von Golfspielern. Bevor ich zu Sebastians Haus kam, stach mir ein Briefkasten mit dem Namen Gensler ins Auge. Ich stieg aus und klopfte an der Tür.

Ein blonder, etwa vierzig Jahre alter Mann öffnete. Er machte eine ängstliche, besorgte Miene, die durch seine hervorquellenden blauen Augen und seine farblosen Augenbrauen noch betont wurde.

Ich stellte mich vor und fragte, ob ich Heidi sprechen könne.

»Meine Tochter ist nicht da.«

»Wann kommt sie zurück?«

»Das weiß ich nicht. Ich habe sie weggeschickt – zu Verwandten.«

»Das hätten Sie nicht tun dürfen, Mr. Gensler. Die Bewährungshelfer werden sie sicher sprechen wollen.«

»Weshalb denn?«

»Weil sie eine Zeugin ist.«

Sein Gesicht und sein Hals liefen rot an. »Das ist sie ganz bestimmt nicht. Heidi ist ein ordentliches, anständiges Mädchen. Sie hat mit Sandy Sebastian nichts zu tun. Wir wohnen nur zufällig in der gleichen Straße.«

»Es ist keine Schande, eine Zeugin zu sein«, sagte ich. »Oder jemanden zu kennen, der in einer Klemme ist.«

Gensler schlug mir die Tür vor der Nase zu. Während ich die Straße hinauf zu Sebastians Haus fuhr, kam mir der Gedanke, daß Heidi ihrem Vater etwas gesagt haben mußte, das ihm Angst eingejagt hatte.

Vor dem Haus parkte Dr. Jeffreys Rover. Als mir Bernice Sebastian öffnete, sah ich den Ausdruck neuen Unheils auf ihrem Gesicht. Ihre Wangen waren eingesunken, und die Backenknochen ragten hervor; ihre Augen wirkten wie gefangene Lichter.

»Was ist los?«

»Sandy hat versucht, Selbstmord zu begehen. Sie hat eine Rasierklinge in ihrem Hund versteckt.«

»In ihrem Hund?«

»In ihrem kleinen Stoffspaniel. Anscheinend hat sie die Klinge genommen, als sie im Badezimmer war. Sie wollte sich damit die Pulsader durchschneiden. Zum Glück habe ich an der Tür gehorcht. Ich hörte sie schreien und konnte verhindern, daß sie sich allzu schwer verletzte.«

»Sagte sie, warum sie's getan hat?«

»Sie sagte, sie sei es nicht wert zu leben; sie sei ein schrecklicher Mensch.«

»Ist sie das?«

»Nein.«

»Haben Sie ihr das gesagt?«

»Nein. Ich wußte nicht, was ich sagen sollte.«

»Wann ist das alles passiert?«

»Eben jetzt. Der Arzt ist noch bei ihr. Entschuldigen Sie mich bitte.«

Es war ihre Tochter, doch mein Fall. Ich folgte ihr zu Sandys Zimmertür und schaute hinein. Sandy saß auf dem Bettrand. Ihr linkes Handgelenk war verbunden, ihr Pyjama mit Blut bespritzt. Sie hatte sich im Lauf der Nacht ziemlich verändert. Ihre Augen waren dunkler, ihr Mund hart. Sie sah jetzt nicht sehr hübsch aus.

Ihr Vater saß neben ihr und hielt auf merkwürdig zerstreute Weise ihre Hand. Dr. Jeffrey beugte sich über die beiden und erklärte ihnen, daß Sandy in ein Krankenhaus müsse:

»Ich würde die Psychiatrische Klinik in Westwood empfehlen.«

»Ist die nicht furchtbar teuer?« sagte Sebastian.

»Nicht teurer als andere Krankenhäuser. Eine gute psychiatrische Behandlung ist immer teuer.«

Sebastian schüttelte den Kopf; sein Gesicht schwankte schlaff hin und her. »Ich habe keine Ahnung, wie ich das bezahlen soll. Ich konnte gerade das Geld für die Kaution aufbringen.«

Sandy hob ihre schweren Augenlider. Kaum die Lippen bewegend, sagte sie: »Sollen sie mich doch ins Gefängnis stecken. Das kostet nichts.«

»Nein«, sagte ihre Mutter. »Wir werden das Haus verkaufen.«

»Unter diesen Umständen?« sagte Sebastian. »Wir würden nicht mal genug dafür kriegen, um die Hypotheken zurückzahlen zu können.«

Seine Tochter entzog ihm ihre Hand. »Warum habt ihr mich nicht sterben lassen? Dann wären alle Probleme gelöst.«

»Unsinn«, sagte Jeffrey. »Ich bestelle jetzt einen Krankenwagen.«

Sebastian stand auf. »Ich bring' sie hin. Krankenwagen kosten Geld.«

»Tut mir leid, ich muß auf einem Krankenwagen bestehen.«

Ich folgte Jeffrey, als er ins Arbeitszimmer zum Telefon ging. Er bestellte den Krankenwagen und legte auf.

»Ja?« Sein Blick war hart und fragend.

»Steht's schlimm um sie?«

»Das weiß ich nicht. Offenbar war es eine Kurzschlußhandlung. Aber ich bin kein Psychiater. Deshalb möchte ich ja, daß sie so schnell wie möglich zu einem kommt.«

»Glauben Sie, sie wird's noch mal versuchen?«

»Möglicherweise. Die Wahrscheinlichkeit ist ziemlich groß. Sie hat mir gesagt, daß sie schon seit Monaten die Absicht hatte. Sie hat letzten Sommer LSD genommen und schlecht darauf reagiert. Sie ist noch immer nicht darüber weg.«

»Das hat sie selbst gesagt?«

»Ja. Vielleicht war dies die Ursache für die Veränderung ihrer Persönlichkeit in den letzten Monaten. Eine Dosis kann dazu ausreichen. Mehr hat sie angeblich nicht genommen – eine Dosis in einem Zuckerwürfel.«

»Sagte sie Ihnen, woher sie das Zeug hatte?«

»Nein. Anscheinend versucht sie irgendwen zu dekken.«

Ich holte die Zuckerwürfel hervor, die ich aus Lupes Küche mitgenommen hatte, und gab dem Doktor einen davon. »Der stammt vermutlich aus der gleichen Quelle. Können Sie ihn analysieren lassen?«

»Selbstverständlich. Wo haben Sie ihn gefunden?«

»In Lupe Riveras Wohnung. Das ist der Mann, den sie gestern abend niedergeschlagen hat. Wenn ich beweisen kann, daß er ihr LSD gegeben hat –«

Jeffrey stand ungeduldig auf. »Ich verstehe. Warum fragen wir sie nicht einfach?«

Wir gingen zurück in Sandys Zimmer, wo die kleine Familie wie erstarrt dasaß. Das Mädchen, das in der Mitte hockte, blickte zu uns auf.

»Haben Sie den Wagen bestellt, der mich zur Klapsmühle bringen soll?«

»Ja, hab' ich«, sagte Jeffrey überraschenderweise. »Jetzt habe ich eine Frage an Sie.«

Sie wartete schweigend.

»Dieser Zuckerwürfel, den Sie im August genommen haben – hat Ihnen den Lupe Rivera gegeben?«

»Und wenn?«

Der Doktor legte sanft seine Hand unter ihr Kinn und hob ihren Kopf. »Antworten Sie mit ja oder nein, Sandy.«

»Ja. Ich bin übergeschnappt. Ich hab' den Verstand verloren.«

»Hat er sonst noch irgendwas getan, Sandy?«

Sie nahm ihr Kinn von seiner Hand und ließ den Kopf sinken. Ihr Gesicht war ausdruckslos, ihre Augen dunkel und starr. »Er hat gesagt, er bringt mich um, wenn ich's jemandem sage.«

»Niemand wird Sie umbringen.«

Sie sah den Doktor ungläubig an.

»Hat Lupe Sie zu Dr. Converse gebracht?« sagte ich.

»Nein, Gerda – Mrs. Hackett – hat mich hingebracht. Ich wollte auf der Autobahn aus dem Wagen springen. Dr. Converse hat mich in eine Zwangsjacke gesteckt. Er hat mich die ganze Nacht in seiner Klinik behalten.«

Bernice Sebastian stöhnte. Als der Krankenwagen ihre Tochter abholte, fuhr sie mit.

27

Ich fuhr zurück zur Autobahn, auf der sich in den letzten Tagen mein halbes Leben abzuspielen schien. Allmählich ging meine Energie zu Ende, und mich erfüllte ein fast unwiderstehliches Verlangen, heimzufahren. Statt dessen fuhr ich auf der ödesten Asphaltstrecke der Welt nach Long Beach.

Das Gebäude der Corpus Christi Oil war ein wuchtiger vierstöckiger Bau oberhalb des Hafens und der Slums. Ich war in Long Beach, nicht weit vom Hafen, aufgewachsen und erinnerte mich, wie das Gebäude im Jahr nach dem Erdbeben errichtet worden war.

Ich stellte meinen Wagen auf dem Besucherparkplatz ab und ging in die Empfangshalle. Gleich hinter der Eingangstür saß hinter einem Pult ein uniformierter Aufseher. Als ich ihn genau ansah, stellte ich fest, daß ich ihn kannte. Es war Ralph Cuddy, der Verwalter von Alma Krugs Apartmenthaus in Santa Monica.

Er erkannte mich ebenfalls. »Haben Sie Mrs. Krug gefunden?«

»Ja, vielen Dank.«

»Wie geht's ihr? Ich konnte sie diese Woche leider nicht besuchen. Meine zwei Jobs lassen mir kaum Zeit für irgendwas anderes.«

»Für ihr Alter scheint sie sehr gut beisammen zu sein.«

»Das freut mich. Sie ist immer wie eine Mutter zu mir gewesen. Wußten Sie das?«

»Nein.«

»Ja, wirklich.« Sein gefühlvoller Blick verschwand, und er sah mich mit zusammengekniffenen Augen an. »Über was für Familienangelegenheiten haben Sie mit ihr gesprochen?«

»Über verschiedene Verwandte von ihr. Jasper Blevins, zum Beispiel.«

»Nanu, Sie kennen Jasper? Was ist eigentlich aus ihm geworden?«

»Er wurde von einem Zug überfahren.«

»Das überrascht mich nicht«, sagte Cuddy. »Jasper war ständig in Kalamitäten. Er hat sich selbst und andere ins Unglück gebracht. Aber Alma hing trotzdem sehr an ihm. Jasper war immer ihr Liebling.« Seine Augen wurden klein und böse, als sei er eifersüchtig.

»Wen hat er ins Unglück gebracht?«

Cuddy wollte etwas sagen, doch dann überlegte er

sich's anders. Er schwieg einen Moment und suchte stirnrunzelnd nach einer anderen Antwort.

»Laurel, zum Beispiel. Sie war schwanger, als er sie heiratete. Fast hätte ich sie selbst geheiratet, aber dann bin ich noch rechtzeitig dahintergekommen.« Leicht erstaunt, als hätte er seit Jahren nicht daran gedacht, fügte er hinzu: »Ich hab' nie geheiratet. Offen gesagt, ich hab' nie eine Frau gefunden, die meinen Vorstellungen entsprochen hätte. Ich hab' oft zu Alma Krug gesagt, wenn ich bloß nicht so jung wäre –«

Ich unterbrach ihn: »Wie lange arbeiten Sie schon hier, Mr. Cuddy?«

»Seit zwanzig Jahren.«

»Als Aufsichtsbeamter?«

»Den Job hab' ich nach drei oder vier Jahren gekriegt.«

»Erinnern Sie sich an den Sommer, in dem Mr. Hackett erschossen wurde?«

»Na klar.« Er sah mich irgendwie ängstlich an. »Ich hatte mit der Sache nichts zu tun. Ich meine, ich kannte Mr. Hackett nicht mal persönlich. Ich war damals ein ganz kleiner Angestellter.«

»Niemand will Ihnen irgendwas vorwerfen, Mr. Cuddy. Ich stelle nur Nachforschungen bezüglich des Revolvers an, mit dem Mr. Hackett erschossen wurde. Angeblich wurde er hier in diesem Büro gestohlen.«

»Ich habe keine Ahnung.«

Sein Gesicht erstarrte zu einer Maske der Redlichkeit.

»Wenn Sie damals schon Aufseher waren, müssen Sie sich doch an die Suche nach dem Revolver erinnern.«

»Wollen Sie mir vorschreiben, woran ich mich erinnern soll?« sagte er plötzlich wütend und stand auf. Cuddy trug einen Revolver, was seiner Wut Nachdruck verlieh. »Was soll das eigentlich? Wollen Sie irgendwelche Gedanken in meinen Kopf reinzwängen?«

»Ich fürchte, das würde mir kaum gelingen«, sagte ich unglücklicherweise.

Er legte die Hand auf den Griff seines Revolvers. »Machen Sie, daß Sie rauskommen. Sie haben kein Recht, hier reinzuplatzen und mich auszuhorchen und zu beleidigen.«

»Tut mir leid, wenn ich was Falsches gesagt hab'. Ich nehm's zurück. Okay?«

»Nein, nicht okay.«

»Anscheinend denken Sie, ich will Ihnen was anhängen. Der Mann, für den ich mich interessiere, ist Sidney Marburg. Er hat hier als technischer Zeichner gearbeitet.«

»Nie von ihm gehört. Und ich beantworte keine Fragen mehr.«

»Dann werde ich mich an die Personalabteilung

wenden.« Ich wandte mich zum Lift um. »In welchem Stock ist der Leiter der Personalabteilung?«

»Er ist zum Mittagessen.«

»Mitten am Vormittag?«

»Er ist noch gar nicht da. Er kommt heute nicht.«

Ich drehte mich um und sah Cuddy an. »Das ist doch Unsinn. Sie wissen doch irgendwas, was Sie mir nicht sagen wollen.«

Er öffnete eine Klappe an seinem Pult, kam heraus und zog seinen Revolver. Sein Mund war ein dünner Strich.

»Haun Sie ab«, sagte er in kläglichem Ton. »Ich lass' meine Freunde von Ihnen nicht in den Dreck ziehen, verstanden?«

»Ist Marburg ein Freund von Ihnen?«

»Jetzt fangen Sie schon wieder an. Sie drehen einem die Worte im Mund herum. Ich kenne keinen Marburg. Ist er ein Jude?«

»Keine Ahnung.«

»Ich bin ein Christ. Danken Sie Gott dafür, daß ich einer bin. Wenn ich kein religiöser Mensch wäre, würde ich Sie wie einen Hund abknallen.«

Redlicher Zorn und ein geladener Revolver: diese Kombination machte mir Angst – das war schon immer so. Ich ging.

Mein Büro am Sunset wirkte öde und verlassen. In einer Ecke des Wartezimmers war eine Spinne an der

Arbeit. Fliegen summten müde am Fenster; das Geräusch klang, als verrinne die Zeit. Eine dünne Schicht Staub hatte sich auf allen waagrechten Flächen angesammelt.

Ich wischte die Schreibtischplatte mit einem Kleenextuch ab, setzte mich und sah mir den Scheck an, den Ruth Marburg mir gegeben hatte. Da ich einen vordatierten Scheck nicht bei der Bank einreichen konnte, legte ich ihn in meinen Safe. Ich hatte nicht das Gefühl, daß er mich reich machte.

Ich rief die Corpus Christi Oil in Long Beach an und ließ mich mit dem Leiter der Konstruktionsabteilung verbinden, einem Mann namens Patterson. Er erinnerte sich an Sidney Marburg, äußerte sich aber sehr zurückhaltend über ihn. Sid sei ein guter Mann gewesen, ein begabter Zeichner, er hätte immer Maler werden wollen; schön, daß er's geschafft hätte.

»Angeblich hat er die frühere Mrs. Hackett geheiratet.«

»Ja, soviel ich weiß«, sagte er ausweichend.

»Hat er zu der Zeit, als Mark Hackett ermordet wurde, bei Ihnen gearbeitet?«

»Ja, er hat etwa um die Zeit gekündigt.«

»Warum?«

»Er sagte, er hätte eine Möglichkeit, mit einem Stipendium nach Mexiko zu gehen und malen zu lernen.«

»Damals ist doch bei Ihnen eine Pistole weggekommen, und mit dieser Pistole ist Mark Hackett erschossen worden. Erinnern Sie sich daran?«

»Ich hab' davon gehört.« Seine Stimme wurde leiser, als ziehe er sich langsam zurück. »Die Konstruktionsabteilung hatte nichts damit zu tun. Und falls Sie Sid verdächtigen, dann sind Sie schwer im Irrtum, Mister. Sid könnte niemanden umbringen.«

»Freut mich, das zu hören. Wer war denn für die Pistole verantwortlich?«

»Sie gehörte der Aufsichtsabteilung. Sie hätte darauf aufpassen müssen. Aber sagen Sie denen bloß nicht, daß ich Ihnen das gesagt hab'. Ich möchte keinen Ärger mit dem Oberaufseher.«

»Mit Ralph Cuddy?«

»Hören Sie, Sie haben schon mehr aus mir rausgeholt, als ich sagen sollte. Wer sind Sie eigentlich? Sagten Sie, Sie sind von der Polizei?«

»Ich habe gesagt, ich arbeite mit ihr zusammen. Ich bin Privatdetektiv.«

Patterson legte auf.

Ich blieb am Schreibtisch sitzen und versuchte nachzudenken. Meine Gedanken drehten sich im Kreis, und ich hatte das quälende Gefühl, daß sich knapp außerhalb des Kreises das fehlende Verbindungsglied befand. Oder im Innern des Kreises, in seiner Mitte, so tief begraben wie ein Toter.

Ich grub und tastete nach dem fehlenden Glied,

fest überzeugt, daß es in meinem Gedächtnis war und daß ich es nur nicht erkennen konnte. Aber man kann sein Unterbewußtsein nicht wie einen Computer zwingen, Auskünfte auszuspucken. Es zieht sich nur knurrend noch tiefer in seine Höhle zurück.

Ich war völlig erschöpft und verzweifelt. Ich streckte mich auf dem Sofa im Wartezimmer aus. Das heißt, ich versuchte mich auszustrecken. Das Sofa war ein Stück zu kurz, und meine Beine hingen wie immer über die hölzerne Armstütze.

Ich beobachtete die Spinne in der Ecke des Plafonds und wünschte, mein Fall wäre ebenso ordentlich und klar wie ihr Netz. Ich schlief ein und träumte, ich sei in einem riesigen Netz gefangen, an dessen Speichen die leeren Hülsen toter Menschen hingen. Das Netz drehte sich wie ein Roulettrad, und die Spinne in seiner Mitte hatte in jeder ihrer acht Hände einen Croupierrechen. Sie zog mich zu sich.

Schweißnaß wachte ich auf. Die Spinne arbeitete noch immer oben in ihrer Ecke. Ich stand auf und wollte sie umbringen, doch meine Füße waren beide eingeschlafen. Bis sie erwacht waren, war auch mein Geist erwacht. Ich ließ die Spinne am Leben. Vielleicht würde sie die Fliegen vertilgen, die am Fenster summten.

Mein kurzer, von Alpträumen erfüllter Schlaf hatte mich ein wenig erfrischt. Ich zog mein nasses Hemd aus, rasierte mich mit meinem Elektrorasierer und zog ein frisches Hemd an, das ich aus dem Schrank nahm. Dann ging ich zum Fenster, um nachzusehen, wie das Wetter war.

Es war sonnig und schön, nur leicht dunstig. Der Mittagsverkehr brauste über den Boulevard.

Auf der anderen Straßenseite stiegen Detective-Sergeant Prince und sein Kollege Janowski aus einem Polizeiwagen. Ich hoffte, sie wollten nicht zu mir. Mir war bewußt, daß ich nicht mit ihnen zusammengearbeitet hatte. Doch es gab keinen Zweifel, daß sie zu mir kamen.

Sie überquerten den Boulevard, als seien sie unverwundbar oder als gebe es für sie keinen Verkehr. Prince ging einen Schritt voraus wie ein scharfer Hund; es sah aus, als ob er Janowski an einer unsichtbaren Leine hinter sich herzöge.

Ich empfing sie an der Außentür meines Büros. Sie traten ohne Aufforderung ein. Princes Gesicht war von mühsam unterdrückter Wut verzerrt, Janowskis helle Haut voller Flecken. Er sagte:

»Sie haben uns Informationen vorenthalten, Archer. Wir wüßten gern, warum.«

»Ich hatte Wichtigeres zu tun.«

»Zum Beispiel?« sagte Prince unfreundlich.

»Zum Beispiel habe ich versucht, einem Mann das Leben zu retten. Was mir übrigens gelungen ist.«

»Ihr Glück«, sagte Prince. »Ihre Lizenz hängt an einem seidenen Faden.«

Ich hatte es satt, mich dauernd abkanzeln zu lassen. In meinem Magen und in meinen schmerzenden Nieren pochte das Blut.

»Reden Sie nicht in diesem Ton mit mir, Sergeant!«

Prince blickte drein, als sei er nahe daran, mich zu schlagen. Ich wünschte fast, er würde es tun. Wie die meisten Amerikaner schlage ich nur, wenn ich geschlagen werde.

Janowski trat zwischen uns. »Laß mich mit ihm reden«, sagte er zu seinem Kollegen. Er wandte sich zu mir: »Lassen wir das Vergangene begraben, aber jetzt möchten wir gern, daß Sie uns helfen. Sie können allerlei tun, was wir nicht tun können.«

»Was meinen Sie?«

»Dieser pensionierte Hilfssheriff, der oben auf der Ranch erschossen wurde –«

»Jack Fleischer.«

»Genau. Wahrscheinlich wissen Sie das alles schon, aber ich sag's Ihnen trotzdem. Fleischer hat mehrere Wochen lang Laurel Smiths Wohnung abgehört. Vermutlich hat er alles auf Band aufgenommen. Wir wissen jedenfalls, daß er Tonbänder und die nötigen Geräte gekauft hat. Ich glaube, diese Bänder könnten uns sehr weiterhelfen.«

»Das glaube ich auch.«

Prince unterbrach ihn: »Haben Sie sie?«

»Nein.«

»Wo sind sie?«

»Keine Ahnung. Vielleicht in Fleischers Haus in Santa Teresa.«

»Das vermuten wir auch«, sagte Janowski. »Seine Witwe bestreitet es, aber das sagt gar nichts. Ich hab' mit ihr telefoniert, doch es war nichts aus ihr herauszukriegen. Ich wollte die Polizei von Santa Teresa auf die Sache ansetzen, aber die will nichts damit zu tun haben. Anscheinend hatte Fleischer politische Beziehungen, und nun, wo er tot ist, ist er ein Held. Sie wollten nicht einmal zugeben, daß die Möglichkeit besteht, daß er Laurel Smiths Wohnung abgehört hat. Wir könnten uns natürlich an eine höhere Dienststelle wenden –«

»Oder das Ganze nach unten abschieben«, sagte ich lächelnd. »Sie möchten also, daß ich nach Santa Teresa fahre und mit Mrs. Fleischer spreche.«

»Das wäre sehr entgegenkommend von Ihnen«, sagte Janowski.

»Nicht so schlimm. Ich wollte sie sowieso besuchen.«

Janowski drückte mir die Hand, und sogar Prince lächelte ein wenig. Sie hatten mir verziehen – soweit Polizisten imstande sind, einem zu verzeihen.

28

Kurz nach eins kam ich in Santa Teresa an. Ich aß in einem Restaurant in der Nähe des Gerichts ein Sandwich und ging von dort langsam zu Fleischers Haus. Ich verspürte keine große Lust auf eine weitere Unterhaltung mit Fleischers Witwe.

Die Vorhänge hinter den Vorderfenstern waren zugezogen, und das Haus sah leer und verlassen aus. Doch es war Leben darin. Mrs. Fleischer öffnete mir.

Sie trank wieder oder immer noch und war durch verschiedene Stadien der Trunkenheit zu einer Art unechter Nüchternheit vorgedrungen. Sie trug ein ordentliches schwarzes Kleid, und ihr Haar war frisiert. Ihre Hände zitterten nicht allzu stark.

Doch sie schien sich nicht im mindesten an mich zu erinnern. Ihre Augen blickten durch mich hindurch, als sei ich ein Geist und jemand stünde hinter mir.

»Ich weiß nicht, ob Sie sich an mich erinnern«, sagte ich. »Ich habe zusammen mit Ihrem Mann im Fall Davy Spanner ermittelt.«

»Er hat Jack umgebracht«, sagte sie. »Wissen Sie das? Er hat meinen Mann umgebracht.«

»Ich weiß. Mein Beileid.«

Sie warf einen Blick auf das Nachbarhaus; dann beugte sie sich zu mir vor und zupfte mich am Ärmel.

»Haben wir nicht schon mal miteinander gesprochen? Kommen Sie rein und trinken Sie einen Schluck.«

Zögernd folgte ich ihr ins Haus. Im Wohnzimmer brannte Licht, als ziehe sie es vor, in ständiger Nacht zu leben. Die Drinks, die sie brachte, bestanden aus Gin mit einem Spritzer Tonic. Wir schienen dort fortzufahren, wo wir aufgehört hatten.

Sie kippte den größten Teil ihres Drinks hinunter. »Ich bin froh, daß er tot ist«, sagte sie ausdrucksslos. »Wirklich. Jack hat nur gekriegt, was er verdiente.«

»Wieso?«

»Das wissen Sie genausogut wie ich. Kommen Sie, trinken Sie aus.«

Sie leerte ihr Glas. Ich trank ein wenig von dem öligen Gebräu in meinem Glas. Ich habe nichts gegen einen ordentlichen Drink, doch dieser, in Jack Fleischers Haus und in Gesellschaft seiner Witwe, schmeckte mir wie Rizinusöl.

»Sie sagen, Sie haben mit Jack zusammengearbeitet«, sagte sie. »Haben Sie ihm geholfen, die Tonbandaufnahmen zu machen?«

»Tonbandaufnahmen?«

»Stellen Sie sich doch nicht dumm. Heute morgen hat mich ein Polizist aus Los Angeles angerufen. Er hatte so einen komischen Namen, einen polnischen – Junkowski oder so ähnlich. Kennen Sie ihn?«

»Ich kenne einen Sergeant Janowski.«

»Genau. Das war er. Er wollte wissen, ob Jack irgendwelche Tonbänder hinterlassen hat. Er sagte, sie wären vielleicht in einem Mordfall von Bedeutung. Laurel ist auch umgebracht worden.« Sie reckte mir ihr Gesicht entgegen, als wollte sie bekräftigen, daß sie selbst noch am Leben war. »Wissen Sie das?«

»Ich hab's gehört.«

»Jack hat sie erschlagen, nicht?«

»Davon weiß ich nichts.«

»Natürlich wissen Sie's. Ich seh's doch Ihrem Gesicht an. Mir gegenüber brauchen Sie nicht so zugeknöpft sein. Ich war mit Jack verheiratet, vergessen Sie das nicht. Ich habe dreißig Jahre mit ihm zusammengelebt. Was glauben Sie, warum ich zu trinken angefangen habe? Als wir heirateten, war ich Abstinenzlerin. Ich hab' zu trinken angefangen, weil er immer wieder Dinge getan hat, die mir einfach unerträglich waren.«

Sie beugte sich so weit zu mir vor, daß sie schielte. Sie brachte es fertig, völlig gelassen die ungeheuerlichsten Dinge zu sagen, doch sie sah alles zu subjektiv, als daß ich ihr recht glauben konnte. Trotzdem wollte ich mehr von ihr hören, und als sie sagte, ich solle mein Glas austrinken, tat ich es.

Sie ging in die Küche und kam mit einer neuen Portion von dem Gebräu für mich und einer zweiten für sich selbst zurück.

»Was ist mit diesen Tonbändern?« sagte sie. »Sind sie Geld wert?«

Ich traf eine rasche Entscheidung. »Ich würde was dafür bezahlen.«

»Wieviel?«

»Tausend Dollar.«

»Sehr viel ist das nicht.«

»Von der Polizei würden Sie gar nichts dafür kriegen. Eventuell würde ich mein Angebot erhöhen – das hängt davon ab, was drauf ist. Haben Sie sie abgespielt?«

»Nein.«

»Wo sind sie?«

»Für tausend Dollar kriegen Sie sie nicht. Ich brauch' wesentlich mehr. Jetzt, wo Jack tot ist, möchte ich ein bißchen reisen. Er hat mich nie irgendwohin mitgenommen, kein einziges Mal in den letzten fünfzehn Jahren. Wissen Sie warum? Weil immer *sie* auf ihn gewartet hat, ganz gleich, wohin er gefahren ist. Na ja, jetzt wartet sie nicht mehr.« Sie schwieg einen Moment, dann fügte sie in leicht erstauntem Ton hinzu: »Und Jack wartet auch nicht mehr. Sie sind beide tot, nicht? Ich hab's ihnen so oft gewünscht, daß ich gar nicht glauben kann, daß es wahr ist.«

»Es ist wahr.«

»Wie schön.«

Sie hob ihr Glas, als bringe sie einen Toast aus, und

geriet aus dem Gleichgewicht und schwankte. Ich nahm ihr das Glas aus der Hand und stellte es auf den mit Steinen besetzten Tisch.

»Heiliges Kanonenrohr.«

Sie machte ein paar kleine Tanzschritte zu unhörbarer Musik. Sie schien sich alle Mühe zu geben, irgend etwas zu tun, das sie wieder mit menschlichen Gefühlen erfüllte.

»Ich hätte nie gedacht, daß *sie* mir leid tun würde«, sagte sie. »Aber irgendwie tut sie mir leid. Sie hat mir ähnlich gesehen, wissen Sie das? Ich war viel hübscher, als ich jung war, aber Laurel war fünfzehn Jahre jünger als ich. Wenn ich mit Jack im Bett lag, hab' ich versucht, mir einzubilden, ich bin sie. Aber für sie war's auch kein reines Honiglecken. Er hat sie genauso gemein behandelt wie alle seine Weiber. Und zum Schluß hat er ihr ihre hübsche Visage zerschlagen.«

»Sie glauben wirklich, daß Ihr Mann das getan hat?«

»Mein Gott, Sie wissen ja nicht mal die Hälfte.« Sie plumpste neben mich auf das Sofa. »Ich könnte Ihnen Dinge erzählen, daß Sie eine Gänsehaut kriegen würden. Es ist schrecklich, so was zu sagen, aber ich kann's dem Jungen kaum verübeln, daß er ihn abgeknallt hat. Wissen Sie, wer der Junge ist?«

»Sein Vater war Jasper Blevins. Seine Mutter war Laurel.«

»Sie sind gerissener, als ich dachte.« Sie sah mich

zweifelnd an. »Oder hab' ich Ihnen das neulich gesagt?«

»Nein.«

»Bestimmt habe ich's Ihnen gesagt, ich möchte wetten. Oder hat man's Ihnen in Rodeo City gesagt? Dort weiß es doch jeder Mensch.«

»Was, Mrs. Fleischer?«

»Was Jack getan hat. Er war das Gesetz, und niemand konnte ihm was anhaben. Er hat Blevins umgebracht. Er hat ihn unter den Zug gelegt, weil er seine Frau haben wollte. Er hat Laurel dazu gebracht, zu sagen, daß der Tote nicht ihr Mann ist. Er hat ihren kleinen Jungen ins Waisenhaus gesteckt, weil er ihm und seiner großen Liebe im Weg war.«

Ich wußte nicht, ob ich ihr glauben sollte oder nicht. Ihre Worte hingen in dem unwirklichen, beleuchteten Raum; hierher paßten sie, doch mit der hellen Welt draußen schienen sie nichts zu tun zu haben.

»Woher wissen Sie das alles?«

»Einiges hab' ich selbst herausgefunden.« Ihr eines Auge sah mich klar und offen an; das andere war halb geschlossen und stumpf. »Ich hab' Freunde bei der Polizei oder hatte welche. Die Frauen von anderen Sheriffs haben mir einiges zugeflüstert.«

»Warum brachten ihre Männer Ihren Mann nicht zu Fall?«

Das stumpfe Auge schloß sich ganz und blinzelte

starr; mit dem klaren starrte sie mich an. »Jack wußte von zu vielen vertuschten Morden. Der Norden des Distrikts ist ein rauhes Land, Mister, und Jack war dort König. Außerdem, was hätten sie ihm beweisen können? Laurel sagte, der Tote wäre nicht ihr Mann. Sie hätte ihn nie im Leben gesehen. Sein Kopf war völlig verstümmelt, nicht zu in-«, sie stolperte über das Wort, »identifizieren. Sie haben es einfach als Unfall hingestellt.«

»Und Sie wissen mit Sicherheit, daß es keiner war?«

»Ich weiß, was ich weiß.« Doch ihr geschlossenes Auge schien sich darüber lustig zu machen.

»Sind Sie bereit, das der Polizei zu sagen?«

»Was würde das nützen? Jack ist tot. Alle sind tot.«

»Sie nicht.«

»Ich wünschte, ich wär's.« Ihre eigenen Worte überraschten oder erschreckten sie. Sie öffnete beide Augen und starrte mich an, als hätte ich gedroht, sie umzubringen.

»Und Davy Spanner ist auch nicht tot.«

»Er wird's bald sein. Ein Trupp von fünfzig Mann ist hinter ihm her. Ich hab' heute morgen mit Rory Pennell telefoniert. Er sagte, sie würden ihn umlegen.«

»Möchten Sie das?«

»Er hat doch Jack erschossen.«

»Sie sagten aber, Sie könnten's ihm nicht übelnehmen.«

»Hab' ich das wirklich?« sagte sie, als frage sie nicht nur mich, sondern auch sich selbst. »Ausgeschlossen. Jack war doch mein Mann.«

In diesem Moment ging mir ein Licht auf. In ihrem Leben und ihrem Geist war ein ebenso tiefer Riß wie in ihrer Ehe. Ich stand auf und ging zur Tür.

Sie folgte mir. »Was ist mit den Tonbändern?«

»Wieso? Haben Sie sie?«

»Vielleicht kann ich sie beschaffen.«

»Für einen Tausender?«

»Das ist nicht genug«, sagte sie. »Ich bin jetzt Witwe. Ich muß sehen, wie ich zurechtkomme.«

»Lassen Sie mich die Bänder abhören. Vielleicht erhöhe ich dann mein Angebot.«

»Sie sind nicht hier.«

»Wo sind sie?«

»Das ist mein kleines Geheimnis. Versuchen Sie's doch rauszukriegen.«

»Okay, wie Sie wollen. Ich komm' wieder, oder ich ruf' Sie an. Wissen Sie meinen Namen?«

»Archer«, sagte sie. »Jack Archer.«

Ich ließ es dabei bewenden. Sie ging zurück in das künstliche Zwielicht ihres Wohnzimmers.

29

Bevor ich Santa Teresa verließ, rief ich von der Telefonzelle einer Tankstelle aus bei Henry Langston an. Seine Frau meldete sich: »Hier bei Langston.«

»Ist Ihr Mann da?«

»Wer ist dort, bitte?« Doch vermutlich hatte sie meine Stimme erkannt. Die ihre klang feindselig.

»Lew Archer.«

»Nein, er ist nicht da, und Sie sind schuld daran. Er ist immer noch im Norden und versucht, seinen kostbaren Mörder zu retten. Der wird ihn auch noch umlegen.«

Sie war völlig außer sich, und ich versuchte sie zu beruhigen. »Ganz bestimmt nicht, Mrs. Langston.«

»Was wissen Sie denn?« sagte sie. »Ich hab' so ein schreckliches Gefühl, als ob ein furchtbares Unheil auf uns zukäme. Und Sie sind schuld daran. Sie haben ihn in das Ganze hineingezogen.«

»Das ist nicht wahr. Er kümmert sich schon seit Jahren um Davy Spanner. Er ist eine Verpflichtung eingegangen, und die versucht er zu erfüllen.«

»Und was ist mit *mir*?« schrie sie.

»Macht Ihnen irgendwas Besonderes Sorgen?«

»Es hat keinen Sinn, Ihnen das zu sagen«, sagte sie wütend. »Sie sind kein Arzt.«

»Sind Sie krank, Mrs. Langston?«

Sie antwortete, indem sie auflegte. Am liebsten wäre ich zu ihr gefahren, doch das hätte nur zu weiteren Komplikationen geführt und ich hätte Zeit verloren. Sie tat mir leid, doch ich konnte ihr nicht helfen. Das konnte nur ihr Mann.

Ich fuhr zu der nach Norden führenden Autobahn. Mein Körper begann sich dagegen aufzulehnen, daß ich ihn ständig in Anspruch nahm und ihm keine Ruhe gönnte. Ich nahm den rechten Fuß bis Rodeo City keinen Moment vom Gaspedal.

Hilfssheriff Pennell saß im Hinterzimmer seines Büros am Funkgerät. Er schien sich nicht von der Stelle gerührt zu haben, seit ich letzte Nacht mit ihm gesprochen hatte. Sein Schnurrbart und seine Augen beherrschten sein unrasiertes Gesicht, das blaß und eingefallen war.

»Was gibt's Neues, Pennell?«

»Sie haben ihn verloren«, sagte er gereizt.

»Wo?«

Er zuckte die Achseln. »Der Regen hat seine Spuren weggespült. Es regnet immer noch im Norden.«

»Und was glauben Sie?«

»Daß er versucht, sich zur Küste durchzuschlagen. Landeinwärts gibt's nichts als Berge. Oberhalb siebzehnhundert Meter schneit's.«

»Und?«

»Wenn er auf die Autobahn kommt, werden wir ihm den Weg abschneiden. Ich hab' die Autobahnpolizei gebeten, Straßensperren zu errichten.«

»Besteht die Möglichkeit, daß er noch im Tal ist?«

»Kann sein. Der P-professor scheint's jedenfalls anzunehmen.«

»Sie meinen Henry Langston?«

»Ja. Er ist noch immer auf der Krug-Ranch. Er ist der Meinung, daß Spanner auf irgendeine verrückte Weise an dem Haus hängt und daß er dorthin zurückkommen wird.«

»Und Sie glauben das nicht?«

»Nein. Ich hab' noch nie einen P-professor gekannt, der wußte, was er redet. Die kriegen vom vielen Bücherlesen alle eine weiche Birne.«

Ich widersprach nicht, und das ermutigte Pennell, weiterzureden. Anscheinend hatte er eine ziemliche Wut auf Langston, und ich sollte ihm bestätigen, daß er mit seiner Ansicht über ihn recht hatte.

»Wissen Sie, was der Professor mir gesagt hat? Daß Spanner allen G-g-grund hatte, Jack umzubringen. Weil Jack ihn ins Waisenhaus gesteckt hat.«

»Hat er das denn nicht?«

»Sicher, aber was hätte Jack denn sonst mit dem Jungen machen sollen? Sein Vater war von einem Zug überfahren worden. Jack war doch nicht für ihn verantwortlich.«

Es kam mir vor, als ob er es mit einem leicht schwankenden Unterton sagte. »Für wen war Jack nicht verantwortlich, Pennell?«

»Für keinen von beiden, für den Vater nicht und für den Sohn nicht. Ich weiß, damals gingen gemeine Gerüchte um, und jetzt versucht dieser Langston, sie wieder aufzuwärmen. Noch bevor der arme Jack im Grab liegt.«

»Was für Gerüchte?«

Er hob den Kopf und sah mich mit seinen entzündeten, traurigen Augen an. »Ich möcht' über diesen Blödsinn gar nicht reden.«

»Gerüchte, daß Jack den Mann selbst umgebracht hat?«

»Ja. All solch hirnverbrannter Quatsch.«

»Würden Sie das beschwören, Pennell?«

»Klar würde ich das«, sagte er aufgebracht. »Auf zehn Bibeln, wenn Sie wollen. Das hab' ich auch dem P-professor gesagt, aber er hat mir nicht geglaubt.«

Ich glaubte ihm auch nicht. »Würden Sie sich einem Test mit dem Lügendetektor unterziehen?«

Pennell war enttäuscht von mir. »Sie halten mich also für einen Lügner. Und den armen alten Jack für einen Mörder.«

»Wer soll denn Jasper Blevins sonst umgebracht haben?«

»Da kämen eine Menge Leute in Frage.«

»Zum Beispiel?«

»Auf der Ranch hat sich ein wildaussehender Bursche mit einem Bart rumgetrieben. Soll ausgesehen haben wie ein Russe.«

»Hören Sie auf, Pennell. Bärtige Anarchisten nehme ich Ihnen nicht ab. Ich weiß, daß Jack dauernd auf der Ranch war. Und später hat er Laurel bei Mamie Hagedorn untergebracht.«

»Na, und wenn schon? Blevins mochte seine Frau nicht; das wußte doch jeder.«

»Kannten Sie Blevins?«

»Ich hab' ihn ein- oder zweimal gesehen.«

»Auch als er tot war?«

»Ja.«

»War es Blevins?«

»Ich könnt's nicht beschwören; weder daß er's war noch daß er's nicht war.« Mit einem verschlagenen Blick fügte er hinzu: »Mrs. Blevins sagte, er war's nicht. Sie mußte es doch wissen.«

»Und was sagte der kleine Junge?«

»Der hat gar nichts gesagt. Kein einziges Wort. Der war völlig stumm.«

»Das hat euch gepaßt, was?«

Pennell legte die Hand auf seinen Revolvergriff und stand auf. »Jetzt hab' ich aber genug von Ihrem blöden Gerede. Jack Fleischer war wie ein älterer B-bruder zu mir. Er hat mir das Sch-schießen beigebracht und das Trinken. Er hat mir meine erste F-frau besorgt. Er h-hat aus mir das gemacht, w-was ich bin.«

»Ich hab' mich schon gefragt, wer daran schuld ist.«

Pennell holte fluchend seinen Revolver hervor. Ich zog mich zurück. Er folgte mir nicht, doch ich zitterte ein wenig. Dies war die zweite Kanone, die man heute auf mich gerichtet hatte. Früher oder später würde eine losgehen.

Ich ging über die Straße zum Rodeo Hotel und fragte den Portier, wo Mamie Hagedorn wohnte.

Er blickte freundlich auf. »Mamie hat sich schon lange zur Ruhe gesetzt.«

»Ich möchte sie privat sprechen.«

»Ach so. Sie wohnt ein Stück die Straße hinauf, in Richtung Centerville. Es ist ein großes rotes Ziegelhaus, das einzige rote Ziegelhaus in dem Viertel.«

Ich fuhr aus der Stadt hinaus, vorbei an den Rodeoplätzen und hinauf in die Berge. Das rote Ziegelhaus stand auf einem davon; es beherrschte die ganze Landschaft. Es war ein grauer, wolkiger Tag, und das Meer war wie ein trüber Spiegel.

Ich ging die mit Kies bedeckte Zufahrt hinauf und klopfte an die Tür des großen Hauses. Eine Iberoamerikanerin öffnete mir; sie trug ein schwarzes Kleid und eine weiße Haube mit einer schwarzen Samtschleife. Sie war das erste uniformierte Dienstmädchen, das ich seit langem sah.

Sie begann mich auszufragen, wer und was ich sei und was ich wolle. Aus dem Innern des Hauses rief eine Frauenstimme: »Laß ihn rein! Ich möchte ihn sprechen.«

Das Mädchen führte mich in einen Raum mit reichverzierten viktorianischen Möbeln, auf denen Spitzendeckchen lagen. In mir stieg wieder das Gefühl auf, das mich erfüllt hatte, als ich zuerst in diese Gegend gekommen war – daß ich einen Schritt zurück in die Vorkriegszeit tat.

Mamie Hagedorn verstärkte diesen Eindruck. Sie saß auf einer Couch, eine kleine Frau mit goldenen Pantoffeln an den Füßen, die ein Stück über dem Parkettboden baumelten. Sie trug ein strenges Kleid mit hohem Kragen und hatte einen Kropftaubenbusen, ein mit Rouge bedecktes Gesicht, und ihr Haar oder ihre Perücke war mit einem ungemein gräßlichen grellen Rot getönt. Doch das Lächeln, zu dem sich ihr Gesicht verzog, gefiel mir.

»Was haben Sie auf dem Herzen?« sagte sie. »Setzen Sie sich und sagen Sie's Mamie.«

Sie hob die Hand, an der ein Brillant glitzerte. Ich setzte mich neben sie.

»Ich hab' gestern nacht in Centerville mit Al Simmons gesprochen. Er hat mir gesagt, daß Sie Laurel Blevins kannten.«

»Al ist ein alter Quatschkopf«, sagte sie fröhlich.

»Aber es stimmt – Laurel hab' ich sehr gut gekannt. Sie hat nach dem Tod ihres Mannes bei mir gewohnt.«

»Dann war es also Blevins, der von dem Zug überfahren wurde?«

Sie überlegte einen Moment. »Genau weiß ich das nicht. Es ist amtlich nie bestätigt worden.«

»Warum nicht?«

Sie rutschte unruhig hin und her. Ihr Kleid raschelte, und ein leiser Lavendelduft stieg mir in die Nase. Meinen strapazierten Nerven schien sie wie die Vergangenheit, die sich in ihrem Leichenhemd räkelt.

»Ich möchte Laurel keine Unannehmlichkeiten bereiten. Ich hab' Laurel immer sehr gern gemocht.«

»Dann wird es schmerzlich für Sie sein zu erfahren, daß sie tot ist.«

»Laurel? Sie ist doch noch eine junge Frau.«

»Sie ist keines natürlichen Todes gestorben. Sie wurde erschlagen.«

»Um Himmels willen!« sagte sie. »Von wem?«

»Einer der Hauptverdächtigen ist Jack Fleischer.«

»Aber der ist doch auch tot.«

»Eben. Sie können beiden nicht mehr schaden, wenn Sie reden, Mrs. Hagedorn.«

»*Miss*. Ich war nie verheiratet.« Sie setzte eine Hornbrille auf, die ihr Gesicht streng erscheinen ließ, und sah mich prüfend an. »Wer sind Sie eigentlich?«

Ich sagte es ihr und erzählte ihr die ganze Geschichte.

»Ich habe fast alle diese Leute gekannt«, sagte sie mit belegter Stimme. »Auch noch Joe Krug und seine Frau Alma. Joe war ein netter Kerl. Aber Alma war ein bigotter Trauerkloß. Joe hat mich manchmal besucht – ich hatte ein Haus in Rodeo City, falls Sie das nicht wissen –, und Alma hat mir nie verziehen, daß ich ihn vom rechten Weg abbrachte. Ich glaube, ich war einer der Hauptgründe, warum sie ihn dazu brachte, nach Los Angeles zu gehen. Mein Gott, das ist vierzig Jahre her. Was ist aus Joe geworden?«

»Er ist gestorben. Alma lebt noch.«

»Sie muß schon schrecklich alt sein. Alma ist älter als ich.«

»Und wie alt sind Sie?«

»Mein Alter verrate ich nie«, sagte sie traurig lächelnd. »Ich bin älter, als ich aussehe.«

»Das denk' ich mir.«

»Bitte keine Komplimente.« Sie nahm die Brille ab und wischte sich mit einem Spitzentaschentuch die Augen. »Joe Krug war ein prima Kerl, aber er hatte hier oben kein Glück. In Los Angeles soll's ihm dann besser gegangen sein.«

»In welcher Beziehung?«

»Finanziell. Wie denn sonst? Er bekam einen Job bei einer großen Gesellschaft, und seine Tochter heiratete seinen Chef.«

»Etta?«

»Henrietta. Etta war ihr Rufname. Sie war vorher mit einem gewissen Albert Blevins verheiratet. Und der war der Vater von Jasper Blevins, der die arme Laurel heiratete.« Die Alte schien auf ihre genealogischen Kenntnisse stolz zu sein.

»Wer hat Jasper umgebracht, Miss Hagedorn?«

»Ich sag' Ihnen doch, genau weiß ich's nicht.« Sie sah mich prüfend an. »Wenn ich Ihnen sage, was ich weiß, was wollen Sie dann damit anfangen?«

»Den Vorhang öffnen und Licht hereinlassen.«

Sie lächelte versonnen. »Das erinnert mich an eine Hymne, an eine alte Erweckungshymne. Ich bin mal bekehrt worden – kaum zu glauben, was? Es dauerte, bis der Prediger mit dem Opferstock und meiner besten Freundin durchbrannte. Hinter was sind Sie her, Mister Evangelist? Hinter Geld?«

»Ich krieg' mein Geld.«

»Von wem?«

»Von jemandem unten im Süden.«

»Wofür bezahlt er Sie?«

»Es würde zu lange dauern, Ihnen das zu erklären.«

»Warum schmeißen Sie die ganze Sache nicht hin und lassen die Toten ruhen?«

»Weil's allmählich zu viele werden. Das Ganze dauert jetzt schon zu lange. Fünfzehn Jahre.« Ich beugte mich zu ihr vor und sagte leise: »Hat Laurel ihren Mann umgebracht? Oder war es Jack Fleischer?«

Sie stellte darauf eine andere Frage, in der eine Antwort versteckt schien: »Sie sagen, Laurel ist tot. Woher soll ich wissen, daß das wahr ist?«

»Rufen Sie die Polizei in Los Angeles an, das Revier Purdue Street. Verlangen Sie Sergeant Prince oder Sergeant Janowski.«

Ich sagte ihr die Nummer. Sie stieg von der Couch auf einen bestickten Fußschemel und dann auf den Boden und verließ das Zimmer. Ich hörte, wie draußen in der Diele eine Tür zugemacht wurde. Ein paar Minuten später hörte ich die Tür aufgehen.

Für den Rückweg brauchte sie wesentlich länger. Das Rouge glühte auf ihren schlaffen Wangen. Als sie wieder auf die Couch kletterte, erinnerte sie mich einen Moment an ein Kind mit einer Perücke, das in ein griechisches Kostüm gekleidet war.

»Laurel ist tatsächlich tot«, sagte sie dumpf. »Ich hab' mit Sergeant Prince gesprochen. Er will jemanden herschicken und mich vernehmen lassen.«

»Warum sagen Sie mir nicht, was Sie wissen?«

»Meinetwegen. Da Jasper und Laurel tot sind, will ich Ihre Frage beantworten. Die Antwort ist ja. Laurel hat Jasper umgebracht; sie hat ihm mit dem stumpfen Ende einer Axt den Kopf eingeschlagen. Jack Fleischer hat die Leiche unter einen Zug gelegt. Er hat das Ganze als Unfall hingestellt und behauptet, das Opfer wäre nicht zu identifizieren.«

»Woher wissen Sie das alles?«

»Laurel hat's mir selbst gesagt. Zu der Zeit, als sie bei mir wohnte, waren wir wie Mutter und Tochter. Sie hat mir erzählt, wie sie Jasper umgebracht hat und warum. Ich hab's ihr keinen Moment übelgenommen.« Mamie Hagedorn erschauderte und holte tief Luft. »Das einzige, was ich ihr übelgenommen habe, war, daß sie den kleinen Jungen verlassen hat. Das war schrecklich, das hätte sie nicht tun dürfen. Doch er wäre eine Belastung für sie gewesen, und sie hatte es schon allein schwer genug, sich durchzuschlagen.«

»Schließlich ist sie zu ihm zurückgekehrt«, sagte ich. »Doch da war es zu spät für sie beide.«

»Sie glauben, ihr eigener Sohn hat sie erschlagen?«

»Das weiß ich noch nicht. Er hatte kein Motiv. Aber wenn er dahintergekommen ist, daß sie seinen Vater umgebracht hat –« Ich beendete den Satz nicht.

»Aber das hat sie doch gar nicht.«

»Das haben Sie doch eben gesagt.«

»Nein, ich habe gesagt, sie hat Jasper Blevins umgebracht, ihren Mann. Er war nicht der Vater des Jungen.«

»Wer denn?«

»Irgendein reicher Mann in Texas. Er hat ihr das Kind gemacht, bevor sie von dort wegging. Seine Familie hat ihr etwas Geld gegeben und sie nach Kalifornien abgeschoben. Jasper hat sie wegen dieses Geldes geheiratet, aber er hatte nie normale Beziehungen mit ihr. Widerlich, so ein Mann, der mit normalem Eintopf nicht zufrieden ist –«

Ich unterbrach sie. »Woher wissen Sie das alles?«

»Laurel hat's mir erzählt, nachdem sie ihn umgebracht hatte. Er hat mit ihr Dinge getan, die keine Frau ertragen kann. Deshalb hat sie ihn umgebracht, und ich kann's ihr nicht verübeln.«

30

Ich dankte Mamie Hagedorn und ging hinaus zu meinem Wagen. Ich hatte etwas Licht in die Sache gebracht. Doch das Wesentliche war, daß sich der Farbton des Lichts geändert hatte.

Ich fuhr über den Paß zur Krug-Ranch. Es war der Ort, wo all das Unheil begonnen hatte, wo Albert Blevins die Lampe nach seiner Frau geworfen und sein Haus und seine Ehe und seinen Sohn Jasper ruiniert hatte, wo Jaspers Ehe mit einem Mord geendet hatte, wo Davy Spanner geboren und Jack Fleischer gestorben war. Ich wollte den Ort in dem neuen, anderen Licht sehen.

Es regnete im Tal nicht mehr. Die Wolkendecke war

aufgerissen, und an einigen Stellen sah man den Himmel.

Ich fuhr durch Centerville und, ohne anzuhalten, bis zum Buzzard-Fluß.

Henry Langstons Kombi stand am Straßenrand. Der Fluß war zu einem seichten Bach zusammengeschrumpft, der sich durch mehrere in den Schlamm gegrabene Furchen über die Straße schlängelte.

In dem Schlamm waren Fußspuren, die wahrscheinlich von Langston stammten. Ich watete ihnen nach und stieg den steinigen Weg zur Ranch hinauf. Die Felder drumherum sahen frisch und neu aus. Jeder Grashalm, jedes Eichenblatt leuchtete klar und deutlich. Der Himmel strahlte, und selbst die verstreuten Wolken sahen aus wie Eisschollen aus Licht.

Nur die menschlichen Bauten wirkten grau und schäbig. Sie erschienen winzig klein unter dem Himmel, der sich unendlich weit über das Tal wölbte.

Henry Langstons Spuren führten an der Scheune vorbei zu dem verfallenen Haus. Bevor ich es erreichte, trat er heraus, in der linken Hand seine 32er-Sportpistole, in der rechten eine abgesägte Schrotflinte. Einen Moment durchzuckte mich der verrückte Gedanke, er wolle auf mich schießen.

Doch dann schwenkte er die Flinte und rief freundlich meinen Namen. »Ich hab' die Mordwaffe gefunden.«

»Im Haus?«

»Nein. Er hat sie in den Fluß geworfen. Ich hab' sie aus dem Schlamm ragen sehen, als ich durchwatete.«

Ich nahm ihm die Flinte aus der Hand und klappte sie auf. Es steckten zwei leere Patronenhülsen darin. Der kurze, häßliche Doppellauf war mit Schlamm verstopft.

»Sonst noch irgendwelche Spuren von ihm?«

Hank schüttelte den Kopf. »Ich dachte, er würde vielleicht hierher zurückkommen. Aber ich hab' mich getäuscht.«

»Wo ist der Polizeitrupp?«

Er deutete auf die Berge im Nordosten. Ich sah darüber schwarze Wolken, an deren zerfetzten Rändern Regenfahnen hingen.

»Wahrscheinlich sind sie steckengeblieben«, sagte er mit leiser Befriedigung.

»Sie möchten nicht, daß sie ihn schnappen, was, Hank?«

»Ich bin in einem Zwiespalt. Natürlich möchte ich, daß sie Davy schnappen. Er ist gefährlich. Aber ich möchte nicht, daß er ohne Prozeß einfach abgeknallt wird. Schließlich gibt es mildernde Umstände für ihn, oder?«

Darüber war ich mir im klaren. Es war einer der Gründe, warum ich noch weitermachte. Es bestand nicht viel Aussicht, Davy vor einer Verurteilung wegen vorsätzlichen Mordes zu bewahren, doch ich hoffte, daß das Mädchen noch herauszureißen war.

»Machen wir, daß wir hier wegkommen«, sagte ich. »Übrigens, ich hab' in Santa Teresa angehalten und mit Ihrer Frau telefoniert.«

Hank warf mir einen schuldbewußten Blick zu. »Ist Kate in Ordnung?«

»Leider nein. Sie macht sich Sorgen um Sie, und um sich selbst auch.«

»Was hat sie denn?«

»Vielleicht sind's nur die Nerven. Sie wollte es mir nicht sagen, weil ich kein Arzt bin.«

»Sie hat Angst, das Baby zu verlieren«, sagte er ernst. »Bevor ich losfuhr, hatte sie eine leichte Blutung.«

Er ging mit langen Schritten an der Scheune vorbei auf die Straße zu. Die Eule flatterte heraus, die Augen in dem verblüfften Gesicht weit aufgerissen. Hank schoß mit seiner Sportpistole auf die Eule. Er verfehlte sie, doch mir gefiel das nicht. Es erinnerte mich an Lupes Schuß auf das Sumpfhuhn.

Wir fuhren nach Centerville, jeder in seinem eigenen Wagen. Hank parkte seinen Kombi vor Al Simmons' Imbißstube. Als ich hereinkam, sprach er bereits in das Telefon auf der Theke: »Ein R-Gespräch, bitte. Mein Name ist Henry Langston.«

Lange herrschte Stille, unterbrochen nur durch das

Klingeln des Telefons am andern Ende der Leitung und das Murmeln eines leise gestellten Radios an diesem Ende. Al Simmons beugte sich über die Theke:

»Wieder irgendwas Schlimmes?«

»Ich hoffe nicht.«

Die Stimme der Telefonistin drang aus dem Apparat, als beantworte sie ebenfalls Als Frage. »Es meldet sich niemand, Sir. Soll ich's noch mal versuchen?«

»Danke, ich ruf' später noch mal an.« Hank legte auf und drehte sich zu mir um. »Wahrscheinlich holt sie Henry aus dem Kindergarten ab. Es ist nur ein bißchen früh dafür.«

Als würde er gezogen oder gestoßen, wandte er sich plötzlich ab und ging zur Tür. Al Simmons hielt mich zurück.

»Was ist denn mit Ihrem Freund?«

»Er hat Angst um seine Frau.«

»Wegen dieses Burschen mit dem Schrotgewehr?«

»Ja.«

»Vor dem dürften eine Menge Leute Angst haben. Er ist über den Nordpaß entwischt. Wissen Sie das schon? Im Radio haben sie gesagt, ein Lastwagen hat ihn mitgenommen.«

»In welche Richtung?«

»Nach Süden. Der Fahrer sagte, er hätte ihn in Santa Teresa abgesetzt.«

Ich ging hinaus, um es Hank zu sagen, doch er brauste bereits die Asphaltstraße hinauf. Als ich den Gipfel des Passes erreichte, sah ich seinen Wagen weit unten auf der geschlängelten Straße; wie ein Floh kroch er den felsigen Rand des Berges entlang.

Vielleicht hätte ich in Rodeo City anhalten sollen, doch ich hatte starke Zweifel, daß Pennell das Richtige tun würde. Falls Davy sich in Langstons Haus versteckt hatte, so war eine Schießerei, bei der Unschuldige verletzt wurden, das Letzte, was wir brauchen konnten.

Sobald ich auf der Autobahn und vorbei an der Straßensperre war, die Pennell zu spät hatte errichten lassen, trieb ich den Geschwindigkeitsmesser auf hundertvierzig und ging nicht herunter, bis ich am Stadtrand von Santa Teresa war. Ich bog an der ersten Ausfahrt ab und fuhr zu dem Viertel, in dem Langston wohnte.

Hanks Kombi stand auf der Straße; Dampf quoll unter der Motorhaube hervor. Hank lief, mit der Pistole in der Hand, auf die Haustür zu.

»Kate!« schrie er. »Bist du okay?«

Kate Langston stürzte schreiend heraus. Sie rannte zu ihrem Mann, fiel auf den Gehsteig, bevor sie bei ihm war, rappelte sich mit blutigen Knien hoch und rief jämmerlich: »Ich werde das Baby verlieren. Ich werde seinetwegen das Baby verlieren.«

Hank packte sie mit dem linken Arm und drückte

sie an sich. Davy erschien in der Haustür, dreckig und unrasiert und linkisch, wie ein Schauspieler mit schrecklichem Lampenfieber.

Hank hob den rechten Arm und richtete die Pistole wie einen dunklen langen Finger auf ihn. Davy sah ihn ängstlich an und öffnete den Mund, um etwas zu sagen. Hank gab mehrere Schüsse ab. Der dritte traf sein linkes Auge. Er sank auf die Türschwelle und starb schnell.

Etwa eine Stunde später war ich mit Hank im Innern des Hauses. Die Ortspolizei war dagewesen, hatte Hank vernommen, ihm gratuliert und die Leiche weggeschafft. Kate war in der Notaufnahme des Krankenhauses; man hatte ihr zur Beruhigung eine Spritze gegeben.

Um auch Hank zu beruhigen, schenkte ich ihm einen Whisky nach dem andern ein, trank selbst aber nur wenig. Der Whisky tat ihm gar nicht gut. Er wanderte im Wohnzimmer umher und suchte irgendwas, das anscheinend nicht da war. Er blieb am Flügel stehen und begann mit geballten Fäusten auf die Tasten zu hämmern.

»Muß das sein?« schrie ich ihn an.

Er wandte sich mit erhobenen Fäusten um. Seine Augen waren dunkel und wild; ebenso wild, wie Davys Augen gewesen waren.

»Ich hätte ihn nicht umbringen dürfen, oder?«

»Ich bin nicht Ihr Gewissen. Es gibt eine Art Ökonomie im Leben. Man soll nicht mehr ausgeben, als man hat, mehr sagen, als man weiß, oder sich mehr einsetzen für etwas, als notwendig.«

»Er hat meine Ehe ruiniert; er hat meine Frau völlig fertiggemacht. Ich mußte mich entscheiden – etwas Entscheidendes tun.«

»Das haben Sie getan.«

»Die Polizei hat mir keinen Vorwurf gemacht.«

»Die ist auch nicht Ihr Gewissen.«

Er setzte sich schwankend auf die Klavierbank. Ich war enttäuscht von Hank, und ich machte mir Sorgen um ihn. Das zweite Ich, das die meisten von uns in sich haben, war hervorgekommen und reagierte seine Gewalttätigkeit ab. Nun mußte er sein restliches Leben damit verbringen, wie ein irrsinniger siamesischer Zwilling.

Das Telefon schrillte. Ich ging ran: »Hier bei Langston.«

»Sind Sie's, Mr. Langston?« sagte eine Frauenstimme.

»Ich bin ein Freund der Familie. Mrs. Langston ist krank.«

»Ich wollte nur fragen, warum sie ihren Kleinen nicht abholt.«

»Ist dort der Kindergarten?«

»Ja«, sagte die Frau. »Ich bin Mrs. Hawkins.«

»Bitte, behalten Sie den Jungen vorläufig. Behalten Sie ihn über Nacht.«

»Das geht nicht. Darauf sind wir leider nicht eingerichtet.«

»Vielleicht geht's doch. Versuchen Sie's doch bitte. Mrs. Langston ist im Krankenhaus.«

»Und Mr. Langston?«

»Dem geht's auch nicht gut.«

Ich legte auf und ging zu ihm zurück. Seine Augen waren dunkel und leer, wie ausgebrannt. Die Wandlung in seinem Innern und in seinem Leben wurde ihm allmählich bewußt.

Ich verabschiedete mich und verließ das Haus, wobei ich einen großen Schritt über die Schwelle machte. Ein wenig von Davys Blut färbte sich darauf braun in der Sonne, die ihn nun für immer verschmäht hatte.

31

Bevor ich nach Los Angeles zurückfuhr, stattete ich Mrs. Fleischer noch einen letzten Besuch ab. Sie öffnete mir in einem schwarzen Hut und Mantel. Ihr Gesicht war frisch geschminkt, doch unter dem Make-up sah es verquollen und schlaff aus.

Sie schien fast völlig nüchtern, doch sehr nervös. »Was wollen Sie?«

»Die Tonbänder.«

Sie spreizte ihre behandschuhten Hände. »Ich habe keine Tonbänder.«

»Hören Sie auf, Mrs. Fleischer. Sie sagten, Sie könnten sie beschaffen.«

»Jetzt kann ich's eben nicht mehr.«

»Haben Sie sie der Polizei gegeben?«

»Vielleicht ja, vielleicht nein. Würden Sie jetzt bitte gehen? Ich erwarte ein Taxi.«

Sie wollte die Tür zumachen. Ich lehnte mich lässig, aber fest dagegen. Sie blickte langsam zu mir auf.

»Was soll das?«

»Ich habe mich entschlossen, mein Angebot zu erhöhen. Ich geben Ihnen zweitausend.«

Sie lachte spöttisch. »Machen Sie sich nicht lächerlich. Wenn ich keine Dame wäre, würde ich Ihnen sagen, was Sie mich mit Ihren lausigen zwei Tausendern können.«

»Wer war bei Ihnen?«

»Ein sehr netter junger Mann. Er hat sich wie ein Gentleman benommen, was man von manchen andern nicht behaupten kann.« Sie gab der Tür, an die ich meine Schulter stemmte, wütend einen Stoß. »Und er hat mir gesagt, was diese Tonbänder wirklich wert sind.«

»Wieviel?«

»Zehntausend«, sagte sie stolz.

»Hat er sie Ihnen abgekauft?«

»Vielleicht.«

»Ich weiß schon. Vielleicht ja, vielleicht nein. Könnten Sie ihn mir beschreiben?«

»Er hat sehr gut ausgesehen und hatte schönes, braunes lockiges Haar. Er hat viel besser ausgesehen als Sie. Und er war wesentlich jünger«, fügte sie hinzu, als ob sie ihren Mann durch seinen alten Kameraden Jack Archer vergessen könnte.

Ihre Beschreibung paßte auf niemanden, den ich kannte; höchstens auf Keith Sebastian, doch das schien unwahrscheinlich. »Unter welchem Namen hat er sich Ihnen vorgestellt?«

»Er hat seinen Namen nicht genannt.«

Dann hatte er ihr das Geld vermutlich in bar gegeben, falls er es ihr tatsächlich gegeben hatte. »Zehntausend sind eine ziemliche Menge«, sagte ich. »Ich hoffe, Sie haben die Scheine nicht so bei sich.«

»Nein, ich –« Sie biß sich in die Unterlippe, und ein wenig Lippenstift färbte auf ihre Zähne ab. »Was geht Sie das eigentlich an? Wenn Sie jetzt nicht sofort verschwinden, hole ich die Polizei.«

Das war bestimmt das letzte, was sie tun würde. Doch ich hatte genug von ihr und all dem Gerede. Ich fuhr um den Block herum und parkte an der Ecke.

Nach einer Weile kam aus der anderen Richtung ein Taxi. Es hielt vor ihrem Haus und hupte kurz.

Mrs. Fleischer kam heraus, in der Hand eine hellblaue Reisetasche. Sie stieg in das Taxi. Ich fuhr ihm quer durch die Stadt bis zur Schnellstraße nach, und dann auf der Schnellstraße nach Norden zum Flughafen.

Ich versuchte nicht herauszufinden, wohin Mrs. Fleischer flog. Es war mir egal. Wenn sie die Stadt verließ, dann hatte sie die Tonbänder bestimmt verkauft.

Ich fuhr südwärts nach Woodland Hills, erfüllt von einem Gefühl der Leere und Leichtigkeit und Nutzlosigkeit. Ich hatte wohl insgeheim den Wunsch gehegt, etwas für Davy tun zu können, ihm wenigstens das Leben retten zu können, ihm auf lange Sicht eine Chance zu verschaffen.

Solche Wünsche in bezug auf andere Menschen gingen immer daneben. Aus dem, was Langston Davy gewünscht hatte, war ein rätselhaftes Dreieck geworden, das das Gegenteil von dem bedeutete, was es zu bedeuten schien. Allmählich kriegte ich es mit der Angst: Was würde wohl aus dem werden, was ich dem Mädchen wünschte?

Bernice Sebastian machte mir auf. Sie war blaß und niedergeschlagen; ihre schwarzen Augen glänzten. Zum erstenmal machte sie einen ungepflegten Eindruck. Vorn an ihrem Kleid war Zigarettenasche, und ihr Haar mußte dringend gekämmt werden.

Sie führte mich ins Wohnzimmer und bot mir einen Platz in der grellen Spätnachmittagssonne an, die durch das hohe Fenster schien.

»Möchten Sie eine Tasse Kaffee?«

»Nein, danke. Aber ein Glas Wasser gern.«

Sie brachte es mir förmlich, auf einem Tablett. Sie machte den Eindruck, als versuche sie, ihr zerfallendes Leben durch solche Förmlichkeiten zusammenzuhalten. Ich trank das Wasser und bedankte mich.

»Wo ist Ihr Mann?«

»Unterwegs. Irgendwas erledigen«, sagte sie trokken.

»Ist er vielleicht nach Santa Teresa gefahren?«

»Ich weiß nicht, wo er hin ist. Wir hatten Streit.«

»Möchten Sie nicht darüber sprechen?«

»Nein. Ich habe keine Lust, das Ganze noch mal durchzugehen. Im Grunde ging's darum, daß wir uns gegenseitig die Schuld an dieser Katastrophe zugeschoben haben.«

Sie setzte sich mir gegenüber auf einen Lederhocker, schlug die Knie übereinander und umklammerte sie mit den Händen. Nichts, was sie tat, war ohne Anmut, und das wußte sie ganz genau. Sie senkte unter meinem Blick verlegen ihren hübschen, zerzausten Kopf.

»Wenn Sie mir versprechen, nichts zu unternehmen, dann sag' ich Ihnen, weshalb wir Streit hatten.«

»Was soll ich nicht unternehmen?«

»Sie sollen nicht versuchen, Keith von irgendwas abzuhalten. Das wäre Verrat.«

»Wovon soll ich ihn nicht abhalten?«

»Zuerst geben Sie mir Ihr Versprechen.«

»Das kann ich nicht, Mrs. Sebastian. Ich kann Ihnen nur eines versprechen: daß ich nichts tun werde, was Ihrer Tochter schadet.«

»Und Keith auch nicht?«

»Wenn das, war er vorhat, Sandys Interessen zuwider läuft, werde ich mein Möglichstes tun, um ihr zu helfen.«

»Schön, ich sag's Ihnen. Er will sie ins Ausland bringen.«

»Und die Kaution verfallen lassen?«

»Ja. Er hat was von Südamerika gesagt.«

»Das wäre sehr unklug von ihm. Es wäre äußerst schwierig für sie, jemals wieder hierher zurückzukommen, und für ihn auch.«

»Das weiß ich. Und ich hab's ihm auch gesagt.«

»Wie will er denn die Reise finanzieren?«

»Ich fürchte, er hat die Absicht, Geld zu unterschlagen. Keith hat anscheinend völlig die Nerven verloren. Der Gedanke, daß Sandy vor Gericht und womöglich ins Gefängnis kommt, ist ihm unerträglich.«

»Sie ist doch noch in der Psychiatrischen Klinik, oder?«

»Ich weiß nicht.«

»Rufen Sie an und fragen Sie.«

Sie ging ins Arbeitszimmer und machte die Tür hinter sich zu. Ich hörte sie reden, doch sie sprach so leise, daß ich sie nicht verstand. Mit bestürzter Miene kam sie zurück.

»Er hat sie aus der Klinik abgeholt.«

»Wann?«

»Vor etwa einer Stunde.«

»Hat er gesagt, wohin er sie bringen will?«

»Nein.«

»Er hat auch keine Andeutung gemacht?«

»Heute morgen sagte er, daß er nach Mexico City fliegen will, und von dort vielleicht nach Brasilien. Aber er würde ganz bestimmt nicht abreisen, ohne mir Bescheid zu sagen. Er will, daß ich mitkomme.«

»Möchten Sie das?«

Sie schüttelte den Kopf. »Ich halte es für falsch, fortzugehen. Wir sollten hierbleiben und das Ganze durchfechten.«

»Sie sind ein gutes Mädchen.«

Sie sah mich dankbar an, doch dann sagte sie: »Nein. Wenn ich gut wäre, dann wäre meine Familie nicht in diese Klemme geraten. Ich habe schrecklich viele Fehler gemacht.«

»Welche?«

Sie schwieg eine Weile und ordnete ihre Gedanken. »Ich möchte nicht gern darüber reden. Dies ist nicht der richtige Moment, und ich weiß nicht recht, ob Sie das etwas angeht.«

»Wen geht's denn etwas an?«

»Eigentlich Keith. Er ist doch immer noch mein Mann. Das Dumme ist, daß wir schon vor Jahren aufgehört haben, miteinander zu reden. Wir haben angefangen, uns gegenseitig was vorzuspielen, ohne es uns einzugestehen. Keith spielte den aufstrebenden jungen Angestellten, und ich war seine Musterhausfrau und erfüllte ihn mit dem Gefühl, ein Mann zu sein, was bei Keith nicht leicht ist. Und Sandy tat uns den Gefallen, eine gute Schülerin zu sein und nie was Schlimmes zu tun oder zu sagen. Das Ganze ist nichts anderes als Ausbeutung. Keith und ich beuteten uns gegenseitig und Sandy aus, und das ist das Gegenteil von Liebe.«

»Ich halte Sie dennoch für ein gutes Mädchen.«

»Versuchen Sie nicht, mich zu beruhigen. Ich habe kein Recht darauf.«

Doch sie schloß die Augen und beugte ihren Kopf zu mir vor. Ich nahm ihr Gesicht in meine Hände. Ich spürte ihren Mund und ihren warmen Atem an meinen Fingern.

Nach einer Weile richtete sie sich auf. Ihr Gesicht

war ruhiger. Es war wieder etwas von dem Stolz darin, der sie schön machte.

»Haben Sie Hunger?« sagte sie. »Soll ich Ihnen was zu essen machen?«

»Ich glaube nicht, daß das richtig wäre.«

»Warum nicht?«

»Das haben Sie doch eben selbst gesagt. Man soll sich nicht gegenseitig was vorspielen.«

»Würde ich das denn tun?«

»Ich würde das tun, Bernice. Wir sollten etwas anderes tun.«

Sie verstand mich falsch und sah mich mit einem erschrockenen, fragenden Blick an. »Wie meinen Sie das?«

»Ich wollte Ihnen nicht zu nahetreten. Ich muß Ihnen nur eine Frage stellen, die Ihnen vielleicht peinlich ist. Bezüglich Sandys sexueller Erfahrungen.«

Sie zuckte zusammen, stand auf und ging rasch zur andern Seite des Zimmers.

»Wieviel wußte Ihre Tochter über Sex?«

Langsam wandte sie sich zu mir um. »Ich habe nicht die leiseste Ahnung. Wir haben über dieses Thema nie gesprochen.«

»Warum nicht?«

»Ich nehme an, sie hat alles darüber in der Schule gelernt. Sie hat einen Aufklärungskursus besucht. Außerdem fühlte ich mich nicht kompetent.«

»Wieso?«

Sie sah mich wütend an. »Ich versteh' wirklich nicht, warum Sie darauf so herumhacken. Das ist doch ohne jede Bedeutung.«

»Das sagen mir die Leute immer, wenn's um ihre Hauptprobleme geht.«

»Sex ist keines meiner Hauptprobleme. Ich kann auch ohne Sex auskommen, Keith und ich –«

»Was ist mit Keith und Ihnen?«

»Nichts. Sie haben kein Recht, mir solche Fragen zu stellen.«

Ich rückte näher zu ihr. »Eines wüßte ich gern. Was war mit Sandy im letzten Sommer – was hat sie damals in ihr Tagebuch geschrieben?«

»Das ist doch heute nicht mehr wichtig.«

»Alles ist wichtig.«

Sie sah mich irgendwie ungläubig an. »Sie scheinen das tatsächlich zu glauben, was? Ein Mensch wie Sie ist mir noch nie begegnet.«

»Lassen Sie das, um mich geht's nicht. Hat sie etwas über ihr LSD-Erlebnis geschrieben?«

»Unter anderem. Übrigens, ich hab' ganz vergessen, daß ich Ihnen vom Doktor was ausrichten soll. Die Probe, die Sie ihm zur Analyse gegeben haben, war LSD minderwertiger Qualität. Er meinte, das könnte unter Umständen einer der Gründe für Sandys Reaktion sein.«

»Das überrascht mich nicht. Was für Gründe gibt es sonst noch?«

»Das hat er nicht gesagt.«

»Ich frage Sie, Bernice. Was war sonst noch schuld dran?«

Sie wurde rot. »Das kann ich Ihnen nicht sagen. Wirklich nicht.«

»Sie werden mir doch sagen können, was Sandy getan hat oder mit sich hat tun lassen. Hatte sie sexuelle Beziehungen zu Lupe?«

Sie senkte den Kopf. »Es war nicht nur einer. Sie haben – haben verschiedenes mit ihr gemacht.«

»Und sie hat das Ganze in ihr Tagebuch geschrieben?«

»Ja.«

»Zeigen Sie's mir.«

»Ich hab's vernichtet. Wirklich. Ich habe mich so schrecklich geschämt.«

»Was glauben Sie, warum sie's niedergeschrieben hat?«

»Um mich zu beschämen. Sie wußte, daß ich ihr Tagebuch lese.«

»Glauben Sie nicht, sie wollte vielleicht nur, daß Sie ihr helfen?«

»Ich weiß nicht. Es war so ein furchtbarer Schock für mich. Ich konnte nicht richtig drüber nachdenken. Ich kann's noch immer nicht.« Sie sprach hastig und eintönig, mit einem schrillen Unterton, wie in Panik.

»Warum nicht, Bernice?« Ich fragte mich, ob das gleiche einmal ihr selbst passiert war.

Sie hob den Kopf und sah mich haßerfüllt an. »Ich möchte nicht mehr mit Ihnen reden. Gehen Sie.«

»Nur wenn Sie mir eines versprechen. Sagen Sie mir Bescheid, wenn Sie etwas von Keith hören. Ich möchte nichts weiter, als mit ihm und Sandy sprechen.«

»Ich rufe Sie an. Das verspreche ich Ihnen.«

Ich sagte ihr, daß ich in meinem Büro auf ihren Anruf warten würde, und ging. Auf die Berge im Westen schien die Spätnachmittagssonne. Das Licht war matt und elegisch, als würde die sinkende Sonne nie mehr aufgehen. Die Golfspieler auf dem Platz hinter dem Haus schienen sich mit einer merkwürdigen Hast zu bewegen, verfolgt von ihren langgezogenen Schatten.

32

Ich kaufte mir ein Brathuhn in einem Plastikbeutel und nahm es mit in mein Büro. Bevor ich es aß, rief ich den Auftragsdienst an. Das Mädchen sagte mir, daß Ralph Cuddy angerufen hatte.

Ich wählte die Nummer in Santa Monica, die Cuddy hinterlassen hatte. Er meldete sich selbst:

»Guten Abend. Hier Ralph Cuddy.«

»Hier Archer. Ich hätte nicht gedacht, daß ich noch mal von Ihnen hören würde.«

»Mrs. Krug hat mich gebeten, Sie anzurufen«, sagte er stockend vor Verlegenheit. »Ich habe ihr gesagt, daß Jasper tot ist. Sie möchte mit Ihnen darüber reden.«

»Sagen Sie ihr, daß ich sie morgen besuchen werde.«

»Geht's heute abend nicht mehr? Mrs. Krug kann's kaum erwarten. Erinnern Sie sich – Sie haben mich doch nach dieser gestohlenen Pistole gefragt. Sie weiß etwas darüber.«

»Woher denn?«

»Mr. Krug war zu der Zeit, als sie gestohlen wurde, Leiter der Aufsichtsabteilung der Corpus Christi Oil.«

»Wer hat sie gestohlen? Jasper Blevins?«

»Ich kann Ihnen nichts Näheres sagen. Am besten, Sie fragen Mrs. Krug selbst.«

Ich fuhr durch den starken Abendverkehr zum Oakwood-Pflegeheim. Als die Schwester mich den Korridor entlangführte, stieg mir Essensgeruch in die Nase. Er erinnerte mich an das Huhn, das ich unberührt auf meinem Schreibtisch hatte liegen lassen.

Alma Krug blickte von ihrer Bibel auf, als ich eintrat. Ihre Augen waren ernst. Sie schickte die Schwester mit einer Handbewegung weg.

»Machen Sie bitte die Tür zu«, sagte sie zu mir. »Nett von Ihnen, daß Sie mich besuchen, Mr. Archer.« Sie deutete auf einen Sessel. Ich setzte mich, und sie drehte ihren Rollstuhl zu mir herum. »Ralph Cuddy hat mir gesagt, daß mein Enkel Jasper bei einem Eisenbahnunglück ums Leben gekommen ist. Ist das wahr?«

»Seine Leiche wurde unter einem Zug gefunden. Aber angeblich wurde er woanders umgebracht – von Laurel. Es gibt keine Beweise dafür, aber ich glaube, daß es stimmt.«

»Ist Laurel bestraft worden?«

»Nicht direkt und nicht sofort. Der zuständige Sheriff soll sie gedeckt haben. Aber Laurel ist vorgestern selbst umgebracht worden.«

»Von wem?«

»Das weiß ich nicht.«

»Das sind ja entsetzliche Neuigkeiten«, sagte sie mit heiserer Stimme. »Sie sagen, Laurel wurde vorgestern umgebracht? Sie haben mir gar nichts davon erzählt, als Sie letztesmal bei mir waren.«

»Nein.«

»Und Sie haben mir auch nicht gesagt, daß Jasper tot ist.«

»Ich wußte es nicht mit Bestimmtheit, und ich wollte Ihnen nicht unnötig weh tun.«

»Sie hätten es mir sagen müssen. Wann ist er gestorben?«

»Vor ungefähr fünfzehn Jahren. Seine Leiche wurde Ende Mai 1952 auf einem Bahngeleise in der Nähe von Rodeo City gefunden.«

»Ein schlimmes Ende«, sagte sie.

»Es sind noch andere schlimme Dinge passiert«, sagte ich langsam und behutsam und beobachtete dabei ihr Gesicht. »Drei oder vier Tage, bevor Jasper umgebracht wurde, ist Mark Hackett am Strand von Malibu erschossen worden. Ich glaube, wir haben beide nicht alles gesagt, was wir wissen, Mrs. Krug. Sie haben mir nicht erzählt, daß Ihr Mann Aufsichtsbeamter bei Mark Hacketts Ölgesellschaft gewesen ist. Sicher, ich hätte selbst dahinterkommen müssen, aber aus irgendeinem Grund bin ich's nicht. Ich glaube, der Grund sind Sie.«

Ihre Augen zuckten. »Ich habe eine Menge auf dem Gewissen. Deshalb habe ich Sie gebeten, herzukommen, Mr. Archer. Diese leise, kleine Stimme hat mir keine Ruhe gelassen, und nun, da mein Enkel Jasper tot ist –« Sie ließ den Satz in Schweigen versickern.

»Hat Jasper die Pistole in Hacketts Firma gestohlen?«

»Joe hat ihn im Verdacht gehabt. Jasper hatte schon vorher gestohlen – als er bei uns war, mußte ich immer mein Portemonnaie wegschließen. Und er hat Joe am gleichen Tag im Büro besucht.«

»An dem Tag, als Mark Hackett erschossen wurde?«

Sie nickte ganz langsam. »Am Tag zuvor hatte er einen furchtbaren Krach mit Mr. Hackett gehabt.«

»Woher wissen Sie das?«

»Er hat's Joe erzählt. Er hat Joe gebeten, bei Mr. Hackett ein Wort für ihn einzulegen.«

»Worum ging's?«

»Um Geld. Jasper war der Ansicht, er hätte von Mr. Hackett was zu beanspruchen – dafür, daß er den Jungen großgezogen hat. Dabei hatte Mr. Hackett Jasper einen Haufen Geld gegeben, als er Laurel heiratete. Das hatten sie so ausgemacht.«

»Soll das heißen, daß Davy Mark Hacketts illegitimer Sohn war?«

»Sein Enkel«, korrigierte sie mich. »Davy war Stephen Hacketts Sohn. Laurel Dudney war in Texas bei den Hacketts Dienstmädchen. Sie war ein hübsches kleines Ding, und Stephen hat ihr ein Kind gemacht. Sein Vater hat ihn zum Studium nach Europa geschickt und Laurel zu uns. Wir sollten ihr einen Mann suchen, bevor man ihr allzusehr anmerkte, daß sie schwanger war. Jasper beschloß, sie selbst zu heiraten. Er arbeitete damals als Friseur und verdiente sich kaum die Butter aufs Brot. Mr. Hackett gab ihnen fünftausend Dollar als Hochzeitsgeschenk. Später kam Jasper auf die Idee, mehr zu verlangen, und ging zu ihm – einen Tag, bevor –« Ihr dünner Mund schloß sich, ohne den Satz zu beenden.

»Einen Tag, bevor er ihn umbrachte?«

»Joe war immer überzeugt, daß er's getan hat. Diese Sache hat meinem Mann das Leben verkürzt. Joe war ein Ehrenmann, aber er hat's nicht über sich gebracht, den Sohn seiner Tochter anzuzeigen. Er hat mich gefragt, ob er's tun soll, und ich hab' nein gesagt. Das ist auch etwas, das ich auf dem Gewissen habe.«

»Die meisten Großeltern hätten so gehandelt.«

»Das ist keine Entschuldigung. Unser Fehler war, daß wir Jasper gegenüber immer zu nachsichtig waren. Schon als kleiner Junge, als er zu uns kam, war er ein Barbar. Er stahl und prügelte sich und folterte Katzen und hatte Schwierigkeiten in der Schule. Ich war mal mit ihm bei einem Psychiater, und der meinte, wir sollten ihn weggeben. Aber das habe ich nicht übers Herz gebracht. Der arme Junge war nicht durch und durch schlecht.« Sie dachte einen Moment nach, dann fügte sie hinzu: »Er war irgendwie künstlerisch begabt. Das hatte er von seiner Mutter.«

Mrs. Krug stockte und sah mich unwillig an. »Über meine Tochter möchte ich nicht sprechen. Ich habe ein Recht, gewisse Dinge für mich zu behalten.«

»Ich weiß bereits einige Dinge über Ihre Tochter, Mrs. Krug. Sie wurde 1910 in Rodeo City geboren. Sie werden es nicht glauben, aber ich habe eine Kopie ihrer Geburtsurkunde. Sie wurde auf den Namen Henrietta R. Krug getauft. Sie nannten sie Etta, aber irgendwann in ihrem Leben hat sie diesen Namen abgelegt.«

»Sie hat ihn immer gehaßt. Nachdem sie Albert Blevins verlassen hatte, benützte sie ihren zweiten Namen.«

»Ihr zweiter Name ist Ruth, nicht?«

Sie neigte zustimmend den Kopf. Ihr Blick wich dem meinen aus.

»Und ihr zweiter Mann war Mark Hackett.«

»Dazwischen hatte sie noch einen andern«, sagte sie mit der peniblen Genauigkeit einer alten Frau. »Sie heiratete einen Mexikanerjungen aus San Diego. Das war vor über fünfundzwanzig Jahren.«

»Wie hieß er?«

»Lupe Rivera. Sie waren nur ein paar Monate zusammen. Die Polizei verhaftete ihn wegen Schmuggel, und Etta ließ sich von ihm scheiden. Dann kam Mark Hackett. Und dann Sidney Marburg.« Ihre Stimme klang barsch, als verkünde sie ein Urteil.

»Warum haben Sie mir nicht gesagt, daß Ruth Marburg Ihre Tochter ist?«

»Sie haben mich ja nicht danach gefragt. Außerdem ist es unwichtig. Ich habe kaum Kontakt mit Etta, seit sie sich Mr. Hackett angelte und eine feine Dame wurde. Sie besucht mich nie, und ich weiß ganz genau, warum. Sie schämt sich wegen des Lebens, das sie führt, mit einem jungen Mann, der halb so alt ist wie sie. Es ist, als ob ich überhaupt keine Familie hätte. Meinen Enkel Stephen bekomm' ich nie zu sehen.«

Ich versicherte sie meines Mitgefühls. Als ich hinausging, saß sie mit der Bibel da, als wärme sie sich die Hände daran.

33

Ich vergaß meinen Hunger und meine Müdigkeit und fuhr nach Malibu. Kurz vor dem Tor des Hackett-Grundstücks kam mir ein Wagen entgegen und fuhr an mir vorbei. Der Mann am Lenkrad sah aus wie Keith Sebastian. Ich wendete auf der Zufahrt und raste ihm den Berg hinunter nach.

Am STOP-Schild vor der Autobahn holte ich ihn ein. Er bog nach rechts auf die Autobahn ein und dann nach links auf eine Nebenstraße, die in einem weiten Bogen zum Strand hinunterführte. Er hielt neben einem beleuchteten Strandhaus und klopfte an der Hintertür. Die Tür wurde geöffnet, und einen Moment lang hob sich die Silhouette seiner Tochter von dem Licht ab.

Ich stieg aus und ging auf das Haus zu. Die Jalousien und Vorhänge waren geschlossen. Es sickerte eine

Menge Licht durch, doch die Wellen schlugen so laut an den Strand, daß ich nichts verstehen konnte.

Auf dem Schild am Briefkasten stand Hackett. Ich klopfte an der Hintertür und versuchte gleichzeitig, den Knopf zu drehen. Sie war verschlossen.

Auf der andern Seite der Tür sagte Keith Sebastian: »Wer ist da?«

»Archer.«

Wieder mußte ich warten. Im Innern des Hauses ging eine Tür zu. Sebastian sperrte die Hintertür auf und öffnete sie.

Ohne daß er mich dazu aufforderte, ging ich an ihm vorbei ins Haus. »Was machen Sie hier, Keith?«

Ihm fiel keine überzeugende Ausrede ein. »Ich wollte mal ein oder zwei Tage ausspannen. Mr. Hackett hat mir sein Strandhaus überlassen.«

Ich ging von der Küche ins nächste Zimmer. Auf einem runden Pokertisch stand schmutziges Geschirr für zwei Personen. Am Rand der einen Kaffeetasse war ein halbmondförmiger Lippenstiftabdruck.

»Haben Sie ein Mädchen bei sich?«

»Offen gestanden, ja.« Er sah mich mit einem hoffnungsvollen blöden Grinsen an. »Sie werden es doch Bernice nicht sagen, oder?«

»Sie weiß es, und ich auch. Es ist Sandy, nicht?«

Er nahm Sandys Kaffeetasse. Einen Moment war sein Gesicht offen. Ich dachte, er wollte mir den Kopf einschlagen, und wich zurück. Er stellte die Tasse auf den Tisch.

»Sie ist meine Tochter«, sagte er in festem Ton. »Ich weiß, was das Beste für sie ist.«

»Sie sehen ja, was aus ihr geworden ist. Soll das die richtige Behandlung für sie sein?«

»Es ist besser als das Gefängnis. Sie braucht überhaupt keine Behandlung.«

»Wer hat Ihnen denn diesen Quatsch gesagt?«

Er gab keine Antwort. Er stand mit seinem hübschen, dummen Gesicht da und schüttelte den Kopf. Ich setzte mich an den Tisch. Nach einer Weile setzte er sich mir gegenüber. Wir sahen einander an wie bluffende Pokerspieler.

»Ich weiß nicht, was Sie meinen. Sandy und ich haben doch nicht die Absicht, *hier* zu bleiben. Ich habe alles in die Wege geleitet.«

»Ich weiß, Sie wollen ins Ausland gehen.«

Er runzelte die Stirn. »Bernice hat's Ihnen also gesagt.«

»Sie sollten ihr dankbar dafür sein. Wenn Sie türmen, werden Sie und Sandy Ihre Staatsbürgerschaft verlieren. Und wie wollen Sie sich in einem fremden Land durchbringen?«

»Das ist alles geregelt. Wenn ich mein Geld zusammenhalte und am richtigen Ort lebe, brauche ich nie mehr zu arbeiten.«

»Ich dachte, Sie sind völlig pleite.«

»Nicht mehr. Meine Zukunft ist gesichert.« Er sprach mit der tauben und blinden Zuversicht eines Menschen, der schreckliche Angst hat. »Versuchen Sie also bitte nicht, mich aufzuhalten, Mr. Archer. Ich weiß ganz genau, was ich tue.«

»Geht Ihre Frau mit Ihnen?«

»Ich hoffe. Sie hat sich noch nicht entschieden. Wir fliegen morgen. Sie wird sich schnell entschließen müssen.«

»Ich finde solche schnellen Entschlüsse gar nicht gut.«

»Ich hab' Sie nicht um Ihren Rat gebeten.«

»Doch, das haben Sie – als Sie mir diesen Fall übertrugen. So leicht werden Sie mich jetzt nicht los.«

Wir saßen da und sahen einander an wie zwei Pokerspieler mit schlechten Karten, die zu hoch gereizt hatten, um noch aufhören zu können. Einen Moment hörte ich das Rauschen des Meeres deutlicher, und ein kalter Luftzug streifte meine Knöchel. In einem anderen Teil des Hauses knarrte irgend etwas, und der Luftzug hörte auf.

»Wo ist Ihre Tochter?«

Er ging auf die andere Seite des Zimmers und öffnete eine Tür. »Sandy!«

Ich folgte ihm in den Nebenraum. Es war ein Schlafzimmer; ein merkwürdiges Zimmer, ebenso merkwürdig wie Lupes. Grelle Farben explodierten an den Wänden und an der Decke. Ein rundes Bett stand wie ein Altar in der Mitte. Über das Bett waren Sandys Kleider verstreut.

Sebastian öffnete die gläserne Schiebetür. Wir liefen zum Wasser hinunter. Das Mädchen war schon hinter der Brandungslinie; sie schwamm um ihr Leben, oder um ihren Tod.

Sebastian watete ein Stück hinein, dann wandte er sich hilflos zu mir um. »Ich kann nicht besonders gut schwimmen.«

Eine Welle riß ihn um. Ich mußte ihn aus dem saugenden Wasser zerren.

»Rufen Sie den Sheriff.«

»Nein!«

Ich schlug ihn. »Rufen Sie den Sheriff, Keith. Sie müssen.«

Er taumelte den Strand hinauf. Ich riß meine Schuhe und den größten Teil meiner Kleider herunter und schwamm dem Mädchen nach. Sie war jung und schwer einzuholen. Als ich sie erreichte, waren wir weit draußen, und ich hatte fast keine Kraft mehr.

Sie bemerkte mich erst, als ich sie berührte. Sie hatte große dunkle Augen wie eine Robbe. »Lassen Sie mich. Ich will sterben.«

»Ich lasse Sie nicht sterben.«

»Wenn Sie alles über mich wüßten, würden Sie mich nicht davon abhalten.«

»Ich weiß fast alles, Sandy. Kommen Sie an Land. Ich bin zu erschöpft, um Sie zu ziehen.«

Am Strand flammte ein Scheinwerfer auf. Er suchte das Meer ab und fand uns. Sandy schwamm von mir weg. Ihr Körper war weiß und leuchtete leicht. Wie Mondlicht schimmerte er im Wasser.

Ich hielt mich dicht neben ihr. Sie war die einzige Überlebende. Ein Mann in einem schwarzen Gummianzug kam auf einem Brett herausgepaddelt und brachte sie, ohne daß sie Widerstand leistete, durch die Brandung.

Sebastian und Captain Aubrey erwarteten uns mit Decken. Ich holte meine Kleider unter den Füßen der Zuschauer hervor und folgte Sebastian und seiner Tochter zum Strandhaus. Captain Aubrey ging neben mir.

»Selbstmordversuch?« sagte er.

»Sie hat schon seit Monaten davon geredet. Ich hoffe, jetzt hat sie genug davon.«

»Darauf würde ich mich nicht verlassen. Ihre Eltern sollten dafür sorgen, daß sie keine Gelegenheit mehr dazu hat.«

»Das hab' ich ihnen gesagt.«

»Sie sagen, sie hatte es schon seit Monaten vor? Dann hat es mit der jetzigen Sache nichts zu tun?«

»Genau.«

Wir waren bei dem Strandhaus angelangt. Ich zitterte unter meiner Decke, doch Aubrey hielt mich vor der Tür zurück. »Weshalb wollte sie Selbstmord begehen?«

»Das will ich Ihnen gern erzählen, Captain. Aber zuerst möchte ich eine heiße Dusche nehmen und mit Sebastian reden. Wo sind Sie innerhalb der nächsten Stunde zu erreichen?«

»Ich warte im Revier auf Sie.«

Ich öffnete die Glastür und trat in das buntausgemalte Schlafzimmer. Sebastian stand wie ein Wachtposten auf der andern Seite des Raumes neben einer offenen Tür, hinter der ich eine Dusche laufen hörte. Seine Kleider waren tropfnaß. Er hatte feuchten Sand im Haar, und seine Miene drückte wütendes Pflichtbewußtsein aus.

»Was haben Sie für die nächsten fünf oder zehn Jahre vor, Keith? Wache zu halten?«

Er sah mich verständnislos an. »Ich verstehe nicht.«

»Eben hat sie sich fast umgebracht. Sie können nicht riskieren, daß sie's noch mal versucht. Und Sie können nicht vierundzwanzig Stunden täglich auf sie aufpassen.«

»Was soll ich denn tun?«

»Bringen Sie sie noch heute abend in die Psychiatrische Klinik zurück. Und schlagen Sie sich Südamerika aus dem Kopf. Sie würden sich dort bestimmt nicht wohlfühlen.«

»Aber ich hab's doch versprochen.«

»Sandy? Die würde lieber sterben als so weitermachen. Das können Sie mir glauben.«

»Es geht nicht allein um Sandy«, sagte er bedrückt. »Ich habe keine andere Wahl – ich muß nach Südamerika gehen. Das ist ein Teil des ganzen Knäuels.«

»Möchten Sie mir das nicht erklären?«

»Ich kann nicht. Ich habe versprochen, nicht darüber zu reden.«

»Wem haben Sie das alles versprochen? Stephen Hackett?«

»Nein, nicht Mr. Hackett.«

Ich ging um das Bett herum zu ihm. »Wenn Sie nicht auspacken, kann ich nichts mehr für Sie tun. Jemand will, daß Sie und Ihre Tochter verschwinden, stimmt's?«

»Ich weiß, was ich tue«, antwortete er störrisch. »Ich will und brauche Ihre Hilfe nicht.«

»Wollen vielleicht nicht, aber brauchen ganz sicher. Werden Sie Sandy in die Klinik zurückbringen?«

»Nein.«

»Dann muß ich Sie dazu zwingen.«

»Das können Sie nicht. Ich bin ein freier Mensch.«

»Nicht mehr lange. Captain Aubrey erwartet mich – er will mit mir sprechen. Wenn er erfährt, daß Sie in einem Mordfall Beweismittel gekauft und verkauft haben –«

»Was meinen Sie?«

»Die Tonbänder, die Sie von Mrs. Fleischer gekauft haben.«

Daß die Tonbänder ein Teil des Knäuels waren, von dem er gesprochen hatte, war nur eine Vermutung von mir, aber eine begründete. Sein Gesicht sagte mir, daß sie stimmte.

»Für wen haben Sie sie gekauft, Keith?«

Er antwortete nicht.

»Wer gibt Ihnen Geld dafür, daß Sie Ihre Tochter ins Ausland bringen?«

Er schwieg. Sandy erschien hinter ihm in der Tür. Sie trug ein frisches gelbes Samtkleid, und ihre Haut war rosig von der Dusche. Das nächtliche Bad im Meer hatte ihr sichtlich gutgetan. Es fiel mir schwer, ihr das zu verzeihen.

»Dir gibt jemand Geld dafür, daß wir weggehen?« sagte sie. »Das hast du mir nicht gesagt. Du sagtest, deine Firma gibt dir eine Abfindung.«

»Ja, natürlich, Liebling, eine Abfindung.« Er stand zwischen uns und blickte von einem zum andern.

»Wie hoch ist sie?«

»Das geht dich nichts an, Sandy. Ich meine, überlaß das alles nur mir. Um diese Dinge brauchst du dich wirklich nicht zu kümmern –«

»Wie nett von dir. Gibt Mr. Hackett dir das Geld?«

»Sozusagen. Seine Firma.«

»Und du kriegst es, wenn du mich nach Südamerika bringst? Hab' ich recht? Sonst nicht?«

»Hör auf mit diesem Kreuzverhör«, sagte Sebastian. »Schließlich bin ich dein Vater.«

»Sicher bist du das, Dad.« Ihre Stimme klang bitter, verdunkelt von schmerzvollen Erfahrungen. »Aber ich will nicht nach Südamerika.«

»Du warst doch einverstanden.«

»Jetzt bin ich's nicht mehr.« Plötzlich wandte sie sich zu mir.

»Bringen Sie mich fort von hier. Ich hab' genug von diesem Ort. Hier hat's mich letzten Sommer erwischt, in diesem Zimmer. Auf diesem Bett sind Lupe und Steve abwechselnd über mich hergefallen. In der Vulva und im Anus.« Sie berührte sich an den Stellen wie ein Kind, das zeigen will, wo es sich weh getan hatte.

Die Worte und Gesten waren an mich gerichtet, aber für ihren Vater bestimmt. Sebastian war entsetzt. Er sprang vom Bett auf und fegte den Sand weg, den er zurückgelassen hatte.

»Du meinst doch nicht Mr. Hackett!«

»Doch, genau ihn. Ich war völlig von Sinnen und wußte kaum, was geschah. Aber den alten Steve Hackett kenne ich, wenn ich ihn sehe.«

Sebastians Pupillen veränderten sich wie die Linsen einer ausgeklügelten Kamera. Er wollte ihr nicht glauben, wollte einen Beweis für die Unglaubwürdigkeit ihrer Geschichte finden. Aber es war die Wahrheit, und wir wußten es.

»Warum hast du mir nichts gesagt, Sandy?«

»Jetzt hab' ich dir's gesagt.«

»Ich meine letzten Sommer, als es passierte.«

Sie schaute ihn voller Verachtung an. »Woher weißt du, daß es letzten Sommer passiert ist? Ich habe nichts Derartiges gesagt.«

Er sah sich unsicher um, dann gestand er: »Deine Mutter hat irgend etwas erwähnt. Sie hat es nicht direkt ausgesprochen, aber offenbar stand etwas in deinem Tagebuch, oder nicht?«

»*Ich* habe es aber ausgesprochen«, sagte sie. »Ich wußte, daß Bernice heimlich mein Tagebuch liest. Aber keiner von euch hat je ein Wort darüber fallenlassen. Kein Wort.«

»Ich wollte es deiner Mutter überlassen, Sandy. Schließlich bin ich nur ein Mann, und du bist ein Mädchen.«

»Weiß Gott bin ich ein Mädchen. Das hat man mich mittlerweile spüren lassen.«

Sie war zornig und erregt, aber sie sprach eher wie eine Frau als wie ein Mädchen. Sie hatte keine Angst. Mir fiel auf, daß sie die Wandlung zur Frau bereits durchgemacht hatte und daß sich die Stürme bald legen würden.

Ich ging ins Badezimmer, um eine warme Dusche zu nehmen. Die Duschnische war immer noch warm und roch nach Sandy.

Als nachher Sebastian eine Dusche nahm, saß ich seiner Tochter gegenüber am Pokertisch und unterhielt mich mit ihr.

Wir waren nun beide angezogen, und die Kleider verliehen dem Gespräch eine gewisse Förmlichkeit. Als erstes bedankte sich Sandy bei mir, was ein gutes Zeichen war.

Ich wehrte ab und versicherte, daß ich ohnehin große Lust zum Schwimmen gehabt hätte. »Haben Sie beschlossen, dem Leben wieder eine Chance zu geben?«

»Ich verspreche nichts«, gab sie zurück. »Es ist eine beschissene Welt.«

»Sie verbessern sie nicht, indem Sie sich umbringen.«

»Ich verbessere sie für mich.« Sie schwieg eine Weile. »Ich hatte geglaubt, durch Davy würde ich mich endlich von allem befreien.«

»Wessen Idee war das?«

»Die von Davy. Er hat mich auf dem Strip aufgelesen, weil ihm jemand gesagt hatte, ich kenne die Hacketts. Er mußte auf irgendeine Weise an Steve 'rankommen, und ich war froh, daß ich ihm helfen konnte.«

»Warum?«

»Sie wissen, warum. Ich wollte mich an Steve und

Lupe rächen. Aber es hat mir nicht einmal wohlgetan. Im Gegenteil, ich fühlte mich nur noch mieser.«

»Und was wollte Davy?«

»Das ist schwer zu sagen. Er hat immer drei oder vier Gründe für alles, drei oder vier verschiedene Versionen. Er kann nichts dafür. Es hat ihm eben noch nie jemand ehrlich gesagt, wer er wirklich ist – nur Laurel. Und nicht einmal bei ihr war er sicher, weil sie betrunken war, als sie's ihm sagte.«

»Daß Stephen Hackett sein Vater sei?«

»Ich weiß nicht, was sie ihm gesagt hat. Ehrenwort.« Es war die Redensart ihrer Mutter, und sie sagte es auch im gleichen Tonfall. »Davy und ich haben zuletzt kaum noch miteinander geredet. Ich hatte Angst, bei ihm zu bleiben, und Angst, ihn zu verlassen. Ich wußte nicht, wie weit er gehen würde. Nicht einmal er wußte es.«

»Nun ist er noch weiter gegangen.« Ich fand es an der Zeit, ihr die Wahrheit zu sagen, bevor die Ereignisse der Nacht ihre Wirkung verloren. »Davy ist heute nachmittag erschossen worden.«

Sie sah mich stumpf an, zu keiner Reaktion fähig. »Wer hat ihn erschossen?«

»Henry Langston.«

»Ich hatte geglaubt, er wäre Davys Freund.«

»Das war er auch; aber er hatte seine eigenen Probleme. Wie die meisten Menschen.«

Ich überließ sie ihren Gedanken und ging ins Schlafzimmer. Ihr Vater zog sich gerade einen Rollkragenpullover und Sporthosen an. Im Pullover wirkte er jung und kühn wie ein Schauspieler.

»Und was passiert jetzt, Keith?« fragte ich.

»Ich gehe zu Hackett und gebe ihm seinen Scheck zurück.«

Seine Antwort überraschte mich. Auch er sah ein wenig erstaunt aus.

»Ich freue mich, daß Sie so denken. Aber Sie sollten den Scheck lieber mir lassen. Wir können ihn als Beweis brauchen.«

»Gegen mich?«

»Gegen Hackett. Wie hoch ist die Summe?«

»Der Scheck ist auf hunderttausend ausgestellt.«

»Plus wieviel in bar für die Bänder?«

»Zehntausend«, antwortete er ohne Zögern. »Ich habe sie bereits Mrs. Fleischer ausbezahlt.«

»Welche Geschichte hat Ihnen Hackett im Zusammenhang mit den Bändern erzählt?«

»Er sagte, Fleischer wollte ihn erpressen.«

»Warum?«

»Das hat er mir nicht gesagt. Ich dachte, wegen irgendeiner Affäre, die er mal hatte.«

»Wann haben Sie ihm die Bänder abgeliefert?«

»Gerade jetzt. Bevor Sie kamen.«

»Wer war dort, Keith?«

»Ich habe nur Mr. Hackett und seine Mutter gesehen.«

»Haben sie ein Tonbandgerät?«

»Ja. Sie haben gleich ausprobiert, ob die Bänder in der Größe passen.«

»Wie viele Bänder gibt es alles in allem?«

»Sechs.«

»Wo haben Sie sie gelassen?«

»Bei Mrs. Marburg in der Bibliothek. Ich weiß nicht, was sie nachher damit gemacht haben.«

»Und sie haben Ihnen einen Scheck ausgestellt? Ist das richtig?«

»Ja. Hackett hat ihn mir gegeben.«

Er zog das gelbe Stück Papier aus seiner Brieftasche und hielt es mir hin. Im Safe meines Büros lag ein ebensolcher Scheck, nur war dieser von Stephen Hackett anstatt von seiner Mutter unterschrieben und nicht nachdatiert.

Die moralische Kraft, die es brauchte, um auf das Geld zu verzichten, schien Sebastian aufzurichten. Er folgte mir voll Tatendrang ins Wohnzimmer. »Ich gehe mit Ihnen. Ich will diesem elenden Hackett die Meinung sagen.«

»Nein. Sie haben Besseres zu tun.«

»Was zum Beispiel?«

»Ihre Tochter in die Klinik zurückzubringen«, sagte ich.

»Kann ich sie nicht einfach mit nach Hause nehmen?«

»Das ist noch verfrüht.«

»Das wird's wohl immer sein«, meinte Sandy. Aber sie sah ihren Vater etwas versöhnlicher an.

34

Captain Aubrey erwartete mich bei der Pforte auf dem Vorplatz zum Sheriffbüro. Wir unterhielten uns in der schäbigen Halle des alten Gebäudes, damit uns der diensthabende Beamte nicht hören konnte. Als ich Aubrey berichtet hatte, was ich wußte und was ich vermutete, wollte er gleich zu den Hacketts fahren.

Ich erinnerte ihn daran, daß er keinen Durchsuchungsbefehl besaß, und der war nicht so einfach zu beschaffen. In der Zwischenzeit konnte Hackett die Bänder vernichten oder überspielen.

»Warum sind die Bänder so wichtig?« wollte Aubrey wissen.

»Wegen Laurel Smiths Tod. Heute abend habe ich erfahren, daß Stephen Hackett vor ungefähr zwanzig Jahren mit ihr ein Verhältnis hatte. Davy Spanner war das uneheliche Kind der beiden.«

»Und Sie glauben, daß Hackett sie umgebracht hat?«

»Das kann ich noch nicht mit Sicherheit sagen. Ich weiß nur, daß er zehntausend Dollar für die Bänder gezahlt hat.«

»Aber Sie können doch nicht einfach hingehen und sie beschlagnahmen.«

»Das ist auch nicht nötig, Captain. Ich habe in Mrs. Marburgs Auftrag gearbeitet. Ich kann jederzeit ins Haus.«

»Und auch wieder raus?« fragte er mit einem zynischen Lächeln.

»Ich glaube schon. Obwohl ich vielleicht Rückendekkung brauche. Aber lassen Sie mich erst mal eine Weile allein mit den beiden.«

»Und dann?«

»Wir lassen's drauf ankommen. Wenn ich Hilfe brauche, rufe ich.«

Aubrey begleitete mich zum Wagen und streckte den Kopf zum Fenster hinein.

»Hüten Sie sich vor Mrs. Marburg. Als ihr zweiter Mann starb, hatte ich...« Er räusperte sich und schwächte die verleumderische Anzeige ab, indem er sich verbesserte: »Man vermutete, daß sie in die Angelegenheit verwickelt war.«

»Das kann gut sein. Mark Hackett ist vom Sohn ihres ersten Mannes umgebracht worden – einem Kerl namens Jasper Blevins.«

»Steht das fest?«

»Ich denke, ja. Jasper Blevins' Großmutter hat es mir erzählt. Es ist ihr gar nicht leichtgefallen. Sie hat all die Jahre geschwiegen, bis sie wußte, daß Jasper tot war.«

»In dieser Geschichte sind schon zu viele gestorben«, warnte Aubrey. »Passen Sie auf, daß Sie nicht auch noch dran glauben müssen.«

Er folgte mir mit dem Polizeiwagen bis vor Hacketts Tor. Ich fuhr die Privatstraße hoch zum Paß und über den Damm. Aus dem Haus hinter dem See fiel schwaches Licht aus den Fenstern mit den zugezogenen Vorhängen. Als ich anklopfte, fühlte ich, daß dies mein letzter Besuch hier sein würde.

Gerda Hackett öffnete die Tür. Sie sah verängstigt und einsam aus wie ein Gespenst, das sich ins falsche Haus verirrt hatte. Bei meinem Anblick erhellte sich ihr Gesicht ein wenig.

»Mr. Archer! Kommen Sie nur 'rein.«

Ich trat ein. »Wie geht es Ihrem Mann?«

»Viel besser.« Dann fügte sie enttäuscht hinzu: »Sie wollen wohl Stephen sehen?«

»Und Mrs. Marburg.«

»Sie sind in der Bibliothek. Ich melde ihnen, daß Sie hier sind.«

»Lassen Sie sich nicht stören. Ich kenne den Weg.«

Ich ließ sie im Türrahmen ihres Hauses stehen wie

eine Fremde. Als ich durch das weite, museumartige Gebäude schritt, wurde mir klar, weshalb Hackett eine Ausländerin geheiratet hatte. Er wollte nicht, daß man ihn kannte.

Die Tür zur Bibliothek war geschlossen. Dahinter hörte man eine Frauenstimme. Als ich das Ohr an die Eichentür legte, erkannte ich sie: Laurel Smiths Stimme. Ein kalter Schauer fuhr mir über den Rücken. Dann begann mein Herz wild zu klopfen in der törichten Hoffnung, Laurel könnte vielleicht am Leben sein.

Ich war dem Zusammenbruch nahe, wie kurz vor dem Ziel nach einem langen Marsch. Der Marsch war ein Hinabsteigen in die Vergangenheit. Ich atmete schwer und mußte mich an die Bibliothekstür lehnen.

»Danke, Mrs. Lippert«, sagte Laurel. »Möchten Sie eine Quittung haben?«

»Das ist nicht nötig«, antwortete eine Frauenstimme. »Ich werde den Scheck von der Bank zurückbekommen.«

»Wie wär's mit einem kleinen Drink?«

»Nein, danke. Mein Mann kann es nicht ausstehen, wenn ich nach Alkohol rieche.«

»Wodka riecht man nicht.«

»Er schon. Er hat eine Nase wie ein Spürhund. Also, gute Nacht.«

»Wiedersehen.«

Eine Tür wurde zugeschlagen. Laurel begann einen

alten Schlager zu summen. Sie mußte in der Wohnung auf und ab gehen, denn ihre Stimme wurde schwächer und schwoll dann wieder an.

Ich drehte den Knopf zur Bibliothekstür um.

»Wer ist da?« rief Ruth Marburg.

Nun mußte ich eintreten und lächeln. Mrs. Marburg saß neben dem Telefon. Es war kein Revolver in Sichtweite. Hackett saß neben dem Tisch, auf dem das Tonbandgerät stand. Sein fahles Lächeln wirkte ebenso strapaziert wie meines ausgesehen haben mußte. Er drehte Laurels Geträller ab.

»Mrs. Hackett sagte mir, wo Sie zu finden wären. Hoffentlich störe ich nicht.«

Hackett beteuerte mir, daß dies nicht der Fall sei, doch Mrs. Marburg fuhr dazwischen: »Sie haben uns tatsächlich unterbrochen. Mein Sohn und ich spielen gerade einige alte Familienbänder ab.«

»Machen Sie ruhig weiter.«

»Das wird Sie nicht interessieren. Es sind sentimentale Familienandenken.« Ihre Stimme wurde schärfer: »Möchten Sie etwas?«

»Ich wollte Ihnen meinen Schlußbericht abliefern.«

»Ausgerechnet jetzt? Kommen Sie lieber morgen.«

»Ich bin gespannt, was er uns zu sagen hat.« Hackett sah unsicher auf seine Mutter. »Schließlich bezahlen wir ihn mehr als anständig. Warum sollen wir da nicht davon profitieren?«

»Und ich bin gespannt, was Laurel zu sagen hat.«

Mrs. Marburg blitzte mich mit ihren falschen Wimpern an. »Laurel? Wer zum Kuckuck ist Laurel?«

»Jaspers Frau. Sie haben ihr gerade zugehört. Warum hören wir nicht alle mit?«

Mrs. Marburg lehnte sich beschwörend zu mir vor. »Schließen Sie die Tür. Ich möchte mit Ihnen sprechen.«

Ich schloß die Tür und stand angelehnt da, während ich die beiden beobachtete. Mrs. Marburg erhob sich schwerfällig, indem sie mit Armen und Beinen Halt suchte. Hackett langte nach dem Tonbandgerät.

»Lassen Sie das!«

Seine Hand schwebte über den Knöpfen, dann zog er sie zurück. Mrs. Marburg kam auf mich zu.

»Sie haben also eine alte schmutzige Geschichte ausgegraben und glauben, Sie könnten Profit daraus schlagen. Da haben Sie sich aber gewaltig getäuscht. Passen Sie auf, sonst landen Sie im Gefängnis.«

»Oder Sie.«

Ihr Gesicht kam ganz nah an mich heran. »Mein Sohn und ich kaufen Leute wie Sie für einen Pappenstiel. Der Scheck, den ich Ihnen gegeben habe, ist nachdatiert. Sie wissen, was das heißt. So blöd sind Sie wohl nicht.«

»Es heißt, daß Sie mir nicht zutrauten, so lange für Sie zu arbeiten. Heutzutage läßt sich niemand für so lange kaufen.« Ich zog Keith Sebastians Scheck hervor und hielt ihn ihr vor die Nase. »Sebastian hat mir das gegeben.«

Sie schnappte nach dem Scheck. Ich zog ihn weg und steckte ihn wieder ein. »Nicht so gierig, Etta!«

Ihr Gesicht verzerrte sich unter der dicken Schicht von Schminke. »Nennen Sie mich nicht so. Ich heiße Ruth.«

Sie ging zu ihrem Stuhl zurück, aber anstatt sich zu setzen, öffnete sie die Schublade des Telefontisches. Ich packte sie, bevor sie die Waffe herausnehmen und entsichern konnte, und entwand sie ihr.

Dann wandte ich mich zu Hackett um. Er stand da und wollte auf mich losgehen. Ich mußte nicht schießen. Er begann sich langsam zu seinem Platz am Tisch zurückzubewegen.

»Weg vom Tisch, Hackett. Los, auf die andere Seite des Zimmers zu Ihrer Mutter!«

Er ging an ihr vorbei, streifte die Dickens-Bände und setzte sich dann wie ein Tölpel auf einen dreibeinigen Hocker in der Ecke. Mrs. Marburg stand aufbegehrend da, aber schließlich sank auch sie in ihren Stuhl zurück.

Ich setzte mich auf den Platz ihres Sohnes neben dem Tonbandgerät und schaltete es ein. Fleischers Aufnahmegerät mußte geräuschgesteuert gewesen sein: es gab weder Pausen noch lange Unterbrechungen auf dem Band. Auf Laurels Gesang folgte das leise Schwappen ihres Drinks und dann ein stärkeres Geräusch, offenbar von einem zweiten Drink, den sie sich mixte.

Sie summte ein selbsterfundenes Lied mit dem Refrain: »Davy, Davy, Davy.«

Dann wurde die Wohnungstür geöffnet und wieder geschlossen, und jemand trat ein. »Hallo, Laurel.« Es war Davys Stimme.

»Sag Mutter zu mir.«

»Das klingt komisch. He, deswegen brauchst du mich nicht zu küssen.«

»Ich hab' das Recht dazu. Hab' ich dich nicht behandelt wie eine Mutter?«

»Doch, in letzter Zeit. Ich frage mich, warum.«

»Weil ich deine Mutter bin. Ich würde mir die rechte Hand abschneiden, um es dir zu beweisen.«

»Und den Kopf?«

Sie schrie auf, als ob er ihr weh getan hätte.

»Es ist nicht sehr schön von dir, so zu sprechen. Ich hatte nichts mit dem Tod deines Vaters zu tun.«

»Aber du weißt, wer ihn umgebracht hat.«

»Ich hab' es dir doch schon gesagt, es war der junge Mann – der bärtige Beatnik.«

»Damals gab es noch keine Beatniks.« Davys Stimme klang stahlhart und ungläubig.

»Dann war's eben keiner, aber er hat's trotzdem getan.«

»Wer war er?«

Nach einigem Zögern sagte sie: »Ich weiß nicht.«

»Warum hast du ihn denn gedeckt?«

»Hab' ich gar nicht.«

»Doch. Du hast Fleischer und der Polizei erzählt, der Ermordete sei nicht mein Vater gewesen. Und mir hast du das Gegenteil gesagt. Entweder hast du mich angelogen oder die andern. Was stimmt jetzt?«

»Du darfst nicht so streng sein mit mir«, sagte Laurel weinerlich. »Ich habe nicht gelogen, weder das eine noch das andere Mal. Der Mann, der vom Zug überfahren wurde, war ...«

Mrs. Marburg stöhnte so laut, daß ich das Ende von Laurels Satz nicht verstand. Ich stellte das Band ab, als Mrs. Marburg zu reklamieren begann:

»Muß ich vielleicht die ganze Nacht aufsitzen und dieses Gewäsch mit anhören?«

»Es sind sentimentale Familienandenken«, sagte ich. »Ihr Enkelkind und seine Mutter unterhalten sich über Ihren Sohn. Wollen Sie nicht erfahren, was ihm zugestoßen ist?«

»Das ist doch Unsinn! Ich habe nur einen Sohn.«

Sie schickte Hackett, der in seiner Ecke hockte, ein verkrampftes Lächeln zu, das wohl mütterlich wirken sollte. Er rutschte dabei unbehaglich hin und her. Schließlich begann er zum zweitenmal zu sprechen, wobei er sorgfältig nach den Worten suchte.

»Es hat keinen Sinn, ihm etwas vormachen zu wollen, Mutter. Er kann leicht alles über Jasper herausfinden. Wahrscheinlich weiß er's schon. Und ich will es mir auch endlich einmal von der Seele reden.«

»Du bist wahnsinnig!«

»Was von der Seele reden?« fragte ich.

»Daß ich meinen Halbbruder Jasper Blevins erschlagen habe. Wenn Sie mich erst einmal angehört haben, werden Sie die ganze Sache in einem andern Licht sehen. Ich bin sicher, daß mich kein Gericht verurteilen würde.«

»Sei nicht so sicher«, warf seine Mutter ein. »Ich warne dich, vertrau dich diesem Dreckskerl nicht an. Es wird dir noch leid tun.«

»Ich muß mich jemandem anvertrauen«, sagte er. »Und er hat mir das Leben gerettet. Übrigens bin ich nicht mit dir einverstanden, den Scheck zu sperren. Er hat das Geld verdient.«

»Sie wollten mir erzählen, wie Sie Jasper umgebracht haben.«

Er holte tief Atem. »Erst will ich Ihnen sagen, warum ich ihn umgebracht habe. Jasper hat meinen Vater ermordet. Mein Vater und ich standen uns sehr nahe, obwohl ich ihn eine Zeitlang nicht mehr gesehen hatte. Ich studierte in London Volkswirtschaft, um später einmal das Geschäft zu führen. Vater war damals in den besten Jahren, und ich hoffte, daß er noch lange leben würde. Die Nachricht vom Mord brachte mich völlig aus der Fassung. Ich war noch sehr jung, Anfang Zwanzig. Als ich nach Hause flog, nahm ich mir fest vor, den Mörder meines Vaters aufzuspüren.«

Hackett sprach wie ein Buch, so daß es schwer war, ihm zu glauben. »Wie haben Sie ihn schließlich gefunden?«

»Das war ganz einfach. Ich hörte, daß Jasper sich mit Vater gestritten hatte.«

»Wer hat Ihnen das gesagt?«

Er schaute seine Mutter an. Sie fuhr mit der flachen Hand durch die Luft. »Laß mich bitte aus dem Spiel. Hör auf mich und halt endlich den Mund.«

»Wovor haben Sie Angst, Mrs. Marburg?«

»Vor Ihnen«, gab sie zurück.

Hackett sagte mit zaghafter Stimme: »Ich will zu Ende erzählen. Ich fand heraus, daß Jasper und seine Frau auf der Ranch waren, und fuhr zu ihnen hinaus. Das war zwei oder drei Tage, nachdem er meinen Vater umgebracht hatte. Ich stellte ihn zur Rede, worauf er mit einer Axt auf mich losging. Zum Glück war ich stärker als er, oder vielleicht war es auch nur Zufall. Jedenfalls entriß ich ihm die Axt und zerschmetterte ihm damit den Schädel.«

»Sie waren also der Mann mit dem Bart?«

»Ja, ich hatte ihn mir als Student in London wachsen lassen.«

»War Laurel dabei, als Sie Jasper erschlugen?«

»Ja. Sie hat zugesehen.«

»Und der kleine Davy?«

»Er war auch dabei. Ich kann ihm nicht verargen, daß er sich an mir gerächt hat.« Hackett fuhr sich über den geschwollenen Mund und das blaue Auge.

»Was hat sich zwischen Ihnen und Davy abgespielt?«

»Wie Sie wissen, hat er mich ziemlich malträtiert. Zuerst wollte er mich unter einen Zug legen. Dann änderte er aber seine Meinung und zwang mich, ihm den Weg zur Ranch zu zeigen. Offenbar wollte er die Ereignisse rekonstruieren, und er preßte auch aus mir heraus, was ich Ihnen jetzt erzählt habe. Dann verprügelte er mich, daß mir Hören und Sehen verging. Erst sah es so aus, als ob er mich umbringen wollte, aber dann überlegte er es sich anders.«

»Haben Sie ihm gesagt, daß Sie sein Vater wären, sein leiblicher Vater?«

Er zog den Mundwinkel zu einem schiefen Grinsen hoch, bis sein Auge nur noch ein schmaler Schlitz war. Er sah aus wie nach einem leichten Schlaganfall. »Ja, ich hab's ihm gesagt.«

»Und was passierte dann?«

»Er löste mir den Verband von den Händen und Füßen. Wir sprachen miteinander, wobei hauptsächlich er redete. Ich versprach ihm Geld und sogar Anerkennung, falls er das wünschte. Aber er wollte nichts anderes, als die Wahrheit erfahren.«

»Warum Sie Jasper umgebracht haben?«

»Ja. Er konnte sich nicht mehr bewußt an mich erinnern. Er hat die ganze Sache verdrängt.«

»Das verstehe ich nicht ganz«, wandte ich ein. »Sie sagen, Sie hätten Jasper in Notwehr getötet. Aber selbst ohne diesen Tatbestand hätte Sie jedes Gericht schlimmstenfalls wegen Totschlags verurteilt. Warum haben Sie die Sache vertuscht und sich so bemüht, die Leiche loszuwerden?«

»Das war nicht ich, sondern Laurel. Wahrscheinlich hatte sie ein schlechtes Gewissen wegen unserer Affäre in Texas. Und ich gebe zu, auch ich fühlte mich schuldig deswegen und wegen anderer Dinge. Vergessen Sie nicht, Jasper war schließlich mein Bruder. Ich kam mir vor wie Kain.«

Vielleicht war er sich früher einmal wie Kain vorgekommen, aber jetzt klang er mir reichlich unecht. Seine Mutter fuhr wieder dazwischen:

»Sprechen ist teuer. Hast du das noch nicht gemerkt? Willst du dich diesem Dreckskerl ganz und gar ausliefern?«

Hackett beobachtete mich scharf, während er ihr antwortete: »Ich glaube nicht, daß Mr. Archer ein Erpresser ist.«

»Natürlich nennt er sich nicht so. Keiner tut das. Sie nennen es Ermittlung oder persönliche Untersuchung oder Eine-Hand-wäscht-die-andere. Wir kaufen ihm also ein schönes Haus und ein Büro für seine Akten, und er zahlt uns fünf Cents auf den Dollar.« Sie erhob sich. »Wieviel soll's diesmal sein, Sie Dreckskerl?«

»Sagen Sie das nicht ständig, Etta. Es tut Ihrer Mütterlichkeit Abbruch. Ich hab' mich tatsächlich gewundert, woher Laurel ihr Apartmenthaus hatte, und auch Ihre Mutter.«

»Lassen Sie meine Mutter aus dem Spiel. Meine Mutter hat damit nichts zu tun.« Aber ich hatte Mrs. Marburg offenbar getroffen. »Haben Sie mit Alma gesprochen?«

»Nur kurz. Sie weiß eine ganze Menge mehr, als Sie glauben.«

Zum erstenmal, seit ich sie kannte, bemerkte ich echte Angst in ihren Augen. »Was weiß sie?«

»Daß Jasper Mark Hackett umgebracht hat. Und ich habe das Gefühl, daß sie glaubt, Sie hätten ihn dazu angestiftet.«

»Unsinn! Es war Jaspers eigene Idee.«

Mrs. Marburg war hereingefallen, und sie wußte es. Die Angst in ihren Augen breitete sich über das ganze Gesicht aus.

»Hat Ihnen Jasper gesagt, daß er Mark umgebracht hat?« fragte ich.

Sie überlegte sich die möglichen Folgen ihrer Antwort und sagte schließlich: »Ich erinnere mich nicht mehr. Es ist schon lange her, und ich war sehr aufgeregt.«

»Sie verweigern also die Aussage. Vielleicht hat das Band ein besseres Gedächtnis.« Ich streckte die Hand nach dem Gerät aus, um auf die Taste zu drücken.

»Halt!« rief Mrs. Marburg aus. »Wieviel wollen Sie, wenn Sie jetzt aufhören und einfach fortgehen und uns vergessen? Wieviel?«

»Das habe ich mir nicht überlegt.«

»Überlegen Sie es sich jetzt. Ich biete Ihnen eine Million Dollar. Sie könnten leben wie ein König.«

Ich sah mich im Zimmer um. »Leben so Könige?«

»Es hat keinen Sinn, Mutter«, ließ sich Hackett von seinem Winkel vernehmen. »Unser Wort wird gegen seines stehen. Wir reden besser gar nicht mehr mit ihm, so wie du gesagt hast.«

»Hören Sie«, drang Mrs. Marburg in mich, »eine Million steuerfrei. Es ist unser letztes Angebot. Sie müssen keinen Finger rühren. Verlassen Sie nur das Haus.«

Hackett musterte mich. »Du redest umsonst«, sagte er. »Der will unser Geld nicht. Er will unser Blut.«

»Ruhe!«

Ich schaltete das Tonbandgerät ein, ließ das Band ein wenig zurücklaufen, bis ich wieder Davys Stimme hörte: »... hast du mich angelogen oder die andern. Was stimmt jetzt?«

Dann Laurels Stimme: »Du darfst nicht so streng sein mit mir. Ich habe nicht gelogen, weder das eine noch das andere Mal. Der Mann, der vom Zug überfahren wurde, war wirklich dein Vater.«

»Kürzlich hast du aber was anderes behauptet. Du sagtest, Stephen Hackett sei mein Vater.«

»Das war er auch.«

Ich sah Hackett an. Er hörte angespannt zu, seine Augen immer noch auf mich geheftet. Sein Gesicht schien seltsam ausgehungert. Der Hohn in seinem Blick hatte sich in kalte Einsamkeit verwandelt.

Davy sagte: »Ich verstehe nicht.«

»Das sollst du auch gar nicht, Davy. Ich möchte nicht die Vergangenheit ausgraben.«

»Aber ich muß doch wissen, wer ich bin«, lamentierte er. »Ich muß, es ist wichtig für mich.«

»Warum? Du bist mein Sohn, und ich liebe dich.«

»Warum sagst du mir dann nicht, wer mein Vater war?«

»Ich hab' dir's ja gesagt. Können wir's nicht dabei bewenden lassen? Sonst gibt es nur Komplikationen.«

Die Tür wurde geöffnet.

»Wohin gehst du?« fragte Laurel.

»Mein Schatz wartet. Sorry.«

Die Tür wurde geschlossen. Laurel weinte ein wenig, dann mixte sie sich einen Drink. Sie gähnte. Man vernahm nächtliche Geräusche, im Hintergrund wurde eine Tür geschlossen. Nächtliche Bewegung, Autos auf der Straße.

Ich ließ das Band schneller ablaufen, bis ich eine Stimme hörte, die meine eigene sein mußte:

»Das ist doch dummes Gewäsch.«

Laurels Stimme antwortete: »Davy ist alles andere als dumm. Er weiß, was er will.«

»Was denn?«

»Später mal seinen Mann stellen und was Nützliches tun.«

»Ich fürchte, er hält Sie zum besten, Mrs. Smith«, hörte ich meine mir fremde Stimme nach einer langen Pause sagen.

Ich ließ das Band weiterlaufen und hörte wieder das bekannte Geräusch der sich öffnenden Wohnungstür.

»Was willst du?« fragte Laurel.

Keine Antwort. Die Tür wurde zugeschlagen. Darauf Hacketts Stimme: »Ich will wissen, mit wem du gesprochen hast. Ich bekam gestern abend einen Anruf ...«

»Von Davy?«

»Von Jack Fleischer. Wer zum Teufel ist Davy?«

»Weißt du nicht mehr, Jasper?« sagte Laurel.

Es fielen Hiebe, und Laurel stöhnte. Dann wieder Schläge, bis das Stöhnen zu einem Röcheln wurde. Ich beobachtete den Mann, der sich Stephen Hackett nannte. Gespannt saß er auf seinem Hocker; er schien sehr erregt und in Gedanken in Laurels Wohnung zurückversetzt.

Ich brach den Bann: »Womit haben Sie sie geschlagen, Jasper?«

Er atmete ächzend aus. Selbst seine Mutter hatte sich von ihm abgewandt.

»Womit hat er sie geschlagen?« fragte ich sie.

»Woher soll ich das wissen?«

»Er ist gleich darauf zu Ihnen gegangen. Wahrscheinlich hat er die Mordwaffe in Ihrem Haus versteckt. Aber vermutlich wollte er vor allem moralische Unterstützung. Als er an jenem Nachmittag hierher zurückkehrte, waren Sie bei ihm.«

»Deswegen bin ich nicht mitverantwortlich.«

»Doch, das sind Sie. Sie können nicht von einem Mord profitieren, ohne mitschuldig zu werden.«

»Ich wußte nicht, daß er Laurel umgebracht hat«, sagte sie mit Nachdruck.

»Aber Sie wußten, daß er Mark Hackett umgebracht hat?«

»Das hab' ich später erfahren.«

»Und Sie haben ihn nicht angezeigt.«

»Er war mein Sohn«, sagte sie.

»Auch Stephen war Ihr Sohn. Aber Ihre mütterlichen Gefühle hatten nichts für ihn übrig. Sie haben mit Jasper konspiriert, um Stephen umzubringen. Und Jasper sollte seinen Platz einnehmen.«

Sie sah mich entsetzt an, als ob ihr die Wahrheit erst jetzt, fünfzehn Jahre zu spät, aufginge. »Wie hätte ich so etwas tun können?«

Der Satz war als entrüstete Ablehnung gemeint, aber er war auch eine Frage. Ich beantwortete sie. »Sie gerieten allmählich in eine Sackgasse. Mark Hackett wußte von Ihrem Verhältnis mit Sidney Marburg. Er wollte sich von Ihnen scheiden lassen, aber dann hätten Sie auf dem trockenen gesessen. Mark einfach aus der Welt zu schaffen, hätte Ihnen auch nicht weitergeholfen, weil dann sein Vermögen an Stephen überging. Also mußte Stephen umgebracht werden.

In Kalifornien kannte niemand Stephen. Er war jahrelang im Ausland gewesen, und als er nach Europa reiste, lebte die ganze Sippe in Texas. Aber Ihr Liebhaber Sid war auch nicht von gestern. Da Sie offenbar nicht ganz auf ihn verzichten wollten, schickten Sie ihn für eine Weile nach Mexiko. Auf dem Flugplatz hat Sid vom bärtigen Stephen, der gerade aus England ankam, einen Blick erhascht.

Sie fuhren mit Stephen zur Ranch, wo Jasper bereits wartete. Stephens Tod verhieß ihm viel mehr als nur Geld. Die Identität des Bruders war eine perfekte Maske für Mark Hacketts Mörder. Er brachte Stephen um und rasierte dessen Bart ab.« Ich blickte an Mrs. Marburg vorbei zu ihrem Sohn. »Sie waren doch einmal Friseur, oder nicht?«

Jasper stierte mich mit hohlem Blick an wie aus einem Totenschädel. Ich fuhr fort: »Sie ließen Laurel zurück, um die Polizei irrezuführen, und kamen hierher und nahmen den Platz Ihres Bruders ein. Nichts leichter als das – Sie hatten schließlich Ihre Mutter als Alibi an Ihrer Seite. Am schwierigsten dürfte noch gewesen sein, die Unterschrift Ihres Bruders nachzuahmen. Aber Sie waren auch ein wenig Künstler. Sie waren ein wenig von allem. Doch Ihre wahre Berufung war das Killen.«

Der Mann in der Ecke spuckte mich an, traf aber nicht. Seine Rolle als reicher Glückspilz war beendet. Das Zimmer mit den vielen Büchern und Bildern gehörte ihm nicht mehr. Er war Albert Blevins' Sohn, allein im weiten Raum.

»Vierzehn oder fünfzehn Jahre lang geschah nichts, was Ihnen hätte gefährlich werden können. Sie lebten ruhig und zurückgezogen, entwickelten einen Geschmack für gute Gemälde, bereisten Europa. Sie hatten sogar die Unverfrorenheit, nochmals zu heiraten und in Bigamie zu leben.

Sie haben zwar Laurel all die Jahre ausgehalten. Aber Sie hatten ihr auch einiges zu verdanken. Sie hielt Ihnen Jack Fleischer vom Leibe. Leider war sie samt ihrem Geld einsam, und außerdem plagte sie das Gewissen, weil Sie den Jungen seinem Schicksal überlassen hatte.

Zuletzt wollte sie sich dem Jungen wieder nähern. Das genügte, um Jack Fleischer mißtrauisch werden zu lassen. Ich bin überzeugt, daß er euch zwei von Anfang an in Verdacht hatte. Nachdem er nun nicht mehr bei der Polizei war, hatte er freie Hand. Er überwachte Laurels Apartment und begann die ganze Geschichte wieder aufzurollen.

Was nachher geschah, wissen wir dank den Bändern. Fleischer ließ Sie kommen. Darauf brachten Sie Laurel zum Schweigen. Später bot sich Ihnen auch Gelegenheit, Fleischer umzulegen. Wollen Sie sich dazu äußern?«

Hackett reagierte nicht. Er saß vornübergebeugt da, die Hände auf die Knie gestützt.

Ich fuhr fort: »Den Rest kann man sich leicht zusammenreimen. Davy glaubte, er hätte endlich seinen Vater gefunden und könne ein neues Leben anfangen. Er warf die Waffe weg und befreite Sie vom Heftpflaster. Sie griffen nach dem Gewehr, aber Davy entkam Ihnen.

Jack Fleischer war älter und nicht so flink. Vielleicht hatte ihn auch die überraschende Begegnung gelähmt. Hat er Sie erkannt, Jasper? Hat er gemerkt, wer ihn tötete? Wir wissen es auf alle Fälle. Sie haben Fleischer erschossen und die Waffe in den Fluß geworfen. Dann sind Sie am Ufer zusammengeklappt und haben auf Hilfe gewartet.«

»Sie können nichts beweisen«, sagte Mrs. Marburg.

Ihr Sohn war davon nicht ganz so überzeugt. Er rutschte vom Hocker und wollte über mich herfallen. Mit schwerfälligen, beinahe widerwilligen Bewegungen versuchte er, seinen eigenen Revolver aus meiner Hand zu winden.

Ich hatte Zeit zum Überlegen, wohin ich schießen sollte. Wäre mir der Mann sympathisch gewesen, hätte ich ihn rasch erschossen. So zielte ich aber auf sein rechtes Bein.

Er sank neben seine Mutter und hielt sich stöhnend das Knie. Sie machte keine Geste, um ihn zu berühren oder zu trösten. Sie saß nur da und schaute auf ihn hinab wie die Verdammten wohl hinabschauen in noch tiefere Welten als ihre eigenen, voll Selbstmitleid und Entsetzen.

Kaum war der Schuß gefallen, als Aubrey ins Haus eilte. Er verhaftete die beiden und führte sie unter Mordverdacht ab.

Später schlenderte ich über den von nachtschwärmenden Jugendlichen wimmelnden Strip und kletterte die Treppen zu meinem Büro hoch. Das kalte Huhn, das ich mit einem Schluck Whisky hinunterspülte, schmeckte besser als erwartet.

Ich nahm einen zweiten Schluck zur Nervenstärkung. Dann holte ich Mrs. Marburgs Scheck aus dem Safe. Ich zerriß ihn in kleine Schnitzel und warf die gelben Konfetti aus dem Fenster. Sie schwebten hinab auf kurze Haare und lange Haare, auf Hasch-Typen und auf LSD-Typen, auf Dienstverweigerer und Dollarjäger, auf Swingers und Verknöcherte, auf verrückte Heilige, hartgesottene Brüder und törichte Jungfrauen.

Ross Macdonald
im Diogenes Verlag

Dornröschen war ein schönes Kind
Roman. Aus dem Amerikanischen von Wulf Teichmann. detebe 20227

Unter Wasser stirbt man nicht
Roman. Deutsch von Hubert Deymann
detebe 20322

Ein Grinsen aus Elfenbein
Roman. Deutsch von Charlotte Hamberger
detebe 20323

Die Küste der Barbaren
Roman. Deutsch von Marianne Lipcowitz
detebe 20324

Der Fall Galton
Roman. Deutsch von Egon Lothar Wensk
detebe 20325

Gänsehaut
Roman. Deutsch von Gretel Friedmann
detebe 20326

Der blaue Hammer
Roman. Deutsch von Peter Naujack
detebe 20541

Durchgebrannt
Roman. Deutsch von Helmut Degner
detebe 20868

Geld kostet zuviel
Roman. Deutsch von Günter Eichel
detebe 20869

Die Kehrseite des Dollars
Roman. Deutsch von Günter Eichel
detebe 20877

Der Untergrundmann
Roman. Deutsch von Hubert Deymann
detebe 20878

Der Drahtzieher
Sämtliche Detektivstories um Lew Archer I. Mit einem Vorwort des Autors. Deutsch von Hubert Deymann und Peter Naujack
detebe 21018

Einer lügt immer
Sämtliche Detektivstories um Lew Archer II. Deutsch von Hubert Deymann und Peter Naujack. detebe 21019

Sanftes Unheil
Roman. detebe 21178

Blue City
Roman. Deutsch von Christina Sieg-Welti und Christa Hotz. detebe 21317

Der Mörder im Spiegel
Roman. Deutsch von Dietlind Bindheim
detebe 21303

Margaret Millar im Diogenes Verlag

Nymphen gehören ins Meer
Roman. Aus dem Amerikanischen von Otto Bayer
Leinen

Liebe Mutter, es geht mir gut . . .
Roman. Deutsch von Elizabeth Gilbert
detebe 20226

Die Feindin
Roman. Deutsch von Elizabeth Gilbert
detebe 20276

Fragt morgen nach mir
Roman. Deutsch von Anne Uhde
detebe 20542

Ein Fremder liegt in meinem Grab
Roman. Deutsch von Elizabeth Gilbert
detebe 20646

Die Süßholzraspler
Roman. Deutsch von Georg Kahn-Ackermann
und Susanne Feigl
detebe 20926

Von hier an wird's gefährlich
Roman. Deutsch von Fritz Güttinger
detebe 20927

Der Mord von Miranda
Roman. Deutsch von Hans Hermann
detebe 21028

Das eiserne Tor
Roman. Deutsch von Karin Reese und Michel Bodmer
detebe 21063

Fast wie ein Engel
Roman. Deutsch von Luise Däbritz
detebe 21190

Die lauschenden Wände
Roman. Deutsch von Karin Polz
detebe 21421

Raymond Chandler im Diogenes Verlag

Die besten Detektivstories
Aus dem Amerikanischen von Hans Wollschläger. Diogenes Evergreens

Der große Schlaf
Roman. Aus dem Amerikanischen von Gunar Ortlepp. detebe 20132

Die kleine Schwester
Roman. Deutsch von Walter E. Richartz
detebe 20206

Das hohe Fenster
Roman. Deutsch von Urs Widmer
detebe 20208

Der lange Abschied
Roman. Deutsch von Hans Wollschläger
detebe 20207

Die simple Kunst des Mordes
Briefe, Essays, Notizen. Herausgegeben von Dorothy Gardiner und Kathrine Sorley Walker. Deutsch von Hans Wollschläger
detebe 20209

Die Tote im See
Roman. Deutsch von Hellmuth Karasek
detebe 20311

Lebwohl, mein Liebling
Roman. Deutsch von Wulf Teichmann
detebe 20312

Playback
Roman. Deutsch von Wulf Teichmann
detebe 20313

Mord im Regen
Frühe Stories. Vorwort von Philip Durham. Deutsch von Hans Wollschläger
detebe 20314

Erpresser schießen nicht
Gesammelte Detektivstories I. detebe 20751

Der König in Gelb
Gesammelte Detektivstories II. detebe 20752

Gefahr ist mein Geschäft
Gesammelte Detektivstories III. detebe 20753
Alle drei Bände deutsch von Hans Wollschläger

Englischer Sommer
Geschichten, Parodien, Sprüche, Essays. Mit einem Vorwort von Patricia Highsmith, Zeichnungen von Edward Gorey und einer Erinnerung an den Drehbuchautor Chandler von John Houseman. Deutsch von Hans Wollschläger, Wulf Teichmann u.a.
detebe 20754

Außerdem liegt vor:

Frank MacShane
Raymond Chandler
Eine Biographie
Mit vielen Fotos. Deutsch von Christa Hotz, Alfred Probst und Wulf Teichmann
detebe 20960